LA NOTE SECRÈTE

DU MÊME AUTEUR

La Jeune Fille au turban, POL, 1988.
Une leçon de style, Herne, 2005.
L'Affaire Alphonse Courrier, Actes Sud, 2008.
L'Invention de la vérité, Actes Sud, 2009.
La Note secrète, Actes Sud, 2012.
Le Feu de Jeanne, Actes Sud, 2015.

Titre original :
La nota segreta
© Longanesi & Co, Milan, 2010

© ACTES SUD, 2012
pour la traduction française
ISBN 978-2-330-05638-4

MARTA MORAZZONI

LA NOTE SECRÈTE

roman traduit de l'italien
par Marguerite Pozzoli

BABEL

à Giorgio Guenzani

I

MILAN

Dans le monastère de Sainte-Radegonde, à Milan, vécut et œuvra, dans la première moitié du XVIIIe siècle, une certaine Rosalba Guenzani, religieuse bénédictine. Son nom apparaît parfois sous une graphie différente, Guanzani, Quinzana, Ganzati, mais j'adopte ici Guenzani sans hésiter. J'ai mes raisons. Sœur Rosalba fut, pendant un certain temps, la fierté du monastère, connue dans tout Milan, et même au-delà des limites de la ville et de l'Etat déjà aux mains des Habsbourg. Elle était connue, cette religieuse, pour avoir un don, sa voix, et un talent musical rare. Elle chantait très bien, une merveilleuse voix de soprano d'une grande étendue, elle avait autant de facilité à atteindre les notes les plus aiguës qu'à s'emparer des notes graves et sombres de la portée, qui, plus que les trilles et les ornements, font frissonner l'auditoire. La musique possède une sensualité sublime ; sœur Rosalba en était consciente et la reconnaissait partout, même dans la réitération monodique du chant grégorien, et elle en jouissait avec une vraie plénitude. Mais, le plaisir étant moins fécond s'il est solitaire, la religieuse, dans le couvent de Sainte-Radegonde, avait découvert, déniché, débusqué les potentialités musicales de ses compagnes de vocation : puisqu'elles devaient cette vocation à la voix de Dieu, pourquoi ne pas répondre à l'appel, avec un beau timbre clair ? Pour certaines, elle dut se contenter de la bonne volonté d'un "oui" prononcé à voix basse, mais elle découvrit, chez d'autres, de fascinantes nuances de timbre, qu'il eût été criminel d'enfermer dans le secret du monastère ; qu'elles chantent pour louer Dieu, et pour Dieu, était beau et juste, mais que le commun des mortels aussi entende le miracle de leur harmonie, c'était un acte de charité que l'Eternel aurait sûrement approuvé. Sœur Rosalba avait un double mérite, car à la qualité de sa voix, elle ajoutait un vrai talent d'enseignante : une fois reconnue la chanteuse en puissance, quand la voix est encore enveloppée dans le brou vert, elle la dégrossissait avec une sagacité experte, elle en prenait soin et la construisait méthodiquement. Il y a une différence énorme entre un chant à l'état de nature et un chant techniquement au point ; je crois qu'il m'est arrivé d'y faire allusion ailleurs, mais je reviens là-dessus, car je tiens à souligner le travail qui mène à la formation d'un chanteur : lorsqu'il nous arrive d'entendre un air soutenu par une bonne technique et que les notes sont rondes et bien façonnées par le gosier, le plaisir va de l'oreille à l'âme et, de l'âme, revient aux cinq sens, pour les plonger dans une extase attentive. Aucune autre forme d'art, vraiment aucune, ne peut aller aussi loin. C'est ainsi que les messes de Sainte-Radegonde devinrent, en relativement peu de temps, une attraction pour le Milan sensible et cultivé : allaient à l'église même les athées dont la spiritualité, ne pouvant se raccrocher à une foi transcendante, était à son aise dans la force et dans la grâce de la musique, et dans ces voix si raffinées.

A sœur Rosalba, un matin de février, on confia, avec toutes les recommandations dues à sa noble origine, mais surtout avec la prière de la suivre de près car elle était pleine de vivacité, une adolescente de treize ans, d'aspect agréable bien que pas encore défini. Elle pouvait devenir une merveille de femme ou ne pas éclore du tout ; pour le moment, elle ne ressemblait qu'à un bourgeon ombrageux et mécontent d'avoir été déménagé du quartier Sainte-Marguerite au monastère de Sainte-Radegonde. C'était la petite comtesse Paola Teresa Pietra, bien connue de sœur Rosalba, parce qu'elle appartenait à une illustre famille de la ville, et qu'elle était orpheline de mère depuis deux ans ; selon la *vox populi*, elle était passée entre les mains d'une peu aimable belle-mère. Dans les couvents, tout se sait, et il est rare qu'une religieuse, surtout une abbesse compétente, soit prise de court. La nouvelle venue était attendue depuis quelque temps et sa place déjà assignée. Son riche bagage trouva place dans une des meilleures chambres du bâtiment, où la mère supérieure lui avait réservé une généreuse situation d'intimité, au moins pour le premier mois, afin qu'elle s'habituât graduellement, et sans brutalité, à la nouvelle histoire dans laquelle, indépendamment de sa volonté, elle se trouvait placée. Ce passage lui semblerait ainsi plus facile. Le fait de la confier à sœur Rosalba était aussi une manière de ne pas rendre sa situation plus rude.

Combien de personnes, en me lisant, se disent sans doute qu'un illustre prédécesseur flotte autour de moi, que je ferais mieux d'en démordre pour éviter une comparaison qui me serait fatale ! Mais j'ai l'avantage de me sentir tellement inférieure au second terme de la comparaison que je n'ai aucune crainte à m'exposer. Comment dire ? Perdue pour perdue, autant jouer la partie jusqu'au bout. Et puis, cette histoire se déroulera de manière totalement différente : un siècle n'était pas passé pour rien, sur les jeunes filles de Milan.

La sœur chanteuse avait dépassé depuis peu le seuil de la quarantaine, et pour l'époque, elle aurait pu être plus la grand-mère que la mère de la petite comtesse Pietra ; mais elle avait une physionomie encore jeune, une peau lisse et claire, les yeux vifs de qui a une idée en tête et la conviction de pouvoir la réaliser. Approcher la méfiante Paolina ne fut pas chose aisée ; elle était encore très jeune, mais dotée d'un tempérament rancunier, elle cultivait certaines obscures vengeances autour desquelles elle pouvait rêver, et elle était convaincue, en partie à juste titre, que le monde ne lui était pas favorable. Lorsqu'elle fut invitée à participer au chœur des adolescentes qui chantaient les laudes du matin, des débutantes encore à former, elle répondit sèchement qu'elle préférait les réciter, les laudes, et qu'elle ne savait ni ne voulait rien savoir en matière de musique. Il faut dire, et sœur Rosalba le savait, que Paolina était dans sa phase de puberté et que les premiers troubles menstruels, inexplicables et douloureux, pour elle comme pour ses compagnes, l'isolaient encore plus et la renfrognaient, entre la peur d'une maladie mortelle et la sensation, totalement physique, qu'il s'agissait, au contraire, d'un signe de vie. Le fait que, sans grands discours, les sœurs l'eussent dotée de petits linges blancs pour la protéger des hémorragies dont elle souffrait par moments l'amena à penser qu'elle n'était pas la seule dans ce cas, et qu'il n'y avait rien à craindre. Quoi qu'il en soit, elle ne partagea son secret avec aucune de ses compagnes de claustration. Mais ce fut justement autour de ces premières périodes de malaise et d'inquiétude que Paolina ressentit, entre les mystérieuses métamorphoses de son corps, une vague sensation d'énergie, à diriger elle ne savait comment. Nous ne disposons d'aucun document précis pour savoir comment elle finit par céder aux sollicitations de l'aimable sœur plus âgée ; nous ignorons si celle-ci se livra à une cour, assidue et affectueuse, ou si Rosalba Guenzani avait plutôt choisi de laisser l'adolescente à elle-même, l'allé-chant plus par le silence que par la sollicitation. Paolina Pietra participait, derrière la grande grille du monastère, aux messes dominicales dans les-quelles triomphait le chœur de ses compagnes adultes, et la voix soliste de la soprano ; de là où elle était, elle les voyait absorbées dans le chant et, si elle ne voyait encore rien de ce qu'il y avait dans l'église, elle entendait le bourdonnement des gens, et percevait plus encore le silence attentif au miracle des voix, à l'instant qui précède l'attaque du chœur. En jeune fille sensible et imaginative qu'elle était, elle commença à s'identifier au frisson de participa-tion qui s'élevait de la nef. Elle médita sur la force d'attraction du chant, jusqu'à être piquée de jalou-sie à l'égard de ces voix qui captaient une si grande attention : au-delà de la grille se trouvait le monde, suspendu par un fil aux enterrées vives dont elle faisait partie.

La messe solennelle de Pâques lui donna le coup de grâce : la voix de sœur Rosalba avait parcouru le trajet qui va de la passion du Christ à l'apothéose de la Résurrection, en chantant le *Credo* dans lequel elle avait une puissante partie de soliste. Dans l'église de dimensions modestes se pressait une foule qui, insouciante du peu de confort du lieu, suivait, ravie, la voix qu'elle connaissait dans les solos et que, peut-être, elle reconnaissait, dans la mer harmo-nique du chœur. Dans deux mois, Paolina aurait quatorze ans, elle était destinée à vivre parmi les bénédictines, qu'elle le veuille ou non ; en dernière analyse, ce qu'elle avait vu du monde – le monde étant la maison sombre de son père – l'amena à penser que le monastère n'était pas la pire des conditions. Sœur Rosalba était, derrière la grille, le centre d'une attention absolue ; Paolina ne se souvenait pas d'une seule dame, parmi les fréquentations de sa famille, dont la renommée dépassât celle de la petite religieuse invisible. Elle se recueillit sur le prie-Dieu, le visage entre les mains, et vagabonda autour de sa propre voix, qu'elle savait désagréable : elle était grave, et même voilée par une raucité sans grâce. A vrai dire, elle ne s'était jamais confrontée à son propre chant hors du couvent, elle n'y avait jamais songé, et à la maison, il n'était dans les habitudes de personne de chanter. Sœur Rosalba ne lui avait plus rien proposé, elle lui souriait si elle la croisait dans les couloirs car c'était, par nature, une femme affable, mais elle ne manifestait aucun intérêt pour Paola, qui avait rejeté ses premières propositions. Le lundi de l'Ange, la célébration devait être moins solennelle, mais de même que, dans un spectacle, la demande du public conduit à prolonger d'un jour le programme des représentations, ainsi, la réputation du chant des bénédictines avait sollicité une messe chantée peu canonique, même pour une fête mineure. Comme le jour de Pâques, avec la confusion entre dévots et spectateurs, mais cette fois, dans les arrières du chœur, Paola Pietra écoutait avec une oreille différente. Quand, dans le réfectoire, eut lieu le déjeuner distingué pour le lundi de l'Ange, l'adolescente s'éloigna de ses compagnes qui manœuvraient en direction de la table des pâtisseries, et elle s'approcha de la sœur. Elle l'appela, fit une petite révérence et, d'une voix fort hésitante, lui demanda si elle pouvait passer, un jour prochain, un examen de chant.

— Mais oui, mais oui, quand vous voudrez, très chère enfant, peut-être sans se souvenir que la demoiselle, récemment, avait prononcé un "non"

14

catégorique. La jeune fille s'attarda sur ce "très chère" qui lui parut un signe de considération, et qui était au contraire une manière cordiale, pour la religieuse, de s'adresser à toutes ses compagnes de claustration. Elle avait fait quelques pas vers le blanc troupeau autour de la table, mais elle s'arrêta et se tourna de nouveau vers sœur Rosalba : "Quand ?"

Ce fut le mercredi suivant, l'après-midi ("Le matin ne convient jamais vraiment à la voix, même si nous, nous devons nous y faire", avait-elle dit, en connaisseuse, à la candidate). Dans une pièce du couvent donnant sur le jardin intérieur, sœur Rosalba accueillit Paolina avec une gentillesse expéditive : "Allons, écoutons ! Essayons avec un accord", et elle s'assit dans un angle de la pièce, brandissant un instrument qui semblait bien peu adéquat pour une femme – alors vous imaginez, pour une religieuse ! – un violoncelle à la caisse de résonance claire. La religieuse écarta les jambes et posa sur la gauche l'instrument qui comprima les plis de son large habit, tendit l'autre jambe, découvrant un bas de laine blanche épaisse, qui alourdissait une cheville que l'on aurait pu qualifier – qui sait ? – de fine et d'élégante. Paolina la regarda, troublée. Sœur Rosalba joua quelques arpèges avec son archet et produisit un son un peu plaintif et laborieux, puis elle alla chercher une note précise qui lui servait pour accompagner la voix de l'adolescente. "Essayons avec l'*Amen* final de la prière de louanges, vous le connaissez sûrement." Elle attaqua l'accompagnement et fit signe à la jeune fille d'entonner le chant. Aucun son ne sortit de la bouche de Paolina. Elle regarda son professeur, désemparée : bouche bée, aphone, elle ne faisait pas belle impression, et sans besoin de miroir, elle se vit avec l'air stupide d'un poisson au ras de l'eau, agonisant. Elle baissa la tête, le visage rouge et les yeux brûlants.

— C'est normal, dit sœur Rosalba. Maintenant, je reprends l'accord, et tu vas y arriver.

Elle était passée au tutoiement, sans préambule, et avait de nouveau posé la main sur l'archet, pendant que la jeune fille tentait de l'arrêter et de lui dire que c'était inutile. Elle secouait encore la tête, Paolina, quand le violoncelle l'enveloppa, et elle lança son *Amen* modulé, sans même se rendre compte que la nonne l'entonnait avec elle. A l'oreille de l'experte, la voix de la jeune fille parut empâtée, mais le timbre n'était pas laid, plutôt sombre, et grave.

— Reprenons, lui dit-elle, sans cesser de regarder son instrument.

Cette fois, elle laissa Paolina seule, et la voix sortit tout entière, aussi impure qu'avant. Entre le gémissement du violoncelle et la voix de la chanteuse, il semblait n'y avoir qu'un fil instable, mais la religieuse crut y entendre une affinité de tons. Elle recommença, et Paolina attaqua avec précision. Tout est à construire, se dit sœur Rosalba, mais sur un beau terrain.

Elle vit s'ébaucher une des plus belles voix parmi celles, et elles étaient nombreuses, dont elle s'était occupée ; une voix étrange et sombre, d'un tempérament dramatique qui aurait davantage mérité la scène qu'une place quelconque dans un chœur. Un contralto d'une rare puissance. Une qualité virile à peine atténuée par une inflexion plus douce. Elle l'introduisit, environ un mois après ces premiers essais, dans le groupe choisi des sœurs chanteuses sans mettre en relief, ni devant Paola ni devant les autres, la particularité de l'adolescente ; humbles elles se devaient d'être, toutes dans les rangs de leur sacerdoce, et l'humilité aurait été mise à mal par la découverte de certains reliefs. Et puis, les monastères de femmes pouvaient être des repaires moelleux pour l'envie et l'animosité, en dépit d'un vocabulaire toujours adapté à l'habit. Elle ne dit rien, sœur Rosalba, bien qu'il eût suffi d'un essai sur un morceau de Haendel pour balayer les doutes. La voix de la petite Pietra était comme son nom : solide et définitive.

Elle la fit débuter (ce verbe est entièrement de la responsabilité de l'auteur. Le concept mondain qu'il sous-entend ne pourrait jamais lui donner droit de cité sur les lèvres chastes d'une nonne) dans le chœur en public, durant la messe du premier dimanche de l'Avent, une dizaine de mois après l'arrivée de Paolina parmi les bénédictines de Sainte-Radegonde. Elle la garda quasiment cachée entre les voix plus mûres des autres ; les premières fois, elle lui demanda même de ne pas forcer l'émission des notes, et pourtant, elle qui gouvernait et dirigeait le chant entendit émerger, parmi les voix auxquelles elle était habituée, la consistance de roche du contralto, sur lequel reposait la trame plus fine des sopranos. Pour le moment, elle était la seule à connaître cette nouveauté, mais, parmi les connaisseurs qui remplissaient la nef de Sainte-Radegonde, d'autres entendraient la force de cette nouvelle greffe, et elle, sœur Rosalba, ne comptait pas la garder étouffée plus longtemps. Nature et culture, ici, réclamaient leur dû.

— Eh bien, ma révérende mère, notre plus jeune sœur, Paola Pietra, a un don que nous ne pouvons pas tenir secret, sauf à refuser, en quelque sorte, au monde, de connaître un signe de la puissance de Dieu.

Ce fut en ces termes que, quelques jours après la célébration de Noël, sœur Rosalba s'adressa à l'abbesse qui ne savait si elle devait interpréter comme bon ou mauvais le signal que sa subordonnée lui mettait sous les yeux, avec une telle détermination.

— Que voulez-vous me signifier par cette phrase… péremptoire ? La jeune fille nous a été confiée pour que nous en fassions une religieuse à l'abri des dangers du monde, obéissante et satisfaite par la louange vivante à Dieu que chacune de nous doit, et veut être. Quoi d'autre ?

— Dans le cas présent, révérende mère, il s'agit d'autre chose.

La supérieure était une femme encore relativement jeune, grande et statuaire, elle parlait de manière persuasive, avec une lenteur recherchée, et fixait son interlocutrice avec un regard naturellement oblique et un sourire étudié, qui étirait ses lèvres minces. Elle jouissait de qualités diplomatiques innées, dont la moindre n'était pas une hypocrisie subtile, et elle était la préférée du chanoine, un prêtre autoritaire et ombrageux, qu'elle parvenait à amadouer en arrondissant les angles ; quant à lui, il le lui rendait à sa façon. Une fois, à l'occasion d'un problème épineux que la supérieure avait résolu avec grande habileté et diplomatie, il lui avait dit publiquement, sur un ton appuyé : "Je vous remercie, ma mère, pour votre douceur." Elle avait accueilli la remarque en penchant humblement la tête, sans parvenir, toutefois, à masquer son triomphe. Tout cela pour dire que, au-delà de la légère antipathie de l'auteur à l'égard de cette femme aux vertus diplomatiques, chez elle, le souci d'un excès de popularité autour de la communauté des sœurs n'était pas injustifié, et plus encore lorsqu'il s'agissait d'une chanteuse novice. Et une novice d'une telle réputation ! Jusqu'ici, son art avait consisté à ne jamais encourir le moindre soupçon d'erreur de la part des autorités supérieures, et elle n'entendait pas s'écarter de cette ligne.

— C'est une jeune fille qui nous a été confiée par sa famille, je le répète, et nous avons entre les mains le soin d'un trésor d'innocence que nous ne pouvons exposer…

— Dans un an, révérende mère, la voix de cette jeune fille, qui sera alors une jeune femme – et la révérende mère parut souffrir un peu de l'ombre que cette jeune femme en puissance projetait – se développera et explosera. Elle a rapidement appris beaucoup de choses, des malices et des finesses qui ne viennent au jour que s'il y a une vocation.

— Il n'y a ici qu'une seule vocation, ma sœur, une seule. Ne me faites pas regretter d'avoir donné mon accord à cette chose, ce chœur, qui pourrait devenir plus important qu'il n'est convenable.

Entre les deux religieuses, il n'y avait que quelques années d'écart, mais elles avaient bien peu en commun : l'abbesse avait craint, plus d'une fois, la rechute mondaine du chant ; à présent, elle la craignait plus que jamais, et, de son point de vue, à juste titre. Alors que sœur Rosalba, qui était passionnée par son entreprise au point d'oublier, au-delà des formules convenues, le contexte dans lequel ladite entreprise avait grandi, allait jusqu'à rêver d'un duo, elle soprano, Paolina contralto, peut-être dans un morceau de Monteverdi, quelque chose de profane. Elle comprit juste à temps que ce n'était pas le moment, garda pour elle ses espoirs et ses fantaisies et, pour cette fois, se retira en bon ordre.

Vue de l'extérieur, Paolina avait beaucoup changé : elle avait grandi et s'était développée, au point qu'on lui avait donné un nouvel habit pour mieux contenir les formes plus qu'ébauchées d'un corps que l'on devinait attrayant ; elle perdait même progressivement la moue de l'adolescente insatisfaite. La vie conventuelle, tournant sur son pivot de prières et de récitation des heures, la touchait sans la toucher : elle participait à tout, comme il se doit, priait à voix haute et même – pourquoi pas ? – dans son cœur, mais désormais, elle pensait surtout au chant. Sœur Rosalba lui avait donné une raison de vivre qu'elle n'aurait jamais espérée dans la maison sombre de son père, dans le monde des aristocrates qu'elle avait à peine eu le temps de connaître, et surtout pas aux côtés d'un mari potentiel. Elle travaillait son rôle de contralto dans le chœur avec un engagement total, et en même temps, avec une espèce d'humilité. Elle étudiait la partition que sœur Rosalba lui avait confiée à la fin de l'essai, s'adonnant librement et avec mesure aux roulades et à l'expressivité requise pour sa partie. Une fois, elle se surprit à accompagner du bras sa propre voix : cela ne lui était jamais arrivé auparavant, mais cette manière d'offrir les notes en se tendant vers un public inexistant l'aidait à calibrer son effort. Un jour, pendant une répétition, son professeur la surprit dans cette attitude, étrange pour une nonne. Sûrement dangereuse aux yeux de la mère supérieure, mais si spontanée que sœur Rosalba n'eut pas le courage de la réprimander. Elle sentit que, parmi les nonnes, quelques-unes souriaient et échangeaient des regards entendus ; elle se demanda si elle devait, une fois de plus, étouffer l'élan de sœur Paola, puis se dit que non. Mais, la nuit suivante, elle dormit peu et mal : une oppression et l'incertitude de l'avenir, telles qu'elle ne les avait jamais ressenties depuis qu'elle avait prononcé ses vœux, l'assaillaient, d'une multitude de coins de sa tête : l'idée la plus insidieuse était que la petite Pietra ne prendrait pas racine au couvent.

Et pourtant, si nous sautons de l'esprit confus de sœur Rosalba à celui, serein, de Paola, nous découvrons que, deux cellules plus loin, couchée sur un lit de crin, la jeune aristocrate rêvait, tranquille et sûre d'elle-même, dans le sillon de cette vocation mêlant religion et musique.

Un jour non attesté avec certitude du mois de juin 1736, environ trois ans et demi après l'entrée de Paola au couvent, arriva à Milan un homme qui suscita une grande curiosité parmi les bien informés et les nobles de la ville, un homme qui venait de Londres pour une mission auprès de l'archiduc d'Autriche ; où plutôt, c'était ce dernier qui lui avait trouvé un bon logement dans une maison de la rue alors appelée *Corsia dei Servi*. Homme intéressant, sinon beau, plutôt aisé et plus très jeune, intrigué par les aspects les moins connus de la ville où il devait séjourner environ un an. "Plus très jeune", pour être clair, signifie qu'il avait dans les trente-six ans. Entre-temps, Paolina en avait eu dix-sept. Non, je ne la fais pas intervenir sans raison : comme il arrive dans toutes les histoires, si cet homme entre sur la scène milanaise, dans la *Corsia dei Servi*, à deux pas de Sainte-Radegonde, et si, disons-le, l'auteur en parle, c'est parce que les lignes parallèles de leurs vies sont destinées à se croiser. Non que l'on soit pressé que le fait se produise, mais on s'est, comment dire ? mis en alerte. Nous savons qu'il s'appelait John Durant Breval, ce nom jouissait d'une certaine notoriété parmi les chargés de missions diplomatiques, mais, pour la plupart des gens, il n'était pas ce que l'on appelle un homme célèbre ; du reste, l'archiduc pouvait avoir de bonnes raisons de protéger un peu plus longtemps l'incognito du nouveau venu. Certes, ce n'était pas un diplomate de haut rang, mais il était chargé d'une tâche importante, qu'il gardait soigneusement cachée.

Il y avait, à l'époque, des gens qui aimaient beaucoup Milan. Ce n'était pas, ce ne sera jamais, une ville d'un charme aussi immédiat que Rome, elle n'était pas aussi salubre que Naples, et nous pourrions continuer longtemps en la comparant aux autres villes italiennes qui la dépassaient ; mais enfin, elle plaisait aux Anglais, du moins à quelques-uns d'entre eux. Du brouillard comme à Londres, mais dans les belles journées, la silhouette toute proche des montagnes enneigées et, plus proche encore, la ligne des collines entre la Brianza et le Varesotto, choses qu'un Londonien n'avait jamais sous les yeux dans sa patrie. Notre Breval découvrit aussi la région et la parcourut avec plaisir durant de longues promenades en voiture et à pied. Il était grand, ses longues jambes le supportaient durant des trajets parfois fatigants, et, le plus souvent, solitaires. Il n'avait avec lui personne de sa famille, c'est-à-dire une femme et deux enfants restés dans la patrie auxquels il écrivait ponctuellement des lettres où il ne faisait jamais allusion aux motifs de sa mission, mais où il était question de paysages, de villes et de connaissances locales, toutes très aimables mais au-dessus de tout soupçon et jalousie pour Mrs Marianne Breval. Ces lettres sont conservées dans les archives familiales, dans un immeuble du quartier de Holborn à Londres, et furent longtemps un objet d'étude, pour des raisons que nous dirons en temps utile. Peut-être.

Ce à quoi il est logique de s'attendre, dans une histoire proche du roman, telle qu'elle se présente ici, c'est que sir John Durant Breval soit poussé par le hasard vers l'église du couvent de Sainte-Radegonde. Voilà ce qui, parfois, m'agace dans un roman : l'évidence, même si l'habileté se joint à l'inventivité, l'évidence, disais-je, des ficelles que l'on tire pour conduire une histoire à son terme. Ou peut-être ai-je perdu, avec le temps, l'élan crédule qui suscite la crédulité des autres. C'est la parenthèse d'un découragement passager qui, je le suppose, disparaîtra dès que le personnage désormais fascinant et encore innocent de Paolina Pietra se remettra à danser dans mon imagination, et à chanter pour les oreilles admiratives de l'Anglais.

Il se produisit un fait, plus exactement, LE fait se produisit à la messe solennelle de l'Assomption de la Vierge, le 15 Août. Dans un Milan chaud et humide, qui n'avait pas grand-chose à offrir pour distraire de l'ennui et de la chaleur, la messe chantée des religieuses pouvait constituer un dérivatif, même pour un anglican à la foi incertaine, les jours où la compagnie faisait défaut. Il alla à la messe chantée comme on irait au théâtre, et il était dans le vrai : le rite de la messe est du théâtre à l'état pur, et qui y croit en est acteur, qui n'y croit pas est spectateur et suit pas à pas les séquences d'une mise en scène ponctuelle (comme pour la parole, non ?), d'une dramaturgie parfaite qui se répète, à l'identique, depuis des siècles. Du reste, plusieurs siècles après cette cérémonie particulière lors d'un lointain mois d'août milanais, il m'arriva d'entendre une personne d'une rationalité éclairée et d'un laïcisme convaincu dire qu'elle trouvait intéressants, et, plus qu'intéressants, beaux sur le plan émotionnel, les rites célébrés par l'Eglise catholique. L'œil humide d'émotion, mais critique et détachée, cette personne disait éprouver une espèce de plaisir tranquille à assister à un spectacle aussi démocratique, naturellement en se gardant d'y participer : l'engagement matériel, fait de mots et de gestes, de génuflexions, de signes de croix, de petits coups de menton sur la poitrine pour dire le repentir, est le propre des acteurs ; au spectateur l'humeur molle, cérébrale, de qui apprécie un acte unique, joué sur scène à dates précises. L'auteur a considéré, en l'occurrence, qu'accuser l'Eglise, comme le font certains, d'avoir démantelé en son temps le théâtre n'est pas réaliste. Elle a juste tenté une des plus grandes réformes de la scène qu'on puisse imaginer, et durant une longue période, elle a occupé le terrain avec vigueur et prestige. Puis, elle aussi a dû céder face à son époque, et à la concurrence d'autres scènes.

Mais revenons à la messe pour l'Assomption de la Vierge, un 15 Août d'il y a longtemps. Il découvrit, sir John, que c'était une messe particulière, du théâtre, certes, et d'excellente qualité, car on y célébrait, de manière inaccoutumée et par des voies totalement exceptionnelles, des funérailles. Il s'agissait d'une dame d'un certain âge, une cinquantaine d'années, que le monde milanais connaissait bien car elle avait été, autrefois, excentrique et charitable ; ce serait une digression trop longue que de parler d'elle ici et maintenant, alors que nous ne racontons qu'une étape de l'histoire. La dame était dans le cercueil placé au centre de la nef, en un jour férié qui la voyait héroïne de la cérémonie, entourée d'une myriade de parents, amis et connaissances, telle qu'elle n'en avait jamais vu, même le lointain jour de son mariage. Car il faut dire que les funérailles ont l'avantage, par rapport aux mariages, d'être des cérémonies ouvertes, sans besoin d'invitation, et si la réputation va de pair avec la curiosité, eh bien, l'espace d'une église comme celle de Sainte-Radegonde ne pourra que se remplir, telles les alvéoles d'une ruche, la nuit tombée. Quand sir John eut franchi le seuil de l'église avec une large avance sur l'heure de la messe, parce que c'était un homme respectueux de la ponctualité, et parce qu'il était fatigué par le ciel opaque de Milan et cherchait la fraîcheur, il s'étonna de trouver le catafalque déjà installé au centre de la nef, avec l'odeur pénétrante des fleurs de lys et les voix de quatre sœurs à genoux psalmodiant sur les côtés du cercueil ; elles récitaient une prière au rythme répétitif, accéléré et ascendant dans la première partie et descendant dans la seconde, où les tons s'éteignaient. En bon Anglo-Saxon, il n'avait, évidemment, aucune familiarité avec cette mélopée subtilement tourmentée qu'est un rosaire.

Les quatre religieuses étaient enveloppées dans les voiles noirs qui cachaient aussi leur visage, de manière que la claustration, conçue comme une barrière entre elles et le monde, ne soit pas atténuée, même au cas où un devoir de piété les eût exposées aux yeux du peuple. Lequel peuple, en ce début d'après-midi du 15 Août, se limitait à la personne de sir John, assis sur un banc juste derrière la sœur de gauche. Assis, à vrai dire, comme s'il se trouvait dans la salle d'attente d'un ministre.

Il écoutait et suivait le cours indéchiffrable de la litanie, les voix bien orchestrées et compactes, à une première écoute, et s'abandonnait presque, bercé et gêné à l'idée de glisser inopinément dans le sommeil. Quatre silhouettes identiques, agenouillées et aux traits cachés, à première vue. Mais en réalité, il était très tôt, et sir John, seul dans ce lieu et sans distraction, finit par se concentrer sur les statues noires qui, de minute en minute, lui paraissaient de moins en moins identiques et indistinctes. Malgré l'ampleur de la robe, l'une d'elles lui donna l'impression d'être plus osseuse et courbée dans sa prière, une figure de cire qui s'inclinait lentement vers le sol ; une autre était plus gracieuse dans sa pose et, nonobstant la pénombre, elle laissait voir des mains soignées et jointes, en un geste recherché. Il ne voyait absolument pas celle de l'autre côté du catafalque, plus près de l'autel. Mais derrière elle, la dernière compagne avait, par une distraction étourdie, laissé visible un pied chaussé d'une sandale, et son habit monacal, légèrement retroussé, révélait une cheville très fine et un talon qui n'était pas encore devenu rêche. Une jeune fille, et non une femme du peuple, sans doute. La litanie du rosaire parut prendre un ton plus agité, et, en faisant un effort, sir John commença à démêler le nœud compact des voix et à tenter de les distinguer, difficilement. Ce n'était pas simple : les quatre femmes démarraient en même temps et les tons s'élevaient, amalgamés. La voix de la jeune fille demeurait un mystère, tout comme son visage et son corps enveloppé de noir. Il renonça à cette entreprise et se perdit de nouveau dans les limbes de l'église sombre. Il ne s'était même pas rendu compte que les gens commençaient à entrer, et étaient maintenant assis derrière lui. Peut-être certains se dirent-ils aussi que ce monsieur, là, si près du cercueil, était un ami intime de la bizarre dame défunte. Les religieuses récitaient le rosaire, l'église se remplissait, et un bourdonnement diffus s'étendait, formant un contre-chant avec les voix des nonnes. Les Milanais entraient par vagues et s'arrêtaient, hésitants, au son des voix, puis une voix féminine derrière sir John entonna à son tour le rosaire, en accord avec les orantes à genoux. A cinq heures de l'après-midi, l'église était pleine. La cloche de l'introït sonna, et le chanoine sortit de la sacristie, paré pour la célé-bration. Au bruit des bancs, accompagnant le mou-vement des gens qui se mettaient debout dans la nef, l'Anglais se secoua de sa torpeur et se leva à son tour. Seules les quatre religieuses, à présent si-lencieuses, restèrent à genoux, tête basse. Sir John pensa aux esclaves autrefois condamnées, quand la reine mourait, à la suivre dans la tombe. Il y eut un instant, pas plus d'un instant, entre cette pensée et le bruit sourd d'un corps qui s'abat par terre. La sœur à la cheville fine n'avait pas résisté.

Le bruit, plus qu'un bourdonnement, s'amplifia dans l'église, mais personne ne bougea pour se-courir la religieuse évanouie. Sir John fut le seul à quitter son banc ; il courut vers la femme tombée à terre. Il est vrai que, autour de lui, s'étaient pos-tées, tel un rempart, les trois autres religieuses, mais la fougue de l'Anglais les balaya. En vérité, il n'eut qu'un instant pour agir, et aussitôt les nonnes, ayant retrouvé la force et la lucidité nécessaires, le re-poussèrent à leur tour : muettes et déterminées, le voile toujours baissé sur leur visage, elles s'oppo-sèrent à sir John et l'écartèrent, si bien qu'il eut à peine le temps de poser une main sur l'étoffe de la robe noire qui enveloppait l'évanouie, et d'aperce-voir, par un pan déplacé du voile, un visage très jeune et pâle. Belle ou laide, il eût été incapable de le dire. Les trois femmes tentèrent de soulever leur compagne dans leurs bras, mais elles se déplaçaient mal et se gênaient réciproquement, dans le silence général qui semblait durer depuis une éternité dans l'église, où même le chanoine n'avait pas bougé de l'autel. Sir John trouva insupportables ce silence et cette mollesse – c'est ce qu'il pensait, lui qui savait bien peu de choses en matière de claustration – de la part des gens, et du curé qui attendait impitoyablement que la scène soit dégagée pour célébrer son rite. Cela lui parut incroyable, et il s'avança, revint à la position d'où il avait été délogé et souleva entre ses bras la religieuse toujours évanouie. Puis, ayant jeté un coup d'œil alentour, il devina où était la porte de la sacristie et se dirigea vers celle-ci d'un pas décidé, soutenant son fardeau avec une certaine grâce. Quelqu'un, il ne sut pas bien qui, lui ouvrit le battant et le fit entrer dans une pièce sombre et encombrée d'armoires ; une seule chaise haute, dans un coin, lui parut un point d'appui correct pour la malheureuse jeune fille, qui ne revenait toujours pas à elle. Il l'y posa et fit davantage : il souleva son voile afin qu'elle ait un peu d'air. C'était une adolescente au visage pâle et à la bouche tendre et sensuelle, légèrement ouverte et qui râlait imperceptiblement. Peu après, sir John fut invité par une main ferme (masculine ? féminine ? il aurait été incapable de le dire) à quitter la pièce. Quand il rentra dans la nef de Sainte-Radegonde, la messe funèbre avait commencé, et un nuage d'encens cachait le catafalque de la noble dame, livré à lui-même. Sir John reprit la place qu'il avait quittée quelques instants plus tôt. Il consulta sa montre de gousset. Toute la scène n'avait pas duré plus de cinq ou six minutes.

Le dimanche d'août dont nous venons de parler passa sur l'incident, et pendant quelques jours, sir John ne se posa plus de questions concernant la religieuse évanouie et secourue. Puis, brusquement, il s'en souvint, sans logique et sans lien, au cours d'un dîner, chez lui et seul. Un domestique servait à table et lui apporta un verre de vin rouge sur un plateau de nacre : il but avec la sensation de vouloir revenir sur quelque chose dont il n'avait aucune idée, sur le moment, mais qui avait dû l'intéresser pour une certaine raison. Le monastère de Sainte-Radegonde lui apparut soudain comme le but vers lequel son esprit tentait de se diriger. Le monastère et la jeune fille au visage exsangue. Entre la vie et la mort, il n'y a pas grand-chose, le râle suffoqué que les lèvres laissaient à peine échapper lui revint aux oreilles comme s'il était présent, dans cette même pièce, et que personne ne s'en souciait. C'était le soir, le crépuscule déjà avancé et la lumière rougeâtre des derniers rayons encore énergique : il finit son vin et se leva de table, décidé à sortir. Une jeune fille est toujours une curiosité pour un homme de moins de quarante ans, même si un habit de religieuse l'enveloppe, si un voile la cache et si des murs infranchissables la protègent. Dehors, dans la rue, entre les rares passants qui s'attardaient en cette heure suspendue entre le jour et la nuit, il marcha avec la mine de qui a un but et une intention ; il se donnait cet air quand la solitude lui pesait et que toute hésitation lui apparaissait comme un signe manifeste de faiblesse. Il avait fait le tour des bastions d'un bon pas, comme s'il avait un rendez-vous, et ce faisant, il prenait le temps de penser.

"Dear Marianne, how long I have been waiting for a letter of yours." How long ? Mais non, une lettre de sa femme, en ce moment, ne l'intéressait

absolument pas, et la formule qui lui trottait dans la tête était utilisable ailleurs. Il imagina une lettre de remerciements de la jeune fille secourue : un signe de politesse, enfin. Il l'attendait, il lui était dû. Il frapperait à la porte du couvent, le lendemain, et demanderait si la femme évanouie allait bien. Il marcha si longtemps qu'il eut devant lui le paysage de Milan qui le surprenait et le fascinait le plus : dans le rouge de la dernière lumière d'été, au nord, s'imposait une silhouette de montagne qu'il lut comme un ton ascendant, puis symétriquement descendant, d'ouest à est : c'était celui des voix des nonnes agenouillées sur les flancs du catafalque, au centre de l'église. Une montagne mère, une mère au vaste giron. Tout était féminin, à l'intérieur et autour de sir John : il fixa, à l'horizon, la silhouette rouge dont il avait oublié le nom et la suivit, pendant qu'elle s'assombrissait, engloutie par l'obscurité du fond. Vingt minutes plus tard, il faisait nuit.

Le lendemain matin, après presque une heure de marche, John Breval était à la porte du couvent et tirait la cloche d'entrée. A la religieuse qui se laissa entrevoir par la meurtrière du judas, il dit qu'il voulait parler à la mère supérieure ; il se présenta en scandant son nom étranger et en en disant le moins possible à la sœur tourière sur les raisons de sa requête. Silence durant une bonne demi-minute, chacun soutenant le regard de l'autre, et enfin : "Je reviens tout de suite."

Le judas fermé et le silence de la rue, aucun passant et une longue attente pour l'Anglais qui n'avait aucune familiarité avec les religieuses et les couvents, et qui ne pouvait imaginer où était passée la sœur tourière et quels couloirs elle devait parcourir afin d'apporter son message et, à lui, une réponse. Quand le petit battant de la porte cochère s'ouvrit et que sir John le franchit, il eut l'impression que tout se produisait sans intervention humaine. La voix de tout à l'heure lui dit de parcourir le couloir et d'attendre dans la pièce du fond. La voix, mais non la personne. La sœur tourière, si elle était là, était cachée derrière la porte qui resta ouverte, pendant que l'hôte s'acheminait sous les voûtes du cloître.

La salle à laquelle il accéda était blanche et laide, avec deux chaises et une fenêtre munie de barreaux. L'abbesse entra par la même porte et salua l'hôte. John observa attentivement cette femme grande, massive, et dont la petite tête était inclinée en signe de salut. Une tête petite et un sourire coupant qui n'entrouvrait même pas les lèvres serrées.

— Comment puis-je vous aider, monsieur ? dit une voix étudiée et basse, en accord avec le regard fuyant.

— Voilà, madame, je suis ici pour savoir si la jeune fille qui s'est évanouie dans l'église, le quinze de ce mois, s'est bien remise. J'étais là, je l'ai secourue et… je me demande justement si cette jeune personne va bien.

— Evanouie ?

Les yeux firent mine de fouiller dans la mémoire, en se rétrécissant encore plus. Des dents petites, bien alignées, serrées, à peine entrevues pendant qu'elle chuchotait le mot "évanouie".

Sir John ne jugea pas utile de l'aider, car il était impossible qu'elle ait oublié ; elle prenait son temps, elle tergiversait. Et en effet, le sourire coupant réapparut sur le visage de l'abbesse, avec une suavité savante.

— Mais bien sûr. Oui, bien sûr qu'elle va bien.

— Comment s'appelle-t-elle ?

La sérénité disparut, et il vit s'avancer une nébuleuse obscure, que même la diplomatie consommée de l'abbesse ne put réfréner.

— Notre sœur… bien sûr, nous aurions dû vous remercier du secours que vous lui avez apporté. Et je m'excuse de ma négligence présente. Notre sœur s'est parfaitement remise et elle est immédiatement revenue à ses devoirs. Merci de tout cœur, le merci d'une mère.

— Comment s'appelle-t-elle ?

Aucun signe que le message de congé eût été entendu, et aucune intention de s'en aller, de la part de l'Anglais. Le visage de la jeune fille avait totalement disparu de sa mémoire, mais il se souvenait d'avoir été attendri : le fil, pour ne pas perdre cette tendresse subite, était le nom.

— Sœur Paola.

Disparu, le sourire, serrées, les lèvres, oblique, le regard. L'abbesse se leva de toute sa taille, qui égalait celle de son longiligne interlocuteur, et lui indiqua la porte, bien décidée à ne pas ajouter une seule syllabe.

— Son nom de famille ? demanda l'Anglais, sur lequel le geste de la religieuse n'avait produit aucun effet.

— Pietra. Sœur Paola Pietra.

La voix était très différente, éclatante, argentine. Bleue ! se dit-il, après avoir regardé le visage de l'autre religieuse, qu'il n'avait pas remarquée jusquelà. Elle avait les yeux bleus, dans un visage très pâle. Des cils et des sourcils très blonds mettaient en valeur la lumière du regard. Bleu métallique. L'abbesse se tourna au son de cette voix, tout aussi inattendue pour elle, et se raidit. Son cou prit une posture qui devait être douloureuse, tant elle paraissait artificielle, et tout l'aspect matronal de la religieuse s'assombrit. En revanche, sir John adressa un sourire à la nonne bleue et lui fit, chose imprévue et peu protocolaire, un baisemain auquel la religieuse plus toute jeune ne se déroba pas. Puis, il se dirigea vers la sortie avec un générique "je suis votre serviteur" qui ne fut guère apprécié de la supérieure. Pendant qu'il parcourait le cloître pour sortir, il fut rejoint par deux timbres de voix différents et aigus, qui signifiaient une querelle.

L'évanouissement est une sensation étrange, il laisse dans la conscience une trace souterraine, que l'on ne perçoit pas tout de suite. Sorti de la syncope, dont il ne saurait dire que des choses vagues – un malaise auquel succède un bien-être total dénué d'images, puis abondant en silhouettes, mots et sensations dans lesquelles se nichent des voix extérieures et des bruits étouffés – le sujet est épuisé par une lutte acharnée, et gratifié par une sensation de repos parfait, mais il ignore ce qu'il est advenu de lui et autour de lui, pendant que sa conscience était ailleurs. Il l'ignore, mais il n'est pas exclu qu'il l'ait su et senti. Paola tombée sur le sol de l'église dans la chaleur d'août savait, et ne disait pas, avoir mal supporté l'odeur douceâtre des fleurs et du cercueil dans lequel la noble dame avait été enfermée trois jours auparavant. Elle ne saisissait pas, ne comprenait pas et ne situait pas la sensation de légèreté éprouvée en un moment de fléchissement, et, en même temps que cette légèreté, une sorte de pression sur les jambes et autour de ses épaules, et une senteur différente de celle des fleurs et du cadavre, quelque chose de doux-amer, ni puanteur, ni parfum. Elle n'y pensa pas tout de suite, mais eut tout de suite honte de sa faiblesse et de sa peur à l'idée que, pour un motif quelconque, le problème puisse se reproduire. Puis, ce qui était désagréable devint, dans son imagination, une curiosité et une inconnue sur laquelle échafauder des hypothèses et, prudemment, poser des questions à ceux qui avaient été témoins. Elle n'obtint pas satisfaction des quelques réponses qu'elle soutira à ses compagnes, elle n'arriva même pas à savoir par quel mystère elle s'était éveillée dans la sacristie, alors qu'elle se trouvait dans la nef de l'église. Auprès de l'abbesse, elle s'excusa d'avoir perturbé la cérémonie et, ayant fixé deux yeux inquisiteurs sur le visage de la supérieure, attendit une réponse qui l'eût éclairée sur ce moment de nuit cérébrale. Le sourire suave s'élargit sur le visage de la religieuse autorisée, sa petite tête s'inclina sur le côté et sa voix entraînée à la mesure modula un :

— A présent n'y pense plus. Tu vas bien, ça se voit. Il ne s'est agi que d'un moment passager. Tout le monde a parfaitement compris et personne n'a été perturbé. Notre pauvre morte priera pour toi avec plus de vigueur, tu verras.

Ce fut sœur Rosalba qui apprit à sa jeune élève, quelque temps après et comme par hasard, de quelle façon son corps inerte et couvert de sueur froide avait été transporté dans la sacristie.

On était dans la seconde moitié d'août quand sœur Rosalba se retrouva avec, entre les mains, le *Stabat Mater* de Pergolèse fraîchement imprimé. Il lui était parvenu de manière fortuite car, malgré sa réputation de musicienne, elle était quand même une religieuse et le monde ne devait pas la contaminer outre mesure. Il n'aurait pas dû ! La mère abbesse avait, à d'autres occasions, observé d'un œil soupçonneux l'attention de sœur Rosalba pour les nouveautés artistiques, et ne l'avait jamais vraiment approuvée : quelque chose, dans le monde de la musique, y compris de la musique sacrée, finissait par éveiller des appétits, selon elle peu conformes, et mettait les sœurs choristes dans un état d'agitation, suscitant des attentes différentes de l'idée de pure prière. Le fait de réitérer les essais, pour s'assurer de la justesse du son et de l'intonation, la dérangeait : elle était sûre que Dieu se contentait de l'intention, le reste était destiné aux hommes, et cela n'était pas convenable. Mais au-delà de cet ensemble de considérations, un après-midi d'octobre, sœur Rosalba Guenzani, dans sa cellule, lisait avec émotion la complexe partition musicale de Pergolèse, et elle entendait clairement la mélodie et l'harmonie, elle entendait les voix qui se mêlaient, en même temps que les archets et la basse continue. Ecrit pour soprano et contralto. Dans la tête de sœur Rosalba, les deux voix, la sienne et celle de son élève, s'élevaient dans le silence du cloître, déployaient leur filigrane harmonique que son violoncelle semblait pouvoir soutenir, à lui seul. Elle lut et relut la partition, bénit le parent qui lui avait offert ce bijou, replia les feuillets et se dit qu'elle devait aborder le sujet avec la mère supérieure. Elle prévoyait la réponse, elle prévoyait même le pli des lèvres, le regard oblique et le miel amer de son discours. Sévère, compassé, inflexible.

— Voyez-vous, mère, ce jeune compositeur – il est mort récemment – a laissé cette page en guise de testament. Il l'a composée dans un couvent, où il s'était retiré en pénitence et dans l'attente sereine de la fin. Ce n'est pas une œuvre quelconque, elle manifeste un signe sûr de la volonté de Dieu qui...

L'autre ne la laissa pas finir ; elle tendit une main impérieuse vers la sœur et la fit taire, sans ouvrir elle-même la bouche. Mieux encore : sa bouche était scellée, les lèvres deux lignes tracées pour barrer le propos de sœur Rosalba. Silence pesant entre les deux femmes, une minute interminable qui envahit la chambre de l'abbesse, jusqu'à ce qu'elle levât les yeux sur son interlocutrice pour lui dire, d'une voix basse et lasse :

— Maintenant, ça suffit. Dans ce couvent, on ne doit entendre que des voix de prière.

— C'est une prière ! lança, imprudente et généreuse, sœur Rosalba.

Alors, la douceur tant louée par le chanoine s'évanouit en une bulle de salive qui surgit des lèvres de l'abbesse et qui, en se rompant, laissa sortir un blême :

— Maintenant, ça suffit vraiment.

Blême était aussi le visage de la supérieure, et ses dents, habituellement bien cachées, semblèrent s'exhiber en tenue guerrière, aux yeux imaginatifs de la nonne. Sœur Rosalba se leva, mit à l'abri la partition qu'elle avait apportée, plus soucieuse de la valeur de ces feuillets que d'elle-même ; elle fit une petite révérence et quitta la pièce. La dernière pensée qu'elle formula, en fermant la porte avec précaution, fut : "Tôt ou tard, tu céderas, Dieu le Père te fera entendre comment doivent résonner ses trompettes." Et elle regagna, d'un pas tranquille, sa cellule au premier étage.

Avec le nom de Paola Pietra arraché à une religieuse trop zélée ou irrévérencieuse, sir John Breval se prélassa dans la certitude que, quand le voudrait, il parviendrait à en savoir davantage. Durant le peu de temps passé à Milan, il n'avait pas souvenir d'avoir jamais entendu ce nom de famille, mais ses connaissances l'y conduiraient sans peine. A moins que la jeune fille ne fût de basse extraction ! Mais ce qu'il avait entrevu ne portait aucune trace de grossièreté, et puis un monastère, dans le cœur de Milan, devait être sélectif. Il se prélassa donc quelques jours et se surprit, la nuit, s'il ne s'endormait pas tout de suite, à revoir de très près les traits du visage et la cheville découverte par la robe en désordre. Une cheville très fine.

Il fut invité à dîner au moins trois fois, la semaine qui suivit sa visite au couvent de Sainte-Radegonde, et jamais, qu'il s'agît de hasard ou de discrétion, il n'eut envie de s'informer sur une famille Pietra de Milan ; mais, comme le destin s'affaire dès qu'il sent la pression d'une pensée déterminée, au quatrième de ces dîners, on lui présenta le comte Francesco Brunerio Pietra et son épouse, la comtesse Anna Adelaïde. La lueur qui s'alluma dans les yeux de l'Anglais fut flatteuse pour l'aristocrate milanais, qui se sentit connu. Et connu, il l'était en effet, par des voies qu'il n'aurait pas remontées aisément. Assis côte à côte, la comtesse Adelaïde en face d'eux, derrière une barrière de cristallerie et de porcelaines, les deux hommes s'informèrent de leurs histoires et de leurs fonctions respectives, de leurs intérêts, de leur famille. Celle du comte Francesco consistait en deux garçons encore très jeunes ; aucune allusion à des filles. Pendant la conversation, John scruta ouvertement le visage de son voisin, et il scruta également celui de l'épouse, sans trouver de points communs ou de ressemblances avec celui de l'évanouie de Sainte-Radegonde. Il en déduisit que c'était peut-être une de leurs parentes, mais pas leur fille. Il s'intéressa avec moins de ferveur à la conversation, une fois qu'il fut convaincu de la fragilité de cette piste. Le comte Pietra, à des allusions même extrêmement voilées au monde monastique et à ses bienfaits, ne donnait aucun signe attestant une connaissance directe de celui-ci. Il l'aurait fait, se dit sir John, si un parent même éloigné avait eu accointance avec ce monde. Le dîner fini, pour s'asseoir dans le salon de conversation, il choisit distraitement un petit divan à l'écart et ne se soucia plus de suivre les mouvements de son voisin de table. Le maître de maison s'approcha de lui et s'assit à son côté :

— Vous avez vraiment été très apprécié des comtes Pietra. Des gens habituellement réticents aux louanges de leur prochain.

— Vraiment ? Mais nous ne nous sommes pas dit grand-chose…

— La sympathie est une donnée si incontrôlable… oui, ils ont un caractère plutôt fermé. Leur mariage, à l'époque, a été l'objet de quelques critiques, et il s'est ensuivi de leur part une méfiance que, en ce qui me concerne, je ne comprends pas.

— Ce ne sont pas des époux de fraîche date, me semble-t-il.

— Six ans, pour être exact, et deux jeunes enfants. Mais ce sont les secondes noces du comte, et la fille issue de son premier lit a été, pour ainsi dire, confiée un peu hâtivement à la religion. Où elle est sans doute plus heureuse. C'est l'une des plus belles voix du chœur de sœur Rosalba. Un contralto.

— Vraiment ? Quel âge a-t-elle ?

— Dix-sept ans ? Ma femme serait plus précise que moi ; je n'en ai qu'un vague souvenir, et je ne sais même plus quand elle est entrée au couvent.

Sir John écouta attentivement, puis demanda si on pouvait considérer l'été milanais comme terminé, avec ces premiers signes de fraîcheur. Le maître de maison le rassura : l'automne, ici, pouvait être une saison très douce. Ils parlèrent ensuite de tabac, puis de chasse, puis d'autre chose encore, et se saluèrent cordialement, alors que la nuit était déjà bien avancée et noire. Une nuit de nouvelle lune.

"Stabat Mater dolorosa, iuxta crucem lacrimosa, dum pendebat filius." Paolina lut et relut le texte sur la partition que sœur Rosalba lui avait confiée en grand secret, en lui recommandant de n'en parler à personne. Pas encore. Elle lut soigneusement la partition et relia ses notions musicales et la ligne mélodique du morceau. Première partie, soprano, seconde, contralto. Il suffisait de deux voix. Elle s'efforça d'entendre sur la portée l'appui du clavecin, ou seulement le violoncelle dont sœur Rosalba jouait magistralement.

Stabat Mater dolorosa, iuxta crucem lacrimosa. A elle, contralto, était dévolu le tragique profond de la seconde partie *dum pendebat filius*. Puis, les deux voix à l'unisson dans la reprise du thème.

A la troisième lecture, Paolina sortit sa voix, presque un chuchotement, un chant à peine plus que mental. Le ton devait être juste, il avait désormais acquis une certaine assurance, elle l'entendit appuyé aux aigus de la soprano. Elle poursuivit, lut et chanta à mi-voix toute la partition. Celle-ci lui plut beaucoup et elle ne se soucia pas des mots, c'était la musique qui se chargeait de souligner la tragédie et l'élégie. Elle passa l'après-midi enfermée dans sa cellule, occupée à cet exercice, et sortit juste à temps pour aller dire les vêpres dans la chapelle. Sœur Rosalba était assise deux rangs devant elle, et Paolina n'eut pas le courage de la rejoindre pour lui parler. Les recommandations de la sœur plus âgée lui avaient fait comprendre qu'il s'agissait d'un sujet confidentiel, et la mère abbesse, qui dirigeait la récitation des heures, était sur le premier siège et entonnait déjà le début des psaumes. Elle tint sa partie, Paolina, se retenant difficilement d'accélérer le rythme pour finir plus vite la psalmodie, et reçut un coup de coude de sa compagne de gauche, agacée par le demi-verset d'avance qu'elle enregistrait, dans la voix de Paolina.

Stabat Mater dolorosa, entendit-elle chanter dans sa tête, même pendant le dîner, puis pendant la récitation des complies. Elle dormit avec ; de toute façon, jusqu'au matin, elle ne pourrait pas en parler avec sa maîtresse de chant.

La mère abbesse avait raison. Elle avait de bonnes raisons de craindre la musique, et le plaisir qui en découlait. Elle qui n'était pas en syntonie particulière avec cet art, absolument pas considéré comme un instrument de prière, elle savait clairement que c'était un moyen de séduction sournois, et que, en outre, il engendrait une complicité non dite entre les participants, actifs et passifs, au jeu. En vérité, elle n'y connaissait rien, pauvre femme ! Mais elle la craignait. La crainte, chez les personnes revêches, se transforme en intransigeance. Et en surdité. La ligne dure de ses lèvres devint pierreuse, son regard coupant une lame d'acier qui envoyait des étincelles au moment de l'impact contre un autre matériau ; bref, pour rester dans la métaphore, elle haussa la garde comme elle ne l'avait jamais fait auparavant. Les nonnes, sous la conduite de sœur Rosalba, continuèrent à participer à la messe grégorienne de Sainte-Radegonde, mais on n'entendit plus une note qui menaçât de s'adoucir vers la mélodie. Pour ignorante qu'elle fût en musique, l'abbesse reconnaissait le serpent qui se glissait dans le feuillage des exercices de chant présidés par la Guenzani. Plus d'une fois, éveillée au cœur de la nuit, le nom de celle-ci lui monta aux lèvres avec mépris, et pourtant, elle ne savait comment démêler une fois pour toutes le nœud de vipères dans lequel elle se sentait piégée. Elle était trop embarrassée pour donner un nom exact à l'impression qu'elle ressentait, et au chatouillement qu'elle éprouvait elle aussi, une démangeaison sensuelle ; mais ici, la mère abbesse s'arrêtait, au seuil du mot redouté.

De son côté, sœur Rosalba avait un avantage : elle était persuadée, outre mesure, que la musique était une valeur absolue. C'était un énorme avantage. Elle savait que, tel un liquide, elle occupait tous les espaces vides et donc, montait en niveau et submergeait toute résistance éventuelle ; sur la base de cette conviction, il lui arriva plus d'une fois de regarder la mère abbesse avec la pitié que l'on doit à qui est dans l'eau jusqu'au cou.

Le 1er novembre, jour des saints, à la messe solennelle de Sainte-Radegonde, le chanoine, qui officiait, annonça la fin du rite ; pendant la récitation de l'heure de nones, l'après-midi, les sœurs du couvent clôtureraient la prière avec le chant du *Stabat Mater*, en l'honneur de la sainte des saints, mère de toutes les souffrances. Comment diable en était-on arrivé à ce point ? L'abbesse elle-même, inclinée sur son banc, enfermée dans sa prière, n'aurait su le dire.

*

Il faisait froid et il pleuvait, en ce 1er novembre, l'automne le plus sincère s'était abattu sur Milan en même temps que les brouillards encore peu épais, qui se mêlent à la dernière humeur de la pluie. Dans les rues, les pavés étaient mouillés, et les gens marchaient volontiers à l'abri des rares portiques qu'offrait la ville. Pour sir John, ce climat londonien était amical, pour ne pas dire stimulant : il se sentait comme chez lui bien qu'à l'étranger, un mélange de nostalgie, de bien-être et de curiosité. Il déjeuna seul et sortit tôt, afin de ne pas se retrouver parmi les derniers pour entendre les nones à Sainte-Radegonde.

Il se plaça à un endroit stratégique de l'église dont il avait appris à connaître les reflets acoustiques et, peu attentif à la récitation des psaumes, attendit patiemment la musique. Il n'était pas le seul à se trouver là dans cette expectative, et la nef de l'église faisait même penser à un théâtre, à cette différence près qu'ici, par rapport à la salle du palais royal, on suivait le spectacle dans un silence rigoureux et dévot, mais d'une dévotion différente.

Je n'ai pas les connaissances suffisantes pour raconter et commenter le *Stabat Mater* qui, de la grille du fond de l'église, ruissela sur le public. Personne, en conscience, ne me demandera d'être un critique musical ou de feindre de posséder une oreille et des compétences qui me font défaut. Mais je sais que, à tort ou à raison, par suggestion, conviction et connaissance, les nombreuses personnes qui se pressaient sur les bancs de Sainte-Radegonde éprouvèrent un plaisir profond, et furent caressées, secouées, émues par les voix des deux religieuses invisibles, et par le timbre de l'orgue qui soutenait leur chant en solo. L'Anglais en fut particulièrement troublé et inquiet. Il savait que l'une des deux était la jeune fille évanouie, et le fait de ne rien voir éveillait, dans sa fantaisie, une suite d'images qui l'agitaient et, en même temps, l'enchantaient. Il voyait la cheville fine qui sortait des bas grèges, et pourtant il n'arrivait plus à retrouver les traits du visage, ni l'ensemble. Rien que la bouche entrouverte dans un râle. La laine grossière du vêtement et le poids inerte du corps entre ses bras. A présent, la voix montait, sombre et tourbillonnante, et poursuivait les trilles de la soprano ; il aurait donné n'importe quoi pour savoir comment s'articulaient ces lèvres dans l'effort du chant. Il maudit la grille et pensa au peu de curiosité que suscitait en lui une chanteuse qui, ces jours-là, s'exhibait au théâtre royal et dont il voyait le visage, les jambes, les seins, en une généreuse exposition qu'il n'avait que moyennement appréciée. Du reste, une femme qui sort sa voix n'est absolument pas belle à regarder, on sait que les traits du visage s'altèrent et se déforment, mais le fait de ne pas voir... Le *Stabat Mater* s'acheva, et sir John était toujours perdu dans une troublante fantaisie érotique.

Derrière la grille, les deux femmes qui s'exhibaient sous le regard noir de l'abbesse n'étaient pas moins prises par la partie qu'elles interprétaient. Pour la plus âgée, c'était une pure libération d'énergies, elle ne prêtait aucune attention aux paroles du chant, concentrée qu'elle était sur la modulation des notes ; un état de grâce qui absorbait toute fatigue et tension. Mais pour sa compagne, il était moins facile de saisir les impressions de son âme et, surtout, de se retenir pour qu'elles ne débordent pas. C'était son corps qui produisait la mélodie et qui l'élevait, l'atténuait, vibrait d'une passion qu'elle-même, sans cela, ne se serait jamais reconnue. Au couvent, on l'avait habituée à mortifier tout plaisir, même celui procuré par les saveurs de la nourriture, et dans sa famille, elle n'avait rien appris de différent, et n'avait jamais rien saisi de différent sur le visage de son père ou de sa belle-mère ; elle fut donc immensément étonnée par elle-même et par la tension qui, de son ventre, montait jusqu'à son diaphragme, et se concrétisait dans les notes justes. Justes, elle le voyait, à travers l'approbation continue de sa compagne qui la suivait dans les solos, regard et main attentifs à conduire le chant, avec la sollicitude d'une sage-femme qui accompagne la naissance d'un enfant.

Le silence absolu de l'église, à la fin de l'exécution, laissa résonner dans les airs les dernières notes, et avec elles l'émotion du public. Ce fut la voix de l'abbesse, qui entonna un sec *Ave Maria gratia plena* qui rompit le cercle magique.

Le cercle tracé par Viviane autour de Merlin l'Enchanteur fut la prison d'amour d'où le savant conseiller du roi Arthur ne put jamais s'évader. Cette histoire s'était déroulée en Cornouailles, au temps légendaire des chevaliers de la Table ronde, et sir John, dont la famille venait de Penzance, la connaissait bien. Il y pensa en se déshabillant avant d'aller dormir, le soir du 1er novembre, après avoir écrit à son épouse une longue lettre dans laquelle il racontait par le menu la participation des Milanais aux cérémonies religieuses de la Toussaint, et la qualité de la musique de ce jeune Napolitain, hélas mort trop tôt, dans la force de son art de compositeur. Il aurait parié qu'en Angleterre, personne, encore, ne connaissait son nom. Giovanni Battista Pergolèse. Mais on en parlerait, sans nul doute. Une longue lettre dont il n'arrivait pas à détacher la main, et qu'il conclut laborieusement, en évoquant le talent du chœur des religieuses. Il envoya aussi des baisers affectueux à ses enfants et s'adressa à eux, leur recommandant chaudement d'être dociles et gentils avec leur maman, à laquelle ils devaient respect, obéissance et affection. Une recommandation précise, qui avait un goût de remords.

— Nous le chanterons encore ? demanda Paola Pietra, émue et excitée à la fin de la journée, lorsqu'elle se retrouva au réfectoire, près de sa maîtresse de chant.

Celle-ci n'était pas moins heureuse que Paolina de cet essai, mais elle avait senti l'humeur noire de la supérieure serpenter vers elle. Le visage sombre et fermé, à la fin des nones, n'augurait rien de bon pour l'avenir. Elle s'attendait même, sœur Rosalba, à un avertissement, peut-être discret, puis, sans doute, à quelque chose de plus lourd. Le monde du couvent était un royaume sans démocratie, une autorité absolue le conduisait, et seulement en cas de personnalité ou trop faible, ou vraiment forte, on envisageait un dialogue, tout au moins avec les sœurs âgées. En revanche, la mère supérieure appartenait à la terre dangereuse des gens de pouvoir, qui semblent pourtant n'en avoir jamais assez entre les mains. Elle se méfiait souvent, et elle craignait les idées des autres ; elle se trouvait à l'aise, et en sécurité, parmi les esprits grégaires et les sujets qui la laissaient commander sans rechigner, et elle n'aimait pas cette Rosalba Guenzani qui avait presque son âge, elle n'aimait pas sa passion pour la musique, à l'égard de laquelle elle nourrissait le doute et le soupçon de transports excessifs dans un monde qui, selon elle, ne devait être que monodique.

— Oui, je crois que oui, répondit-elle à Paola.

Elle dit oui, même si elle était convaincue que les choses ne seraient pas simples, elle le dit avec un air agressif, comme une personne décidée à ne s'arrêter devant rien. La religion était le centre de sa vie, elle ne le niait pas, mais elle avait l'intention de s'aider et de l'aider autrement que par la vertu reconnue des prières.

"C'est une prière", avait-elle dit à l'abbesse, et s'il le fallait, elle le lui redirait, mais sur un autre ton. Tant pis pour la supérieure, si Dieu l'avait faite sourde.

*

Sir John eut un hiver de travail – quel travail, il ne nous est pas encore donné de le savoir – et de fréquentations haut placées, qui l'engagèrent dans des dîners et des fêtes, et de réunions plus discrètes dans les meilleures maisons de Milan. Sa connaissance de la langue italienne s'était accrue, bien qu'il ne maîtrisât pas encore le dialecte milanais, et il pouvait s'aventurer dans des argumentations complexes sans se retrouver suspendu au fil d'un mot manquant. Il s'était même pris d'une grande affection pour cette langue et l'étudiait avec application, bien au-delà des nécessités pratiques. Il avait amélioré sa prononciation et atténué les déformations dues à l'accent anglais. Et son effort était extrêmement apprécié. Son élégance indépendante des modes courantes l'imposait impartialement aux regards des hommes et des femmes et, à une époque de mœurs peu sobres et très peu contenues, on se demandait quelle dame l'accueillait régulièrement au-delà du seuil de son salon. Aucune. Et non par la volonté des Milanaises du grand monde, toujours si bien disposées. Parmi celles-ci, les dames qui avaient tenté leur chance, sans succès, se disaient que c'était un homme aux mœurs rigides, ou peut-être un paresseux auquel, malgré les garanties de discrétion qu'une femme mariée pouvait donner à l'époque, déplaisait l'idée de rencontres secrètes, de rendez-vous et d'alcôves cachées. Bref, il vivait en

homme chaste, mondain uniquement par nécessité de représentation.

En fait, il se tourmentait autour d'un plan sans
espoir de réussite, qui était de parvenir jusqu'à
sœur Paola Pietra, de la revoir et de se montrer à
elle. Il se réveillait la nuit avec, dans la tête, la voix
profonde du contralto dans le *Stabat Mater*, et il
en caressait le timbre comme il l'aurait fait avec la
peau de la jeune fille, si seulement il avait pu chas-
ser la sensation rêche de la robe. Il n'avait pas souvenir d'un désir aussi intense, la nuit où il avait aidé
sa femme à sortir de l'embarras suscité par ce qu'ils
devaient faire. Et maintenant que, face à cette adolescente enveloppée dans l'habit monacal, il aurait
voulu, tant voulu ! devenir son maître, l'impuissance la plus objective l'arrêtait au seuil du rêve. Il
était en terre étrangère, et il avait affaire à une religieuse, à des us et coutumes qui lui étaient étrangers. Que pouvait-il savoir, sir John, des prouesses
de son contemporain Casanova de Venise, pour
lequel même un monastère sur la lagune n'était
pas un obstacle suffisant à la passion, alors que,
pour lui, le mur d'enceinte des bénédictines de
Sainte-Radegonde était une barrière qui l'excluait
définitivement ? Du moins en apparence. Il découvrit que son esprit l'amenait, plus qu'il n'aurait dû,
vers le couvent, car celui-ci avait fini par devenir
un sujet de conversation avec les invités des nombreux dîners auxquels il était convié. Sir John finit
même par être de plus en plus présent dans la vie
mondaine, dans l'espoir, sans doute peu lucide, de
trouver une solution à son tourment.

— Oui, dit-il un de ces soirs, après le dîner, assis
dans la bibliothèque avec le maître de maison et
quelques autres, j'ai eu l'occasion de fréquenter l'église
de Sainte-Radegonde. En réalité, uniquement parce
que j'aime la musique, et les sœurs du couvent me
semblent chanter particulièrement juste.

— Ah, certes, elles sont excellentes. Même trop. Entre nous soit dit – et le maître de maison baissa la voix –, je l'ai appris de leur curé, qui fréquente notre maison. Il nous a parlé d'un engagement excessif de cette sœur Rosalba si douée. Plus douée pour chanter et dénicher de nouvelles musiques que pour prier. Aux dires de la mère abbesse. Vous la connaissez ? L'abbesse. Non ? Une femme importante ici, à Milan. Son père, qui est désormais très vieux et que l'on ne voit plus – mais il est toujours vivant, j'en suis sûr – son père, disais-je, a été médecin, une des figures les plus importantes de la médecine, dans la région.

En réalité, sir John le connaissait, mais il jugea que ce n'était pas le moment de l'admettre, et il resta aux aguets, afin de capter au plus près l'air de ce lieu interdit, cherchant un point d'appui pour ne pas changer de sujet, tout en n'ayant pas l'air trop intéressé.

— Le chanoine trouve que l'abbesse est une personne de grande qualité, douce et ferme, selon lui. Bien que… bien que, en ce moment, elle soit, vous disais-je, tourmentée par certaines appréhensions concernant cette histoire de chant. Après quoi, il eut un petit rire, le maître de maison, et but une gorgée de vin blanc, puis il rit encore et secoua la tête. "Le paradis est partout dans le ciel", dit Dante, et sur terre, l'enfer. Toujours ! Je pense bien. N'est-ce pas, mon cher sir John ?"

Sir John acquiesça, mais il ne connaissait pas Dante, et ce bon mot ne fut pas immédiatement clair pour lui. La langue italienne aussi, çà et là – en plus, avec cet accent lombard si marqué – lui posait parfois problème.

"Le paradis est partout dans le ciel" était une affirmation exacte concernant la mère abbesse et ses ouailles, dont il était bien clair que le ciel était encore très haut au-dessus de leurs têtes et de leurs âmes. Il n'était pas beau de penser qu'un *Stabat Mater* d'une portée si sublime fût la pierre de scandale et provoquât des vagues d'une telle ampleur, mais le diable sait prendre les formes les plus insidieuses, et il utilisa la musique de Pergolèse pour semer la zizanie dans l'antichambre du paradis. Tout ce jargon, on l'aura compris, est pris et recopié tel quel du lexique des mères et sœurs de Sainte-Radegonde, où l'atmosphère était devenue sombre et menaçante. Ce fut durant cette période que le moment, autrefois solaire, des répétitions du chœur, se transforma en quelque chose de semblable à une conspiration, au point que les voix sortaient moins claires des gosiers. Même durant les célébrations à l'église. Le curé vint pour une consultation, tel un médecin au chevet d'un malade dans un état grave, appelé par l'abbesse qui avait à l'esprit une ligne ferme, et qui voulait être soutenue par l'autorité. Par exemple, et de belle manière, en exilant sœur Rosalba dans un siège périphérique. Certes, il y a un interminable catalogue d'exils de ce genre, je sais que je foule un sentier maintes fois battu, je ne dis rien de nouveau et personne ne roulera des yeux stupéfaits. Mais c'est le genre humain qui a une imagination limitée, dans une grande partie de ses actions. Dans la cruauté physique aussi, il manque de créativité, il revient sans cesse aux vieilles formules qui remontent à des millénaires. En l'occurrence, sans s'acharner sur les corps, on recourait à la même pratique : exiler et séparer. Le *punctum dolens*, en effet, était devenu Paola Pietra, dont le talent avait sollicité les ambitions de sa maîtresse plus âgée et insinué – de grâce, sans vraiment le vouloir – un je ne sais quoi de mondain. Voilà le grand mot lâché ! La mère abbesse exposa aussitôt ses doutes et ses solutions au curé, elle usa au mieux de ses qualités dialectiques, auxquelles elle mêlait détermination et tranquillité, mais cette dernière était bien difficile à conserver ! Et entre-temps, ses yeux trahissaient l'anxiété que sa voix tentait de maîtriser.

— A vrai dire, ma mère, ce sera dommage. Votre manière de prier a paru si persuasive à plusieurs de vos paroissiens – et il regarda l'abbesse droit dans les yeux. Il faut penser que plusieurs choses coopèrent au bien, je ne dis pas toutes. Mais plusieurs. Pensez-y avant de décider, ma révérende mère. Pensez-y.

Elle ne s'y attendait pas, et eut l'impression qu'on lui jetait sur les épaules une croix imméritée : la solution chirurgicale lui avait paru la plus simple pour résoudre le problème, et elle avait considéré comme un fait acquis la solidarité habituelle du chanoine, face à des décisions difficiles mais inévitables. Cette attitude conciliante était choquante. Elle regarda dans les yeux son ancien allié, puis se perdit dans la contemplation du mur blanc, derrière lui.

— Je suivrai votre conseil, monseigneur, et j'y penserai. Ce sera une charge, une responsabilité, mais j'en accepte le poids. Selon la volonté de Dieu.

Quelle physionomie fallait-il attribuer à la volonté de Dieu en ce moment, on n'en savait rien.

Elles le chantèrent encore, le jour de la fête de la Vierge en décembre, elles le chantèrent hors sujet, pour ainsi dire, se contentant de la présence du nom de Marie dans l'œuvre de Pergolèse. Les deux solistes arrivèrent avec un esprit combatif et des intentions différentes : pour sœur Rosalba, c'était le signe de sa victoire sur les prudences de l'abbesse. Pour Paola Pietra, ce fut, au contraire, la perception d'une porte entrouverte qui alluma un désir inconscient de sortir et de franchir les limites de la discrétion imposée par la claustration. Dire qu'elle y avait pensé, et qu'elle avait cultivé ce désir, serait faux ; et elle n'aurait même jamais eu ce genre d'idée si l'épisode de l'évanouissement n'avait remué en elle quelque chose d'inquiet, sans qu'elle puisse comprendre quelles étaient la couleur et la forme de cette inquiétude. Mais il y avait la trace d'une odeur qui allait et venait dans ses narines, plus volatile que jamais, étrange et inconnue. "C'est un homme qui t'a ramassée par terre, un Anglais qui se trouve à Milan pour quelque temps. Quand il t'a ramassée, tu semblais morte et il t'a portée dans la sacristie." Sœur Paola ne savait rien de plus que ce que lui avait dit sœur Rosalba. Un homme, un Anglais qui se trouve à Milan pour quelque temps. Puis il s'en ira. Peut-être s'en était-il déjà allé. C'était du tabac mêlé aux sécrétions de la peau. Elle se demanda quelle odeur dégageait son corps inanimé, et se livra à un parcours mental insolite, dans les catégories de l'odorat. Parfois, les odeurs s'arrêtaient dans son nez et persistaient en tant qu'exercices de mémoire : celles de la cuisine, ou la senteur légère de moisissure dans la salle commune, la sueur de ses compagnes âgées et l'acidité du vinaigre avec lequel la supérieure se désinfectait les cheveux : un sens que, autrefois, elle aurait tout au plus attribué aux chiens de son père lui parut soudain l'un des plus intéressants. Mais entre-temps, elle se surprenait de plus en plus souvent à imaginer ce que pouvait signifier franchir le mur du couvent. Non la maison paternelle, dont elle se souvenait sans affection ni désir, mais un ailleurs indistinct dans lequel s'agitait l'imagination. A dix-huit ans, les énergies de l'imagination sont en pleine vigueur, et n'ont besoin que de sollicitations minimes pour enfler et croître. "Ailleurs" était un mot, dans l'esprit de sœur Paola, parfois associé à "Angleterre". Un homme, un Anglais, était peut-être déjà parti. Ou n'était jamais parti. Tout était très confus dans la tête de la jeune Paola Pietra, et son imagination travaillait à chercher des passages dans le mur. Sans intention précise. Ainsi, quand, le jour de la Vierge, à la messe solennelle, elle chanta avec les religieuses le *Stabat Mater*, elle lança sa très belle voix de contralto au-delà de la grille, comme un galet qui ricocherait sur l'eau. De l'autre côté, quelqu'un, plus que les autres, entendrait.

On peut se demander quel maître mystérieux coordonne la mise en scène d'un amour. Je parle d'un amour, c'est-à-dire d'une chose rare, bien plus rare que cette pacotille d'unions et de fusions et confusions entre apparence, convenance, nécessité, sentiment, parfois, et sexe, qui fait un mariage. Les mariages sont la norme, l'amour l'exception. Ce n'est pas un petit nœud à défaire que celui qui lie sœur Paola à l'Eglise, ni celui qui attache sir John à sa famille, une femme et deux enfants qui sont loin et ne se doutent de rien. Pour ne pas dire que, si sir John sait qui est, du moins physiquement, l'objet de ses pensées, la petite comtesse Pietra erre dans la plus aride des landes, poursuivant un lambeau d'imagination. Une odeur associée à l'idée de force, une différence jusque-là inexplorée, car le seul homme qu'elle ait connu, son père, n'a été rien d'autre que la somme des tissus de laine et de lin dont il s'habillait ; même les mains avec lesquelles il l'a poussée vers l'abbesse le jour de la présentation au couvent lui semblaient enfermées dans les gants. Durant ses trois ou quatre années de claustration, elle ne s'était jamais attardée à considérer que sa vie était enveloppée par les femmes, une armée uniforme avec laquelle elle partageait ses humeurs féminines. Elle y songea, maintenant qu'elle avait flairé la différence, et en était curieuse comme d'un nouveau continent, un autre air, un autre paysage humain. Elle se surprit à observer ses compagnes avec une impression d'étrangeté : des brebis sans désir de nouveaux pâturages. La seule avec laquelle elle continuât à vivre en solidarité était aussi celle qui l'avait détachée, sans doute involontairement, du lieu collectif dans lequel elles vivaient : sœur Rosalba qui, par un certain chemin, s'approchait pour comprendre la métamorphose de sa jeune élève. Et, délibérément, elle n'en parla à personne, et pendant quelque temps, même pas à sœur Paola.

Les répétitions au violoncelle reprirent avec la nouvelle année, après la fatigue des fêtes de Noël qui était tombée sur sœur Paola comme un sourd désespoir : elle était convaincue que le mystérieux Anglais avait regagné sa patrie. La grille derrière laquelle se tenaient les fidèles lui était apparue comme la hache qui avait coupé ses espoirs inavoués, si bien que sa voix n'avait plus de raison de s'élever, sinon pour revenir à son siège, avec un écho mélancolique. Son chant était stérile, et stériles étaient ses dix-huit ans, dont elle faisait un bilan amer ; elle n'y avait jamais pensé auparavant, au contraire, le couvent et le vœu de virginité lui étaient apparus comme une garantie contre l'obsession du temps.

Les répétitions au violoncelle, que sœur Rosalba proposa à son élève, tendaient à quelque chose de plus, et de différent, par rapport au travail de la voix : dans la cellule de la religieuse, entre un accord et une note correcte, coururent d'autres interprétations et questions sur ce que l'enseignante avait pressenti sans demander d'explications.

— Plus clair, le timbre, sœur Paola, il y a dans ta voix quelque chose de forcé, qui n'est pas naturel. Cela vient d'un étranglement du diaphragme, que je ne comprends pas.

L'obstinée Paola déglutit et essaya de nouveau de dilater sa cage thoracique pour permettre à la voix de jaillir, pleine et contrôlée, mais il n'y avait pas moyen de sortir de l'impasse. L'enseignante regarda son élève.

— Alors ?

La question de sœur Rosalba était aussi large qu'un fleuve en plaine. Deux yeux maladroitement interrogateurs lui répondirent : Paola avait bien compris que, là-dedans, il y avait place pour tout et sans réticences, si seulement elle voulait bien abattre ses cartes.

— Alors, rien, dit-elle au contraire d'un air suffisant, l'air de qui ne se fie à personne et en même temps, étouffe, en quête de soulagement.

Tout en pinçant les cordes sur le ventre du violoncelle, sœur Rosalba fit remarquer que "rien" était la réponse la plus facile, mais, venant de sa meilleure élève et de sa collègue de chant la plus intelligente (elle utilisa cette expression désuète, à faire écarquiller les yeux de la jeune fille), elle s'attendait à une réponse plus claire et plus lucide. Les cordes vocales de Paola étaient plus récalcitrantes que celles du violoncelle, et la caisse de résonance de son corps moins ductile que le bois de cerisier de l'instrument sur lequel jouaient les doigts de sœur Rosalba. Cette première répétition s'acheva dans le silence.

Il y en eut cinq, de répétitions, l'une à la suite de l'autre, tout aussi pénibles et peu satisfaisantes. Et tout aussi obstinées, de part et d'autre. Il n'y en eut que cinq parce que, à la cinquième, Paola Pietra céda. A la fin, et sur le énième coup d'archet final sur lequel sœur Rosalba s'arrêtait, mécontente, la jeune religieuse s'abîma dans des pleurs sans larmes, faits de sanglots nerveux.

— Ne vous occupez pas de moi, il n'y a aucune raison pour que je chante, ma voix sait mieux que moi qu'il n'y a plus aucune raison.

— Il n'y a pas, ou il n'y a plus ? C'est un peu différent.

Et entre-temps, sœur Rosalba palpait les cordes du violoncelle, qui répondait avec un grognement évoquant celui d'un humain contrarié.

— Il n'y a plus.

— De quoi parlons-nous, jeune fille ?

Le ton de sœur Rosalba était brusque, elle n'était pas femme à faire des minauderies et des câlineries ; néanmoins, son attention pour la jeune fille transparaissait, dans la sécheresse inquiète de la question.

— Je suis fatiguée.

— Bien. (Pause.) Et de quoi ? De chanter ? De prier ? De te lever à l'aube pour dire les matines ? De quoi ?

— D'ici.

Deux syllabes fondamentales. Elles ne surprirent pas sœur Rosalba, qui avait creusé à mains nues pour les amener au jour. Le problème était plutôt : comment manier ces deux tessons fragiles sans que d'autres fêlures les brisent en mille morceaux.

— Tu sais que tu es ici à la suite d'un vœu qui te lie pour toute la vie à ce monastère, ou à un autre. A cette vie, sûrement.

Paola leva sur sa maîtresse de musique deux yeux désespérés, qui tout de suite après se firent rebelles, puis leur lumière s'éclipsa.

— Tu le sais, n'est-ce pas ?

Malgré la formule, ce n'était pas une question rhétorique ; la réponse de Paolina était un motif de grande attente pour Rosalba. Elle s'attendait à tout dans l'espace qui va des fureurs d'une adolescente à la détermination d'une femme mûre. Dix-huit ans n'étaient pas une mince affaire, à l'époque.

— Je le sais, mais je ne peux plus…

— Prier ? Te réveiller à l'aube ? Faire pénitence ? Porter cet habit ?

— Ma tête est ailleurs. Et elle leva des yeux secs et rouges sur sœur Rosalba : Et si la tête est d'un côté et le corps de l'autre, on devient fou.

— Non. Pas pour si peu. Ce que tu vis est une crise que nous avons toutes vécue, au moins une fois. Sauf les plus solides, comme la mère supérieure, peut-être. Certaines ont une prédisposition mentale plus ferme, certes, ou n'ont pas le courage de regarder la crise en face. Mais cela arrive à toutes.

— Qui était l'Anglais ?

Non, même cette question ne fut pas une vraie surprise pour sœur Rosalba ; sans doute ne s'attendait-elle pas à ce qu'elle jaillisse si vite et si directement, mais elle la sentait trotter depuis un moment dans la tête de Paola, repoussée maintes fois et jamais extirpée. Elle mit de côté le violoncelle, en l'appuyant au mur, lissa son habit froissé par l'instrument, puis se tourna brusquement, avec l'impression que quelque chose tombait derrière elle. Tout allait bien.

— Je n'en sais pas grand-chose. Il semble qu'il soit ici pour un motif diplomatique. Pour son gouvernement. C'est ce qu'on dit.

Sœur Paola écoutait, soupçonneuse et émue. Sa compagne parlait au présent. L'Anglais n'était pas encore parti. Il est ici. Pour un motif diplomatique. Son gouvernement.

— Et puisque nous parlons de lui, poursuivit la religieuse plus âgée, il est venu au couvent il y a quelque temps, et a demandé de tes nouvelles. Si tu allais bien après le... l'évanouissement.

Dans les narines de Paola refleurit, soudaine et étourdissante, l'odeur douce-amère du tabac.

Nous suspendons un instant la scène, et courons une vingtaine d'années plus tard : dans le souvenir de Paola, la phrase entière de sœur Rosalba était encore là, égale à elle-même, accents clairs, suspension du ton et hésitation sur l'article, tout était là, aussi parfaitement audible que si elle venait de le prononcer. Elle ne l'oublierait jamais, elle ne l'avait jamais oublié.

— Avec qui... avec qui a-t-il parlé ?

— L'abbesse.

L'affaissement d'une voile après un vigoureux coup de vent.

— Et naturellement, depuis, il n'est plus revenu. J'espère que tu comprends qu'une abbesse ne peut pas encourager cette attention. Fût-elle dictée par la politesse.

Paola continua à fixer la religieuse ; elle vivait une apnée de l'âme à laquelle elle résistait, grâce à la maîtrise de ses forces physiques et mentales réunies. Combien de temps résisterait-elle, elle ne le savait pas. Sœur Rosalba, mains jointes dans son giron, semblait l'image même de la fermeté, alors

qu'elle ne devait pas perdre de vue ses propres problèmes.

— De toute façon, il est encore à Milan.

A la différence de la mère abbesse, sœur Rosalba
haïssait le profil coupant et les yeux de renard de
Machiavel. Aucune fin ne justifie la tromperie.

— A présent, j'ai à faire. Et toi aussi. Pour aujourd'hui, la répétition est finie.

Il neigea. La neige, comme la mer, exerce un
pouvoir ensorceleur, nous repousse vers la dimen-
sion de l'enfance, vers une euphorie sans raison.
Les religieuses de Sainte-Radegonde, bien que religieuses, se réveillèrent à l'aube avec une allégresse
turbulente, qui traversa bruyamment le cloître au
moment du regroupement dans la chapelle, pour
les matines. Elles récitèrent les hymnes, dirent les
prières du début de la journée au rythme habituel,
uniquement parce qu'elles étaient tenues étroite-
ment en bride par la supérieure, soucieuse de réfréner l'accélération involontaire des nonnes qui,
en dépit du froid, anticipaient le plaisir de retraver-
ser le jardin, où les traces de leurs pas avaient déjà
été effacées par la nouvelle neige. Ainsi, sœur Rosalba eut l'impression que l'abbesse allongeait la
durée de la méditation entre deux hymnes, et imagina qu'un sadisme inné et la découverte d'un nouvel instrument de domination, sur les femmes qui
lui étaient soumises, la rendaient subtilement puni-
tive. Elle lorgna Paola, non loin d'elle, la plus fermée
de toutes en cette matinée de bonheur atypique.
Elle la suivit lorsqu'elles quittèrent la chapelle : le
manteau sombre, blanchi sur les épaules, la faisait
paraître plus voûtée et accablée ; elle lui fit de la
peine. Vilaine expression pour dire le mélange
d'affection, d'impuissance et de contrariété qui la

laissait à l'écart, à observer la souffrance de la jeune fille.

Sœur Rosalba avait un monde extérieur avec lequel elle communiquait assez régulièrement, des connaissances et de la famille qui lui transmettaient des nouvelles de la ville, de la bonne société d'où provenaient les siens et des salons que ses parentes par alliance, les épouses de ses frères, fréquentaient. Elle savait aussi par eux, en raison de sa qualité particulière de musicienne, ce que l'on chantait au théâtre royal, de quels auteurs et avec quels interprètes. Son âge et sa fidélité à l'ordre faisaient que la correspondance entre elle-même et le monde extérieur n'était soumise à aucun contrôle. Elle écrivit à la plus âgée de ses deux belles-sœurs une lettre plus spirituelle que d'habitude dans laquelle, évoquant la condition de femme recluse d'un Epoux si jaloux, elle demandait à mi-voix, sur un ton amusé, quels étaient les subterfuges amoureux du monde extérieur. *"Je ne te dirai pas pour quelles raisons, mais tu le sais peut-être, la réputation d'un diplomate anglais qui aurait ensorcelé Milan est arrivée jusqu'au couvent"*, disait l'un des passages les plus réussis de cette lettre que la belle-sœur lut, en s'amusant à son tour ; et elle se fit un point d'honneur d'informer le monastère de Sainte-Radegonde des jeux et des humeurs de la société.

L'huis n'est pas ouvert, mais on peut peut-être l'ouvrir avec un petit coup de force, sans vraiment faire de mal à personne. A l'ordre, oui, sans doute, mais l'ordre est une abstraction dépourvue de sensibilité. Il s'agit seulement d'enlever, du milieu d'une pile bien ordonnée et compacte, un bout de bois ; c'est une légère distorsion de la symétrie, mais rien de plus, on remarque le vide les premières fois, puis on en prend l'habitude, ou autre chose finira par le combler. Sœur Paola rêva, dans plus d'un rêve, des traces de ses pas furtifs sur la neige, puis sur le givre de certains matins glacés de fin d'hiver, elle rêva qu'elle piétinait les flaques sales du dégel au début du printemps, et sentit dans son sommeil agité les gouttes de rosée mouillant ses talons nus, assombrissant le cuir de ses sandales. Elle rêva mille fois du bref trajet sur la pelouse du couvent, vers le petit portail en bois qui donnait sur l'arrière et de là, sur la liberté. Elle en rêva la nuit et y pensa le jour, l'esprit lucide et désespéré. Le chœur des nonnes continuait d'égayer les messes solennelles de la paroisse de Sainte-Radegonde et de la *Corsia dei Servi* quand, des ruelles voisines, les gens affluaient à l'église, pour chaque fête officielle. Sœur Rosalba dirigeait le chant avec la même double passion, pour la musique et pour Dieu, et entre-temps elle étudiait et suivait, avec une proximité discrète, son élève préférée.

Si c'est de M. John Breval que tu parles, et c'est sûrement de lui, il a sans nul doute ensorcelé le beau sexe milanais, mais il ne le gratifie pas, en retour, de la même estime et sympathie. C'est un parfait gentilhomme, il s'exprime comme l'un des nôtres presque sans difficultés dans notre langue, il fréquente les salons et les cabinets en ville, à la demande, dit-on, de son gouvernement. Mais crois-moi, aucune, aucune liaison sentimentale* ! C'est une présence assidue dans votre église, bien qu'il soit protestant, je le sais avec certitude. Il a admis en parlant avec ton frère – qui en était, comme tu peux l'imaginer, très fier ! – être fasciné par votre chant et par la grâce de vos voix, la tienne, chère

* En français dans le texte. (*Toutes les notes sont de la traductrice.*)

belle-sœur, et celle de la jeune nonne dont il connaît le nom. Je sais que, l'été dernier, il l'a secourue lors du déplorable incident le jour des funérailles de la marquise M. Tu dois savoir que le mari de la marquise ne se remet pas de son veuvage. Comme le monde conjugal est bizarre, parfois ! Ici, nul n'ignorait que les deux époux ne s'étaient jamais vraiment supportés, et cette nostalgie actuelle est si peu conséquente ! Heureuses nonnes, qui ne voulez aucun bonheur de ce monde-ci !

*

Sœur Rosalba exécrait les points d'exclamation de sa belle-sœur, trop nombreux. Mais elle garda soigneusement à l'esprit le contenu de la lettre et les informations qui l'intéressaient. Elle était à la croisée des chemins : informer la mère supérieure des tourments de la petite comtesse Pietra ; informer la jeune fille que l'Anglais était toujours là, plus présent qu'un fidèle aux messes d'un rite qui ne le concernait pas. Elle brûla la lettre de sa belle-sœur, avec laquelle elle suspendit toute correspondance pendant quelque temps. Elle passa plus d'une nuit blanche et, le jour, veilla à ce que Paola restât loin d'elle, comme on garde à distance une tentation. Mais jamais assez loin pour l'oublier ou la vaincre. Durant les répétitions du chœur, elle devint de plus en plus sévère avec ses sœurs et, une fois, reprit durement une note imparfaite du contralto, alors que personne ne l'avait remarquée ; elle voulait qu'elles soient parfaites dans l'amalgame des voix, mais aussi que cette voix se détachât, nette, au-dessus des autres. Elle œuvrait pour le démon, sœur Rosalba. Elle ne le savait pas encore clairement, mais elle n'était plus immobile à la croisée des chemins, elle en avait pris un, s'y était engagée doucement parmi les difficultés, les peurs et une seule certitude : personne, en confession, ne l'absoudrait jamais du péché qu'elle était en train de commettre. Elle œuvrait pour le démon, et, justement pour cela, avec l'habileté involontaire de qui se cache, y compris de soi-même, elle tira du répertoire les musiques les plus rigoureuses qu'elle connût, dénicha des motets de Palestrina et un chant de pénitence de Tomaso Ludovico da Victoria, qui maintenait la voix du contralto comme du feu sous la cendre. De la nef de l'église s'élevait, vers l'autel, l'admiration du public, des ignorants aux cultivés, mais le message visait une seule personne, qui devait comprendre que l'invocation à *Jesu sommo conforto* était un labyrinthe dans lequel la voix cherchait le chemin pour parvenir jusqu'à lui.

*

Des siècles après cette histoire, quelque chercheur illustre parlerait des réactions chimiques qui président à la germination de ce que les gens ordinaires appellent "amour" et situent dans la sphère de l'impondérable, tandis que la science soutient avec assurance qu'il ne s'agit que de chaînes moléculaires. L'illustre chercheur, quel qu'il soit, a sans doute raison, nous sommes faits de chair, d'os, de fibres nerveuses et d'humeurs par lesquelles passent les urgences physiques que nous croyons devoir placer dans l'esprit. Du reste, en ce qui me concerne, je suis parvenue à la conviction que, pour aimer, l'instrument du corps nous est nécessaire, c'est seulement à travers lui que l'on peut donner et prendre l'amour. Les histoires qui exaltent l'amour spirituel, qui prétendent tenir debout sans les cinq sens dont elles ont en fait besoin, puisque l'âme ne suffit pas, sont fondées sur le déni. Je m'arrête ici, sur ces hypothèses, sans paramètres certains sur lesquels mesurer la pulsion érotique qui pousse, aujourd'hui comme alors, deux inconnus l'un vers l'autre. La chimie des voix, par exemple : quelqu'un l'aurait-il étudiée ? Sir John Breval n'en savait rien, mais il la sentait courir sur sa peau, et c'était une caresse urgente qui demandait à être échangée. Il chercha une fuite possible dans le souvenir du corps blanc de sa femme : le plaisir qu'il prendrait avec une autre ne serait pas différent de celui qu'il avait connu avec elle. Le corps a toujours les mêmes réactions.

Il fut l'un des premiers à quitter l'église à la fin de la messe, et alors qu'on entendait encore l'écho de la bénédiction donnée par le chanoine. Dehors, Milan était gris, du gris le plus hivernal, sir John s'emmitoufla dans son manteau et en releva le col jusqu'à abriter son nez de l'air vif qui rasait les murs des maisons. Il arriva chez lui et frappa à la porte d'entrée en tapant des pieds, attendant que le concierge vienne lui ouvrir. Celui-ci arriva en un instant et, déplaçant le battant sur ses gonds, regarda dans les yeux l'hôte, plus livide que d'habitude.

— Il fait très froid, monsieur, commenta-t-il, dans un italien à l'accent très milanais.

L'autre acquiesça d'un signe et monta le grand escalier.

A partir d'où commence-t-on à échafauder un plan d'évasion ? Car il ne pouvait s'agir que d'évasion. Et comment y parvient, seule, une jeune fille qui ne sait rien du monde ? Rien, si ce n'est qu'elle veut y retourner, dans le monde ? En cette fin d'hiver, Paola Pietra vécut dans un état de mutisme, ensevelie à l'intérieur d'elle-même. Elle n'avait pas d'amies parmi ses compagnes, elle était frappée par le paradoxe d'un nom – sœur – qui évoque la proximité du sang, et elle retombait pourtant dans une grande étrangeté. Elle n'avait pas de relations avec sa famille d'origine depuis qu'ils l'avaient confiée à la mère supérieure, et ici, avec cette nouvelle mère, l'écart était encore plus profond, entre nom et substance. Il lui restait sa maîtresse de chant, la seule qui, là-dedans, avait inventé un type de foi original, et qui entraînait les autres, moins conscientes et seulement obéissantes, vers cette mesure mystérieuse qu'est la musique, dont la supérieure se méfiait à juste titre. Mais sœur Rosalba semblait ne plus rien concéder à sa familiarité avec la jeune fille. Elle la soumettait plutôt, et fréquemment, à un sévère examen de chant, la reprenant parfois avec une colère rentrée, avec désappointement, ou ainsi semblait-il à Paola qui ressentait partout, à l'extérieur et à l'intérieur d'elle-même, le sentiment de culpabilité et l'indiscipline intérieure dans lesquels elle se débattait. Des nuits de sommeil agité, de longues journées malgré le coucher de soleil de plus en plus rapide, le temps comme un maillet au-dessus de sa tête. La fuite. Quelques pas dans le jardin, un portail, puis le vide, l'obscurité, un mur noir.

L'hiver glissa vers le printemps alors qu'on n'était qu'en mars. Pour Paola, ce fut pire. Son âme s'était adaptée aux arbres nus du verger ; aux signes de leur renaissance, elle dut les abandonner. Cela signifie-t-il que nous faisons du romantisme de manière ? Disons-le, mais il est inévitable que, dans un esprit jeune, les pulsions aillent chercher une projection au-dehors, et trouvent partout des parallèles, des confirmations et des exaspérations. Le printemps arrivait, au grand dam de la jeune fille engoncée dans le voile et dans l'habit religieux.

"Printemps" signifia "Pâques", avec toutes les célébrations et les messes chantées. Le violoncelle de son professeur travaillait beaucoup à essayer les rythmes et les manières d'une messe de Palestrina, qui accompagnerait la solennité de la Résurrection. Et un matin – c'était le Jeudi saint – après les laudes et le petit-déjeuner dans le réfectoire commun, sœur Rosalba appela Paola pour un ajustement de tonalité qui ne l'avait pas convaincue. Elle la fit entrer dans sa cellule, prit l'instrument avec énergie, et, la mine sombre, comme cela lui arrivait toujours, désormais, en la présence de la jeune fille, elle lui ordonna de chanter, à partir du thème de l'offertoire, un passage qui ne lui semblait pas au point. Pendant que la voix s'élevait avec une assurance prudente et que les yeux de Paola scrutaient la physionomie de sa maîtresse de chant, celle-ci, sans détacher l'archet de l'instrument, lui dit, d'une voix basse et altérée :

— De l'autre côté du *naviglio**, derrière l'église de Saint-Christophe, une famille de paysans peut te cacher sans danger. Si tu veux. Et tout de suite après, avec dureté : Continue à chanter.

La découverte de la disparition de sœur Paola Pietra du couvent de Sainte-Radegonde se produisit le matin du lundi de l'Ange : elle aussi laissa les pieuses femmes devant le sépulcre vide.

* Canal artificiel, navigable, et servant aussi à l'irrigation. Ils étaient autrefois nombreux dans la ville même de Milan.

II

LA SÉRÉNISSIME

Ils avaient les yeux bleus, une couleur d'une intensité que Paola n'avait jamais vue ; ils étaient mari et femme, mais avaient l'air d'être frère et sœur, tellement leurs traits et leurs manières étaient semblables. Les cheveux blancs, la peau marquée par le soleil et par le grand air, qui avaient dessiné des lignes longues et profondes sur leur visage d'enfants vieillis. Ils l'avaient accueillie au cœur de la nuit entre Pâques et le lundi de l'Ange. Amenée par une voiture sombre et fermée comme un cercueil, leur hôtesse était arrivée sans bagages, portant, sous sa cape, une robe fastueuse mais désormais trop courte et trop serrée pour ses formes. Les deux paysans semblaient très intimidés, hésitant sur la manière de se rendre utiles, se demandant s'ils devaient aider la jeune fille à descendre, la soutenir, la saluer. Personne ne l'avait accompagnée et le cocher ne descendit pas de son siège, il semblait même très pressé de s'en aller sans laisser de trace. Il attendit, juste le temps d'entendre la portière se refermer, reçut de la passagère un regard d'entente hésitante, et partit au grand trot. Le bruit des roues et des sabots des chevaux persista longtemps dans l'air.

Paola monta au premier étage de la maison, accompagnée par la paysanne silencieuse qui ouvrit une porte donnant sur une vaste pièce au centre de laquelle se trouvait un grand lit ; plus loin, contre le mur opposé, une commode et un trépied de métal sur lequel étaient posés un broc plein d'eau et une cuvette. Rien d'autre. Les yeux bleus se fixèrent sur la jeune fille et esquissèrent un sourire qui n'arriva pas jusqu'aux lèvres. Quant à la jeune fille, elle n'était pas moins hésitante ni moins troublée : elle regarda autour d'elle, ayant sans doute perdu l'habitude d'un si grand espace, après des années de cellule monacale, et resta debout, tout près du seuil. La paysanne alla s'assurer qu'il y avait de l'eau dans le broc, puis elle soupesa la couverture et tâta un gigantesque édredon posé en bout de lit. Il y avait tout ce qu'il fallait pour un sommeil confortable, et le visage de Paola exprima un remerciement qu'elle n'arrivait pas à formuler avec des mots, mais les deux différents mutismes engendrèrent un courant de compréhension réciproque, qui permit à la paysanne de quitter la pièce avec une révérence maladroite, et de tirer la porte derrière elle. La jeune fille remarqua qu'un gros loquet lui permettrait de s'enfermer, à l'abri de toute indiscrétion, mais elle ne l'utilisa pas. Etre seule l'effrayait bien plus que d'imaginer une incursion étrangère dans la chambre ; et puis, elle avait la certitude, irrationnelle, que les deux vieux, cette nuit-là, ne dormiraient pas afin de veiller sur elle, depuis la grande pièce du rez-de-chaussée. Des années de couvent n'avaient pas atténué la certitude de l'attention que la plèbe devait à la noblesse.

Il est naturel, dans cette histoire, d'imaginer la patte de sœur Rosalba et de ses connaissances dans le monde, qui lui auraient fourni des moyens normalement hors de portée, pour une religieuse. On peut aussi supposer que tout cela, en l'occurrence, n'avait pas été fait avec un cœur tranquille, et que les remords et le doute taraudaient une femme de conscience, comme l'était la musicienne. Les cernes qui assombrissaient son visage disaient ses nombreuses nuits sans sommeil. D'autant que, dans l'émoi général, elle finit par se retrouver en première ligne et sous une double casquette, parce qu'elle était une personnalité au couvent, et parce qu'on la savait très proche de la jeune disparue. Elle se retrouva ainsi à la fois inquisitrice et sous inquisition : la supérieure lui imposa, plus qu'elle ne lui demanda, de l'aider à résoudre le problème, et en même temps, elle la considéra en la soupçonnant d'une certaine complicité. Le dialogue entre les deux femmes, lorsqu'il fut évident que Paola Pietra avait disparu du monastère, fut aigre et douloureux. Dans le bureau de la supérieure, quand sœur Rosalba y fut convoquée, se trouvait aussi la religieuse aux yeux clairs et à la peau diaphane, qui avait assisté à la rencontre avec sir John. Elle aussi était plus pâle que jamais, mais son teint était frais et lumineux. En ce moment, elle était la seule à trahir un certain plaisir, au milieu du bouleversement général ; les mains enfilées dans les manches de l'habit, dans une pose pleine d'assurance, la tête légèrement en arrière, elle baissait parfois mystérieusement les paupières sur le bleu liquide de son regard et laissait imaginer je ne sais quelles pensées profondes, dans cette absence de lumière. Quant à l'abbesse, elle n'avait plus de lèvres : habituellement fines, elles avaient totalement disparu, maintenant que l'anxiété, la rage et l'impuissance dévoraient ses traits.

— Comment cela a-t-il pu arriver ? Qui a pu faire cela ? J'ai l'impression, sœur Rosalba, que vous pouvez nous être d'un grand secours.

— C'est plutôt à vous de m'éclairer, ma mère, pour que je comprenne en quoi je peux vous être utile.

Cela ne plut guère à l'abbesse, qui vit, dans cette réponse, un signe de perfidie. Mais elle attendit un peu avant de montrer sa déception.

— Vous avez été très proche de cette jeune fille, ne fût-ce que pour cette histoire de chant. Et moi, soit dit entre parenthèses, je suis portée à penser que tant d'importance accordée à cette – un instant de suspension – à cette histoire, n'a fait de bien à personne.

Sous l'offense, sœur Rosalba se referma et fit comprendre, en soutenant le regard de l'abbesse, qu'elle attendait une réponse concrète, au lieu d'une remarque.

— Nous nous demandions, sœur Maria Annunciata et moi, si la jeune fille ne vous avait pas communiqué, directement ou involontairement, son idée, son intention de s'enfuir. Ou peut-être un tourment. Ou quelque étrange idée de fausse liberté. Comme si la liberté existait, en ce monde !

Et l'autre nonne ferma les yeux une seconde, en un assentiment pensif.

La réponse de sœur Rosalba fut sèche et catégorique :

— Non, jamais. Jamais. Il faut que la famille soit avisée, me semble-t-il, ajouta-t-elle, consciente de toucher un point sensible.

— En ce moment, la famille, c'est nous, et la chose doit se régler ici. Réfléchissez bien aux dernières phrases que sœur Paola peut vous avoir dites. Tâchez de vous souvenir ; du reste, je suis sûre que vous vous souvenez parfaitement, et sans effort. Nous vous savons toujours si attentive, surtout à vos élèves…

Et de nouveau, sœur Maria Annunciata acquiesça, dans le mutisme le plus profond.

— Je crois que, en aucune manière, nous n'avons le droit de négliger son père. Il nous faut l'avertir et nous adresser à lui, y compris pour qu'il nous aide. Il pourrait en savoir plus long que nous et, qui sait, avoir déjà des nouvelles de la jeune fille, savoir où elle s'est réfugiée, et pourquoi.

Pendant qu'elle exposait cette ligne de conduite, sœur Rosalba reprenait de plus en plus confiance. Elle était en train de mettre à nu les points névralgiques de la supérieure et les devinait dans les légères contractions de son visage, dans le tremblement à peine perceptible de ses mains et dans le battement nerveux de ses paupières, comme si elles ne supportaient pas la lumière.

— Si vous, ma mère, vous n'avez pas envie de faire cette démarche, je m'en chargerai. C'est notre devoir.

Elle prit le silence qui suivit sa proposition comme un assentiment donné à contrecœur, mais un assentiment ; elle inclina la tête, en un hommage à peine esquissé, et se dirigea vers la porte sans attendre qu'on lui donnât congé officiellement.

— Et comment ferez-vous ?

La voix de l'abbesse la rattrapa, hésitante, pour la première fois. Sœur Rosalba lui répondit d'un geste vague de la main, sans se tourner. Les deux femmes restées dans la pièce se regardèrent, la plus jeune sourit avec un certain effort, puis entrouvrit les lèvres et laissa voir une denture parfaite et éclatante, dans une expression entre le rire et la morsure :

— Eh bien, ma mère, nous verrons, nous verrons !

Les deux fugitifs se rencontrèrent, ils se retrouvèrent face à face dans la cuisine de la ferme derrière Saint-Christophe, deux jours après l'évasion nocturne de Paola Pietra. C'était tôt le matin, il faisait encore froid et la terre crissa sous les quelques pas que fit l'Anglais, entre la voiture et la porte de la grande pièce sombre dans laquelle, attablée devant un bol de lait, la jeune fille l'attendait.

Disparus les deux paysans, la maison vide de bruits humains laissait entendre les craquements, les voix et les soupirs du vieux bois des poutres et des bûches qui se consumaient dans l'âtre, fond sonore au silence qui s'écoula entre sir John et Paola, pendant quelques minutes. Ce qui encadrait le visage de la jeune fille n'avait pas changé, même sans le voile : elle avait honte de ses cheveux courts et les gardait soigneusement cachés sous un turban de laine fait avec le châle de la paysanne, un châle noir qui soulignait sa pâleur. John Breval pencha la tête, restant à distance de la table, attendant un signe d'elle, qui se mit lentement debout : elle était grande et paraissait presque robuste, dans les vêtements d'emprunt qui avaient remplacé les vieux habits de la fuite. Il s'approcha d'elle, lui prit la main et la baisa, en levant les yeux sur elle : il attendait anxieusement sa voix, la seule chose qu'il savait et connaissait d'elle parfaitement, à travers le chant.

Je tergiverse, car ce n'est pas un moment facile. Deux personnes comme celles-là ne se jettent pas dans les bras l'une de l'autre, ce sont encore deux étrangers, et ils ne disposent pas des mots pour se dire quoi que ce soit. Leur histoire doit commencer et ils ne savent pas comment elle commencera, si elle doit commencer. Soudain, ils se rendent compte qu'ils n'ont aucun projet qui aille au-delà du silence actuel. Elle, elle est encore sœur Paola Pietra, même si l'étoffe rêche de l'habit monacal gît abandonnée comme un corps sans vie dans la cellule du couvent de Sainte-Radegonde. Lui, c'est sir John Breval, mari et père, dont le lien familial n'est pas tranché par l'éloignement. Tant qu'ils sont dans ce no man's land, ils jouissent du privilège temporaire du vide et de l'illusion de la nudité, Adam et Eve suspendus entre le péché et la conscience du regard de Dieu.

— Eh bien ? C'est la voix de John, profonde et fluide, qui coule entre eux. Vous allez bien, Paola ?

Comme, depuis des années, personne ne l'appelait plus par ce prénom nu et cru, la jeune fille se secoua et reprit ses esprits. Entre la Paola de treize ans et la Paola actuelle, il y avait la religieuse à la cape noire. Difficile de l'ignorer, et pourtant, la voix de sir John fut un pont sur lequel la nouvelle Paola posa ses pieds hésitants. Ses yeux se remplirent d'effroi à cause du pas accompli, et pourtant, elle ne versa pas une larme, ni sur son passé, ni sur son avenir.

— Je vous remercie de m'avoir ramassée de terre.

Et elle lui offrit le bol de lait dont elle avait bu une gorgée, juste avant qu'il n'arrive.

John Breval quitta la ferme derrière Saint-Christophe alors que le matin était à peine avancé ; dans la maison, aucun des deux paysans ne s'était encore manifesté. Il monta dans son carrosse et ordonna au cocher de se rendre en ville, au palais royal, où l'attendait un rendez-vous avec l'archiduc et gouverneur de Milan, pour une tâche importante qui exigeait toute la lucidité requise. Et il se sentit en effet extrêmement lucide et déterminé, sur ce trajet qui le conduisait au travail. Lucide et déterminé comme cela ne lui était pas arrivé depuis des années. Il monta l'escalier d'honneur du palais, à pas difficilement réguliers, car si cela n'avait tenu qu'à lui, il aurait dévoré les marches. Il attendit calmement dans l'antichambre du salon de réception, et s'aperçut qu'il enregistrait avec précision les détails des décors sur les murs, qu'il fixait soigneusement dans son esprit les physionomies et les expressions des portraits, et même une éraflure sur le stuc, dans un coin. Il avait l'esprit attentif et ouvert.

Si ouvert que le gouverneur de Milan pensa, après une discussion ponctuelle avec lui sur les sujets les plus ordinaires, qu'il était, à tous points de vue, l'homme adéquat pour lui confier la charge d'une expédition vénitienne, à laquelle il savait que le gouvernement de Londres donnerait indubitablement son accord. Il le lui proposa comme s'il s'agissait d'une réflexion personnelle, née sur le moment, pas vraiment pondérée.

— Il est évident, dans l'hypothèse où vous accepteriez, que nous devrions attendre, de Londres, l'envoi d'un oui officiel ; moi, et je parle au nom de Sa Majesté l'empereur, je ne me permettrais jamais d'user de votre personne de manière, disons, autonome. Vous êtes un excellent fonctionnaire de Sa Majesté britannique, et – il fit un sourire approprié – vous lui appartenez.

Bien sûr qu'il lui appartenait, et sir John inclina la tête en signe d'obéissance, mais en même temps, il parcourait mentalement la proposition, et y lisait l'occasion de quitter Milan selon les règles d'une mission dont on dirait, dans les salons, qu'elle confirmait son habileté de diplomate et d'homme de confiance absolue, pour pas moins de deux souverains d'Europe. A la frontière, avec les sauf-conduits qui l'escorteraient et sous l'égide de la discrétion diplomatique, qui oserait enquêter sur sa suite ? Il observa, avec une attention redoublée, les mouvements de l'archiduc qui cherchait une feuille sur le bureau, et le fixa pendant qu'il rédigeait la demande à envoyer à la cour de Londres.

— Vous connaissez le rythme des fonctionnaires… Je veux dire, le rythme de Sa Majesté… Il faudra longtemps pour avoir une réponse ? Ce n'est pas une question d'urgence, mais plus tôt on arrive, mieux c'est. Me semble-t-il – sir John était du même avis. Disons, dix jours ? Ou suis-je exagérément optimiste ?

L'Anglais acquiesça ; il pouvait garantir la diligence de la diplomatie anglo-saxonne et la disponibilité du roi pour donner un accord qui avantageait tout le monde. L'archiduc n'aurait jamais imaginé à qui profiteraient cette célérité et cette organisation. Sir John suivit personnellement le chemin que la missive devait parcourir de Milan à Londres, il le suivit avec le cœur battant d'un jeune homme. Il avait joint, en utilisant le même courrier et par une concession du vice-roi, une lettre réservée à sa femme, où il lui demandait d'être patiente et de ne pas chercher à savoir où il se rendrait pour une mission spéciale, qui lui imposait une discrétion absolue. Il lui envoyait aussi ses pensées les plus affectueuses, lui recommandait les enfants, et se mettait à l'abri, pour la première fois ouvertement sournois.

*

Dix jours, quinze jours. Un temps long à en mourir dans l'attente de la réponse, et dans l'intervalle, il faut préparer le terrain du subterfuge. Pour lui, un carrosse est plus que suffisant, peu de bagages et rien qui puisse attirer l'attention. Il n'a qu'un souci en tête : passer inaperçu et en même temps, passer pour quelqu'un de bien connu, afin que nul n'ait l'idée de contrôler comment et avec qui sir John s'éloigne de Milan.

A Milan, pendant ce temps, on cherchait les traces de la jeune religieuse qui s'était enfuie de Sainte-Radegonde. Le couvent avait eu recours à toutes les accointances mondaines qu'il possédait pour savoir, pour débusquer, et sœur Rosalba était la plus engagée dans cette recherche. Ce fut à elle, qui avait choisi de s'en charger, qu'échut le rôle d'informer la famille de la fugitive, le père et la belle-mère, appelés pour une rencontre discrète au parloir. Là, il fallut installer deux chaises pour que madame la comtesse puisse s'y étendre, car ses forces ne résistèrent pas à cette nouvelle. Le comte eut un meilleur contrôle de lui-même, surtout lors-qu'il fut rassuré en apprenant que la nouvelle n'avait absolument pas filtré du couvent et que, à part des personnes de confiance et amies, par des voies confidentielles et afin de faciliter les recherches, nul n'en avait été informé.

— Vous, sœur Rosalba, vous savez où et com-ment chercher ? demanda le comte dès qu'il eut retrouvé tout son calme, en tenant distraitement entre ses mains celle de son épouse, allongée tant bien que mal sur les deux chaises.

— En conscience, non ! Et rien, je vous l'assure de tout mon cœur, rien n'a jamais permis de pen-ser qu'une telle chose puisse arriver. Ici, entre nous, dans une atmosphère si sereine, avec l'occupation de la musique dans laquelle sœur Paola aussi s'est tellement impliquée… Et avec satisfaction… Ses compagnes, je veux parler des religieuses de son âge, sont bouleversées. Nous n'avons pas voulu nous attarder sur ce problème pour ne pas trou-bler leur conscience. Sur elles est tombé le silence du monde, et il ne nous semble pas utile, actuel-lement, de perturber leur sérénité avec tout ce bruit.

Nous avons posé quelques questions, et obtenu de toutes la même réponse – non, elles ne savaient pas, elles n'imaginaient absolument rien – et, en accord avec la mère supérieure, nous n'avons plus abordé le sujet. Nous nous demandions même si votre famille, vos parents ou vos connaissances ne pourraient pas nous aider, nous et vous, à trouver la clé de cette douloureuse énigme.

La voix éduquée d'une chanteuse, faites-y attention, lorsqu'elle n'est pas dans le ton normal de la conversation, se caractérise par sa douceur compacte et moelleuse. Les aigus que l'on force, la modulation des notes cèdent le pas à une plénitude fluide, parfois grave ; c'est le don particulier de qui à affaire à la musique et au rythme. Cela pour dire que le comte et la comtesse Pietra écoutaient, subjugués, la petite femme voilée, guéris de leur amertume par le miel de son timbre. De son timbre à elle, menteuse, hypocrite et simulatrice, qui retenait deux parents en peine dans le parloir du couvent, et pendant ce temps, mentalement, elle comptait, elle voyait les pas de son élève préférée, entre la grande cuisine et la chambre de la ferme derrière Saint-Christophe, d'où Paola n'était jamais sortie et où personne n'aurait jamais eu l'idée de la chercher.

Ce fut vers la fin d'une magnifique nuit étoilée, dans le crépuscule qui précède la lumière, que le carrosse familier aux deux paysans fit son apparition dans la cour. Il était tellement attendu que personne n'avait dormi de la nuit : les deux vieux s'étaient blottis devant la cheminée, soufflant sur les braises pour que la cuisine reste chaude, pendant que, à l'étage supérieur, ils entendaient les pas de la jeune fille, incapable de trouver le sommeil.

Ils avaient été bien payés pour cacher celle dont ils ne savaient presque rien. Certes, c'était une religieuse, et une aristocrate, mais ni son prénom ni son nom n'avaient été révélés ; peut-être avaient-ils deviné la raison de sa fuite, même si le mystérieux personnage qui était venu lui rendre visite une seule fois, avant de disparaître de la scène, avait compliqué, au lieu de les éclaircir, les conjectures que les deux gardiens avaient formulées à fleur de lèvres.

Le piétinement des chevaux fit bondir les deux vieux, l'un vers la porte, l'autre vers l'escalier, que Paola était déjà en train de descendre. Elle avait avec elle un sac contenant quelques affaires, elle s'était enveloppée dans sa cape noire et descendit prudemment les hautes marches, comme le font les enfants qui ont appris à marcher depuis peu. Les yeux bleus des deux paysans se fixèrent sur elle avec un mélange de timidité et de tendresse, et la suivirent pendant qu'elle se hissait dans le carrosse avec l'aide du cocher, qui installa son sac sur le siège. La portière fermée, ils la virent se mettre à la fenêtre et regarder la maison plus qu'eux, dont elle parut ignorer la présence, chose qu'ils trouvèrent, par ailleurs, normale et juste. Puis, quand la femme monta dans la chambre pour y faire le ménage, afin d'effacer toute trace du passage de la jeune fille, elle trouva sur la commode un petit sachet de lin blanc ; à l'intérieur, il y avait un mouchoir brodé avec des initiales entrelacées et une petite image, de celles que l'on utilise pour célébrer l'entrée d'une novice au couvent, une image de la Vierge immaculée avec, au-dessous, le nom de la jeune fille accueillie au couvent, et la date.

Ni la femme, ni le mari ne savaient lire : elle prit le sachet blanc et le cacha au fond du premier tiroir, puis elle se ravisa, le sortit et l'enveloppa dans un tissu de coton pour mieux le protéger. Ses doigts tremblaient en fermant l'enveloppe qui, pour elle, était une relique.

Aux premières lueurs de l'aube, comme sir John avait déclaré vouloir être à Venise le plus tôt possible, et comme ils avançaient à étapes forcées, le carrosse que nous connaissons, fenêtres closes et rideaux baissés, quitta Milan en sortant par la porte Orientale et s'engagea dans la campagne. Donnons une date approximative : le 14 avril ? Dans les archives du gouverneur de Sa Majesté l'empereur de Habsbourg, si l'on a le temps et l'envie de les feuilleter, on trouvera les dates qui confirment, peut-être, cette hypothèse.

Paola Pietra n'était jamais sortie de Milan. Et même de Milan, on ne pouvait pas dire qu'elle avait vu grand-chose : sa maison natale, la rue entre celle-ci et l'église de Sainte-Radegonde où on l'emmenait à la messe et où l'on avait pensé qu'elle pourrait vivre, protégée de la malfaisance du monde.

Elle n'avait pas dormi la nuit précédente, elle ne dormit pas durant la longue journée qu'elle passa en voyage, de Milan au lac de Garde, où, sur ordre de l'archiduc, un lit et un dîner pour le fonctionnaire anglais avaient été préparés, dans un relais de poste. Sir John avait pensé à Paola avec de menues précautions ; au relais de poste, en effet, il arriva seul, et il dîna seul dans la salle à manger de l'auberge, où il bavarda avec quelques hôtes intrigués par son accent singulier. Il but avec eux, modérément, et s'attarda à table, dans la compagnie improvisée d'autres voyageurs. Il dormit seul dans la chambre qu'on lui avait attribuée. Il dormit d'un sommeil profond, sans agitation. Il était en train de faire quelque chose de terrible et il le savait, avec

une grande lucidité : son histoire d'homme irréprochable, aussi bien public et privé, était entachée
par le délit d'enlèvement d'une religieuse et par
l'infidélité conjugale, pas encore consommée char-
nellement, mais accomplie depuis longtemps, et
irréversible. Il ne pouvait se cacher derrière le fait
que la jeune fille était toujours vierge. Ce n'était sûrement pas une membrane intacte qui le préserve-
rait de la faute. Et il lui sembla, dans les quelques
considérations qu'il fit avant de sombrer dans le
sommeil, que le caractère pondéré de son geste, le
calme avec lequel il menait le jeu et avec lequel elle
le suivait était, aux yeux du monde, une circonstance aggravante. Dans la morale courante, les
aventures passionnelles s'agitent dans des eaux
tempétueuses, et si la tempête gouverne, les cœurs
à sa merci semblent moins responsables. Alors que
son cœur à lui semblait immobile, dans une petite
baie tranquille. Il s'endormit en enfonçant le visage
dans l'oreiller, sans pensées, car on ne pouvait
appeler "pensée" la perception physique de la respiration de la jeune fille qui avait été assise à son
côté, dans le carrosse, et la moiteur de ses mains,
lorsqu'il les avait prises entre les siennes.

Paola dormait non loin du relais de poste, dans
une maison donnant sur le lac, mais à cause de
l'émotion ou de la fatigue, elle ne l'avait sans doute
même pas vu. La femme qui l'avait accueillie avec
des égards proportionnels à la somme remise par
le cocher avait compris, et elle avait feint de ne pas
voir la silhouette sombre restée dans le carrosse,
pendant que la jeune fille, enveloppée dans sa
cape, descendait et se glissait rapidement dans le
hall. Ce qui étonna la femme, ce fut le fait que
la jeune fille ne s'attardât pas sur le seuil et qu'elle
n'esquissât aucun signe de salut, ni à elle, ni au
passager. Avant que le cocher ne monte sur son

siège, la maîtresse de maison, à toutes fins utiles, eut le temps de lui dire à voix basse :

— Si ce monsieur voulait, plus tard, au cœur de la nuit… J'ai le sommeil léger, en un instant, je serais là pour ouvrir la porte.

Le cocher transmit le message et revint avec le refus du voyageur :

— Nous serons ici demain, dès qu'il fera jour.

Rien d'autre, et ils partirent, avec un léger coup de fouet aux chevaux.

*

A partir d'ici, on pourrait exercer une sorte de contrôle sur les dates, depuis cet hypothétique 14 avril, jour de la fuite de Milan. Tard dans la soirée du 16, le carrosse du fonctionnaire anglais était aux portes de Mestre : là finissait le parcours par voie de terre. Un parcours facile et sans embûches, au point qu'on peut se demander si ce n'est pas le voyage de deux fantômes, si ce sont des esprits ou s'ils sont faits de matière, ceux qui se cachent dans le carrosse autrichien qui a parcouru, à un rythme soutenu, le trajet entre Milan et Venise, en passant la frontière de la Sérénissime. C'est l'audace de leur projet qui soutient l'insoutenable, la certitude de ne pas trouver d'obstacles, l'assurance de ne pas être visibles au monde. Et, jusqu'ici, le monde semble vraiment ne pas les avoir vus. Quant à moi, je l'admets, je crains et attends le moment où ces limbes en suspens entre ciel et terre sombreront dans le prosaïque et dans le commun, après avoir volé à je ne sais quelle altitude. Toujours, au début d'une histoire d'amour, l'esprit humain a l'illusion de décoller vers l'infini, il sent qu'il en a la force et il concentre, dans la force de cette illusion, toutes ses énergies. Les deux étranges caractères de cette histoire sont enfermés, pas moins que les autres, dans la coquille de l'absolu. Si quelqu'un voulait se livrer à des pronostics sur eux, il pourrait même indiquer approximativement dans combien de temps la coquille s'ouvrira et commencera à faire place au relatif, qui ronge la perfection, la réduisant à un tronc lisse à l'extérieur, mais creusé par les termites, à l'intérieur. Mais eux, les deux caractères particuliers qui ont attiré mon attention, eux, sans en être pleinement conscients, ont mis en jeu une anomalie rarement cataloguée dans les schémas de l'amour. Ce calme nocturne qui leur permet de dormir à distance l'un de l'autre, sûrs qu'ils sont, sans preuve aucune, de s'appartenir, n'a peut-être pas de précédents, et ils sont les premiers à ne pas en avoir une conscience claire : une religieuse qui s'est enfuie, par une nuit dont elle vient à peine d'oublier les effrois, et un homme prestigieux, connu dans les rangs de la bonne société pour sa sobriété et son détachement, ont affronté un voyage de trois jours enfermés dans le secret d'une voiture à quatre places, et là, ils se sont parlé, pas longtemps. Puis, de longs silences. Il a tenu ses mains à elle serrées entre les siennes et l'a embrassée tendrement et délicatement, sans l'effrayer, s'étonnant de la docilité avec laquelle lui ont répondu deux lèvres maladroites, qui apprennent vite. Mais aucun des deux n'a encore violé le mystère de l'autre.

Le matin du 17 avril, avec une légère brume printanière au ras de l'eau, une gondole conduisit sir John Breval et une femme, enveloppée dans une cape noire dont la capuche protégeait le visage, vers le quai des Zattere ; ils étaient partis de Fusina.

C'est presque le voyage à l'envers de Casanova, enfin évadé de la prison des Plombs. La pension où ils se rendaient était petite, moins connue qu'elle ne le serait un siècle plus tard, et donc, parfaite pour deux personnes qui ne veulent laisser aucune trace de leur présence. Les deux voyageurs n'avaient pas de bagages, car le peu que sir John avait emporté avait été déposé dans un hôtel beaucoup plus visible, près de la place Saint-Marc. Là était attendu le fonctionnaire anglais, à deux pas du palais ducal, et il était attendu seul. Mais il s'agit de la version officielle de l'histoire, et elle ne nous verra que faiblement présents. C'est dans la chambre au premier étage, donnant sur les Zattere, que nous voudrions et devrions entrer.

A la brume matinale de Venise, par un avril ensoleillé, correspond le courroux de Milan, brumeux lui aussi à cause des champs irrigués qui l'assiègent, avec ses canaux pauvres en eau, qui reflètent un paysage urbain beaucoup moins séduisant. Dix, peut-être quinze jours ont passé depuis que sœur Paola a disparu du couvent, et personne n'a réussi à trouver la moindre trace, le moindre indice pour s'orienter. La discrétion des premiers jours s'est relâchée, certains, à l'extérieur, ont entendu parler de la fuite, quelques-uns se livrent à des insinuations, mais personne ne sait vraiment. Entre les murs de Sainte-Radegonde, on prie avec la foi habituelle, les journées passent, scandées par la récitation des heures, la mère supérieure a de grands cernes, sa bouche est plus coupante, ses lèvres sont serrées afin de contrôler un tremblement nerveux, mais quand elle parle, elle est l'incarnation même de la mesure, le ton de sa voix, doux et sévère, n'est pas altéré. Plus d'une fois, elle a surpris des

murmures suspects entre les novices, un bruissement d'insinuations qu'elle a aussitôt étouffées, avec
son seul regard. Par prudence, on ne parle pas de
Paola Pietra, on n'exerce même pas, explicitement,
la charité dangereuse d'une prière pour elle, la brebis égarée. Sœur Rosalba, consultée à ce sujet, a
tout de suite consenti à ce silence.

— Je comprends parfaitement, ma révérende
mère. La paix avant tout. Et puis, Dieu voit dans
le cœur de chacune, et Il sait que nous prions pour
notre pauvre jeune fille.

La révérende mère observait la religieuse avec
une pointe de soupçon, qu'elle se gardait bien de
laisser percer. Elle soupirait, joignait les mains dans
les manches de son habit, puis inclinait la tête
devant la volonté du ciel, à laquelle la sienne, de
volonté, s'opposait de toute son âme, mais à quoi
bon ? Jamais elle ne s'était sentie aussi impuissante
et assiégée dans sa forteresse de paix. Sœur Paola
y avait fait entrer le diable.

L'atmosphère était encore plus lugubre dans le
quartier de Sainte-Marguerite, dans le palais du
comte Francesco Brunerio Pietra. Plus lugubre, mais
déterminée. Paola avait été confiée au couvent, elle
ne faisait plus partie de la famille depuis que la porte
de celui-ci s'était interposée entre elle et le monde.

— Si j'ai une fille perdue, elle est perdue pour
Dieu avant de l'être pour moi. Nous – et il regardait son épouse avec une expression entendue –
nous lui avons donné l'éducation qu'il fallait et nous
l'avons protégée des maux du monde. Si le monde
l'a reprise…

Et il écartait les bras, d'un geste sombre. Il ne
pouvait rien y faire, à part la pleurer comme une
morte. Et il pensa enfin qu'un enterrement, pour
ainsi dire par contumace, ne serait pas un geste
inapproprié. Il fallait mettre le mot "fin" sur sœur

Paola Pietra, un mot qui ignorât tout retour en arrière. La mort a de nombreux visages, c'est une présence, même quand elle ne laisse pas derrière elle un corps inerte : après mûre réflexion, le comte décida que l'habit abandonné dans la cellule de Sainte-Radegonde était la relique qu'il ensevelirait, avec les rites du dernier adieu. Sa réflexion dura toute une soirée et une nuit ; le lendemain matin, il demanda conseil à son épouse et la vit frissonner. Non qu'elle eût jamais aimé l'adolescente capricieuse et hostile qu'elle avait trouvée, en entrant dans la maison de son nouveau mari. Le sort de celle-ci ne lui tenait pas à cœur, sinon pour la marque de déshonneur qu'elle pouvait infliger à la famille, et qui entacherait l'avenir des enfants nés de ses secondes noces. Mais un enterrement ! Madame la comtesse trouva qu'ensevelir un fantôme avait un je ne sais quoi de funeste, un coup de pinceau plus noir qui s'étalait sur sa maisonnée, et c'était aussi un geste d'audace, un défi au cours de la nature.

— Car nous ne savons rien d'elle, n'est-ce pas ? Sa voix tremblait : Et si, un jour, elle revenait ?

— Celle qui reviendrait ne serait plus ma fille. Dans le cercueil, nous mettrons son habit, qui était son âme, et qu'elle a trahi. Il y a plusieurs manières de quitter ce monde. Elle, elle a choisi la trahison de sa foi, et de la nôtre.

La comtesse écoutait les paroles de son mari avec les frissons d'une superstition incontrôlée ; au fond de son cœur, elle souhaitait que ce fût l'excès d'un moment passager, mais elle n'avait pas le courage de rappeler à la raison cet homme froid et courroucé. Elle courba la tête et se dit que les nonnes de Sainte-Radegonde se chargeraient, elles, de le ramener à la raison : elle était sûre que l'Eglise n'accepterait jamais un mensonge aussi grave.

Mais la mère supérieure approuva.

— Ce que vous me demandez, monsieur le comte, est tellement juste ! Je n'aurais jamais osé vous faire cette proposition, car je me suis interrogée sur la douleur d'un cœur de père, dans une telle situation. Et je peux la ressentir moi aussi, cette même douleur. En tant que mère. Mais la foi compense tant de choses… Il sera fait selon votre volonté, et notre curé, qui connaissait bien sœur Paola, nous aidera. Nous prierons pour qu'une âme perdue retrouve la voie du… purgatoire.

Le paradis, en conscience, c'était trop demander ! A l'entretien assista l'étrange sœur au visage clair et aux yeux bleus, elle suivit le dialogue avec son habituelle absence de paroles, mais avec une vive participation de regards, signes de la tête et plissements des lèvres. Au mot "enterrement", elle baissa les paupières et célébra, dans l'obscurité d'un instant, une douleur contenue ou une véritable satisfaction, on ne sait. Impossible de le dire.

Sœur Rosalba aussi approuva. Si, de ce côté-là, la mère supérieure s'attendait à une opposition, elle fut déçue. Et elle fut très déçue. Elle avait besoin d'une certaine opposition, pauvre femme ; du fiel à cracher, il y en avait à revendre, et ce silence et cette retenue, qui avaient toujours été sa règle, lui empoisonnaient l'intestin. Mais c'était la règle du vainqueur, alors qu'ici, au contraire, cette règle devait s'appliquer à une défaite des plus cuisantes. Le silence et l'approbation de la nonne chanteuse lui apparurent comme une provocation.

— Ce sera une messe basse, sœur Rosalba, sans musique, bien que l'on célèbre le trépas – mot choisi avec une rare sagacité – de votre élève. J'espère que vous serez d'accord sur notre humble silence.

Et elle la fixa d'un air de défi. Sœur Rosalba inclina la tête et dit oui, cette fois aussi. Sur les lèvres de la mère supérieure fleurirent soudain de petites bulles de salive à peine retenues, la matérialisation des mots qu'elle aurait voulu expulser mais que, en fait, elle ravala. Demain, je parlerai au curé et nous fixerons ensemble le jour de la cérémonie. Il n'y aura que nous, les plus âgées, et la famille, naturellement. Il est bon que les plus jeunes restent en dehors de ce moment, douloureux pour la communauté.

Paola Pietra, remplacée par son habit, fut donc accompagnée à la sépulture le matin du 30 avril, très tôt. Le rite se déroula autour d'un cercueil avec des bougies éteintes et personne pour veiller, tout bien considéré, un bout de tissu noir et blanc. Sœur Rosalba, sur le banc juste derrière la supérieure, se souvint que d'autres funérailles avaient marqué la vie de son élève : déchirée par le péché mortel dans lequel elle vivait depuis des mois, complice du démon, elle éprouva durant la cérémonie une joie si singulière que, dans le duo final, elle interpréta l'*Amen,* dans le *Requiescat in pace*, avec une agilité éclatante. La mère supérieure resta de marbre, mais elle ne douta plus, à cet instant, de la responsabilité coupable de sœur Rosalba Guenzani, dans la fuite de Paola Pietra.

Paola Pietra était allongée, nue et stupéfaite, sur le lit de la chambre donnant sur les Zattere. A côté d'elle dormait, tranquille, John Breval ; il était couché sur le dos et respirait profondément. Sous la couverture, au chaud, Paola allongea la main pour toucher le membre de l'homme, inerte et abandonné contre la cuisse, elle l'effleura et sentit qu'il reprenait vie, en une lente turgescence. Elle s'arrêta et retira sa main, pendant que John se tournait sur le flanc, se plongeant dans un sommeil plus silencieux.

Nous sommes entrés dans la chambre au premier étage de la pension des Zattere une fois que tout était accompli, et c'est mieux ainsi. Pour invisible qu'il soit, l'œil d'un narrateur aurait ôté le naturel absolu de l'absolue solitude à laquelle ces deux-là avaient droit, car ils franchissaient une étape réellement importante et dangereuse. Le diplomate qui, plus tard dans l'après-midi, se présenterait au doge, envoyé par le gouvernement autrichien de Milan avec l'approbation de Sa Majesté britannique, à présent libre de tout vêtement et de tout frein moral, venait d'atteindre le comble du bonheur à côté de la jeune fille à laquelle il avait rêvé sans la connaître : la voix, les traits de son visage à peine entrevus, un corps dont il ne savait rien, jusqu'à ce qu'il l'eût déshabillée avec précaution. Et elle, la jeune religieuse qui avait laissé son habit pour tout héritage d'elle-même au couvent, avait à son tour fait l'expérience de cette chose à laquelle elle ne savait donner un nom : amour ? Un plaisir effrayant, en réalité, dont elle n'avait eu aucune idée jusqu'à ce qu'il l'effleurât. Plus habitué qu'elle au plaisir, bien qu'ému, l'homme dormait, et Paola était à son côté, les yeux grands ouverts, le corps apaisé mais avec, dans la tête, un tourbillon de sensations qu'elle avait du mal à fixer et à discipliner. Elle n'avait aucune idée de ce qui commençait pour elle, elle n'imaginait pas de suite, elle ne voyait pas l'avenir et surtout, elle ne le voulait même pas, cet avenir. Pour la première fois de sa vie, elle était immobile, sur un point du temps. Le futur proche serait hors de sa perception et de sa volonté : le réveil de John, qui s'habillait hâtivement et se glissait hors de l'auberge, par la porte de derrière, afin d'arriver à son rendez-vous en toute lucidité, et calme. Avant de la quitter avec un baiser, il la rassura :

— Ils t'apporteront le dîner dans la chambre. Il vaut mieux qu'on ne te voie pas encore, et puis comme ça, seule… au moins pour ce soir. Je serai ici pour te réveiller demain matin, très tôt, avant le soleil. Pour te réveiller et dormir avec toi.

Il la caressa, l'embrassa. Puis il s'enfuit, leste comme un chat, encore sûr d'être invisible. Mais Venise est un Argos aux cent yeux.

La méfiance était dans le code génétique de Venise. Peut-être parce qu'elle se sentait seule et moins protégée que les grands Etats qui l'entouraient à la manière d'une couronne, ou à cause de l'esprit mercantile auquel rien ne peut échapper sous peine de perdre de l'argent et des affaires ; peut-être est-ce le fait de se refléter continuellement dans l'eau, de se voir et de s'épier (mais cela, disons-le, n'est qu'un motif d'effet, plus esthétique que sentimental). En tout cas, le gouvernement des doges possédait un appareil attentif, qui savait se trouver au bon endroit, si nécessaire, et qui accompagnait les déplacements, fussent-ils insoupçonnables. Dans le cas de sir John Breval, il s'était agi, à l'origine, d'une gentillesse, l'intention, étant donné son rôle particulier, de lui garantir protection si jamais un criminel téméraire ou de peu d'envergure l'eût importuné en raison de sa noble apparence et de sa situation. Personne ne s'était attendu à ce que l'administration ordinaire d'un regard à distance puisse mettre en lumière quoi que ce soit concernant sa vie privée, qu'il aurait volontiers laissée dans l'ombre. Quoi qu'il en soit, lorsqu'il sortit de la pension des Zattere par la porte de derrière, il ne s'aperçut pas qu'il était suivi avec habileté et discrétion, suivi jusqu'à son arrivée à l'hôtel qui lui avait été réservé. Là, il entra par la porte principale, comme s'il en était sorti peu de temps auparavant, pour une promenade rafraîchissante ; il salua ostensiblement un domestique et lui demanda tout de suite de l'eau chaude pour un bain, avant de se rendre au rendez-vous qui l'attendait au palais ducal. Avant qu'il n'arrivât à destination, environ une heure après son bain salutaire, le chef de la police et, tout de suite après, le doge, savaient que sir John cachait quelque chose. Ou, plus exactement, quelqu'un. L'énorme avantage de la connaissance ne sera jamais suffisamment évalué, jamais par les ignorants et encore moins par les médisants qui ne savent pas la mettre à profit et la calibrer. Mais les gens réfléchis en tirent un immense profit : la police de Venise et son chef politique étaient de cette espèce, réfléchis et patients.

Sir John fut accueilli dans une petite salle du palais, en haut du grand escalier, une pièce discrète et commode pour les missions d'une importance particulière. Il eut l'impression, en entrant et en rendant hommage au doge sérénissime, d'avoir en face de lui un homme solaire, entre deux âges ; aucun apparat vestimentaire chez le seigneur de Venise, qui lui apparut comme un bourgeois au goût excellent, en habit noir, perruque à queue de cheval, au regard à la fois compréhensif et sévère.

— Avec le plaisir de vous connaître, je suis conforté dans mes attentes : je voulais que Milan m'envoie un homme d'un grand bon sens dans cette affaire qui est la nôtre, à aborder sans trop d'apparat, sans que trop de gens le sachent et puissent y fourrer leur bec.

Le mot "bec" avait un *e* très fermé, et c'était la première voyelle qui ne dilatait pas le gosier du souverain seigneur. Sir John ne connaissait que relativement les Vénitiens et leur langue, si bien qu'il écoutait avec curiosité, et même de l'amusement.

Sa tête était entièrement là, dans la petite salle du Palais ducal, sans que son corps, entre-temps, eût oublié le moindre fragment du corps de la jeune fille laissée aux Zattere. C'était incroyable comme le bonheur lui donnait le sens de l'équilibre. Ils prolongèrent la discussion avec profit, s'entendirent et allèrent jusqu'à plaisanter sur quelques ruses faciles à démasquer, que le gouvernement autrichien avait glissées dans sa mission diplomatique. Ils trouvèrent une solution accommodante sur quelque chose dont nous ne nous mêlerons pas. Ce n'est pas le but de la mission confiée à sir John Breval qui nous intéresse ; ce serait une autre histoire et elle demanderait d'autres compétences. Contentons-nous de dire qu'ils s'entendirent, dans l'intérêt des deux parties.

— Je serais vraiment ravi que votre dîner, ce soir, se déroule en digne compagnie, dit le doge.

Il attendit un instant, au cas où un imperceptible embarras serait apparu sur les traits du diplomate anglais. Rien. Il formula alors l'invitation à une soirée "sans façons, rien qu'avec des connaissances agréables que j'aimerais vous faire rencontrer. Hein ?" Avec un vrai plaisir, l'Anglais accepta la proposition et demanda seulement le temps de changer d'habit. Il prit congé de son hôte et descendit le grand escalier éclairé par des torches. Il n'était qu'à mi-escalier, quand une ombre se présenta à la porte du bureau du doge ; ce dernier, sans dire un mot, secoua la tête en signe de dénégation. Pas encore.

Venise était beaucoup plus fascinante que Milan. Rien à dire. Ce n'était pas la première fois pour John, qui s'orientait dans la ville, bien que la structure des *calli** et des *campi*** ne fût pas immédiatement lisible. A certains endroits, il marchait à vue de nez, mais il se sentait assez sûr de son fait. Au dîner, il fut ponctuel et tout de suite à l'aise ; on le présenta aux quelques invités comme une connaissance quasi personnelle du doge, il s'entretint longuement sans aucun signe d'impatience, dîna et conversa. Aucune allusion à sa mission diplomatique. Il intéressa beaucoup une dame à la robe largement décolletée, et lui raconta avec conviction et affection sa vie de père et de mari.

— Votre femme et vos enfants sont ici, avec vous ?

— Non, ils sont à Londres. Et je compte y retourner... je ne sais pas si ce sera bientôt, mais je l'espère.

Le maître de maison, debout derrière lui, et qui s'était approché, lui sourit, compréhensif.

— Entre-temps, vous retournerez vite à Milan, j'imagine.

Sir John fit un vague signe d'assentiment. Au moment de se saluer, dans le hall de la maison, le doge tint entre ses mains la main de l'Anglais un instant plus que nécessaire. Dans ce salut, il y avait une cordialité paternelle.

— J'enverrai tout de suite une dépêche sur notre entretien d'aujourd'hui, afin qu'elle arrive à Milan avant moi, et moi, je... j'ai des curiosités à satisfaire dans l'espace entre Venise et Milan. Je connais peu la région et il me semble qu'il ne faut pas manquer cette occasion, entre travail et plaisir. Mais quelques jours seulement.

L'autre acquiesçait, pensait. Il savait.

Sir John fut le dernier à quitter la maison sur le Grand Canal, et son retour vers l'hôtel se déroula

* Ruelle, en vénitien.
** Place, en vénitien.

dans le silence des *calli*. Il savait parfaitement qu'il n'était pas seul. Il monta dans sa chambre, changea d'habit, redescendit l'escalier en silence et d'un bon pas, et, en une vingtaine de minutes, fut aux Zattere. L'ombre qui ne l'avait pas perdu de vue entre les portiques et les passages le vit franchir la porte de derrière de la pension ; elle se retira alors dans une entrée non loin de là, siffla doucement et, d'un pas tranquille, retourna vers San Polo.

Je me suis davantage occupée d'elle que de lui. Elle, elle est restée toute la journée dans la chambre, elle a dormi, dîné, regardé par la fenêtre le canal de la Giudecca, entendu les bruits du quai. Jamais autant de bruits dans sa vie, jamais autant de voix et de cadences différentes. Quand on est aussi versé dans la musique que l'est Paola, ce bavardage sur le quai est un concert dont elle peut saisir les tons mineurs, majeurs, les aigus et les graves. Son oreille poursuit ces notations qui lui sont familières, elle entend la cantilène d'un dialecte qu'elle ignore, c'est un clapotis d'eau comparé aux arêtes vives du milanais. Il n'est pas vrai, pour elle comme pour lui, que la pensée dominante de l'amour l'ait fermée à tout. Au contraire, elle est plus réceptive à tout, elle est en alerte et n'est pas effrayée. Attentive et tendue. Elle pense aux cordes du violoncelle de sa maîtresse de chant. Elle pense à sa maîtresse de chant. Avec gratitude. Quand l'obscurité monte du canal et que les voix s'éteignent avec la lumière, elle glisse elle aussi dans le sommeil et dans l'attente.

La clé qui tournait dans la serrure la réveilla, mais elle ne bougea pas et resta sous les couvertures.

Pelotonnée comme une chatte, bien au chaud, elle sentit l'odeur et la respiration de John, près de sa bouche. Au bruit sourd et léger des vêtements jetés à terre, elle se poussa un peu pour lui faire de la place dans le lit et se retrouva contre la peau fraîche de l'homme, qui venait du dehors. Ils restèrent l'un contre l'autre, muets, il y eut de longues, de lentes caresses avant l'amour, et après l'amour, ils s'attardèrent encore, sans se détacher l'un de l'autre.

Au réveil, en plein jour, John se chargea du petit-déjeuner, il descendit dans la salle commune et fit préparer avec soin le chocolat et le thé, suivit le garçon qui portait le plateau et le lui fit déposer sur le seuil. Il frappa avant d'entrer dans la chambre et ouvrit avec précaution : Paola vint à sa rencontre, déjà vêtue de son unique robe noire, elle semblait gênée à cause de ses cheveux courts.

— A Venise, les dames, en public, portent la perruque. Ici, on trouve un bon perruquier en un clin d'œil, si tu veux, et il vient te servir sur place.

— Je ne sais pas encore, je ne sais pas bien ce que je veux, sur le plan pratique. Ce que je dois faire, où nous irons – elle se reprit aussitôt – où j'irai, je n'en ai aucune idée. Et vous ?

Il la corrigea tout de suite :

— Et toi. Pas "vous". Toi ! Moi, j'irai à mon hôtel, je bouclerai mon bagage et je serai officiellement parti de Venise dans un peu plus d'une heure. Un perruquier viendra te voir, tu veux ? Ce sont des gens discrets, tu n'as rien à craindre.

— Non, pour l'instant, le châle sur la tête suffit.

Pour lui aussi, une femme aux cheveux courts avait quelque chose de singulier, de même que son visage, qui paraissait nu et sans défense. Il mangea avec elle qui, lorsqu'elle mangeait, semblait intimidée et hésitante, beaucoup plus que lorsqu'elle se donnait, dans l'amour. Les femmes, considéra-t-il, étaient étranges et, malgré les années d'un mariage paisible et solide, il se dit qu'il n'en avait jamais connu une d'aussi près. Il la laissa à contrecœur et retourna à son logis près du palais ducal. Il boucla son léger bagage, expédia à Milan la dépêche avec le résultat de la mission et se fit aider par un garçon, pour charger la valise sur une gondole. "A Fusina", ordonna-t-il au gondolier, d'une voix forte ; puis, non loin de l'embarcadère, il s'approcha de lui et lui chuchota la nouvelle direction. Pour les Zattere, il le savait, ce n'était même pas la peine de changer de trajet. Avant de tourner devant la pointe de la douane, John remarqua les nombreux bateaux ancrés dans le port et il se vit partir de là, s'embarquer avec une femme voilée de sombre et disparaître, sans savoir lui-même où. A la pension des Zattere, il fit décharger son bagage, paya le gondolier avec largesse et s'apprêta à monter dans la chambre du premier étage. L'hôte se précipita à sa rencontre.

— Monsieur, on a laissé cette lettre pour vous.

Une feuille blanche, cachetée à la cire, mais sans aucun sceau officiel. Il se sentit trembler, démasqué et visible pour la première fois depuis que leur aventure avait commencé. Il monta l'escalier et s'arrêta devant la porte de la chambre, ouvrit la lettre. "*Pour quoi que ce soit, à tout moment, vous avez en moi un ami discret.*" La signature dépourvue de titres, il la reconnut, la gorge nouée par l'émotion : c'était celle du doge.

La lettre changeait beaucoup de choses. Il frappa à la porte de la chambre et embrassa, avec un élan joyeux, la jeune fille qui lui avait ouvert.

— Pour quelqu'un, nous ne sommes plus un secret, lui chuchota-t-il dans le cou, en le mordillant légèrement.

Elle l'écarta et le fixa, inquiète.

— Et donc ?

Voix grave, si sensuelle dans son inquiétude, qu'il serra Paola pour la sentir tout entière contre son propre corps ; les vêtements étaient peu de chose, et l'émotion et le désir si explicites ! Il lui répondit en la poussant vers le lit et lui raconta qu'ils avaient un protecteur inespéré, et du temps, beaucoup plus de temps, à leur disposition. Inutile de fuir précipitamment Venise. Les bateaux qu'il avait vus dans le port lui apparurent, à cet instant, comme autant de voies ouvertes vers un bonheur mûrement réfléchi. En réalité, l'esprit de John oscillait entre le chaud et le froid, sous l'effet anesthésiant de l'amour, et pourtant avec une conscience lucide. C'était comme assister à une opération chirurgicale exécutée sur son propre corps, voir quelles parties sont coupées et suivre le travail du chirurgien avec la conscience de l'inévitable. Concernant ce qu'il laissait derrière lui, ce qu'il coupait de lui, John avait les idées claires : il se sentait avec un pied dans le vide, franchir le pas serait un abordage ou une chute dans l'abîme. Il se demanda s'il n'était pas fou de ne pas avoir peur. La voix de Paola le rejoignit :

— Et si c'était encore plus dangereux ? Ce pourrait être une ruse pour que, toi et moi, nous nous découvrions, et que ceux qui nous cherchent… Tu ne crois pas qu'ils sont en train de nous chercher ? Moi, surtout. J'ai une famille qui doit être dans un état d'agitation que je ne peux même pas imaginer. Et le couvent ! Elle le regarda soudain, avec une étrange distance : Je suis une religieuse.

Elle se parlait à elle-même, avec la stupeur de qui se tâte les bras et le visage pour se sentir vivant après un terrible accident.

— Tu ne l'es plus.

— Ah non ! Je n'ai pas la capacité de dissoudre ce lien. De même que toi, avec ta femme. Quelqu'un d'extérieur à nous doit dire que… que, pour une bonne raison, supérieure à la raison pour laquelle nous nous sommes liés autrefois à d'autres, nous n'avons plus d'entraves, à présent.

— Qui devrait la trouver, cette raison si supérieure ? Et, si personne ne la trouvait, toi, tu retournerais au couvent à Milan et moi dans ma maison de Londres, obéissant et docile au bon ordre des choses ? La froideur chirurgicale s'émietta, perdue dans une brume dont il fallait sortir au plus tôt, et retrouver une vision claire : Paola, Paolina. A ton avis ?

Aucune réponse, aucune résistance, pendant qu'il la déshabillait lentement. Et calmement. Entre sa question à lui et la réponse passa un long moment de soupirs et de gémissements, puis un silence rythmé par la respiration qui redevenait normale, et la voix de Paola, grave et pleine.

— Quelqu'un la trouvera sûrement. La raison.

Un doge. On ne pouvait pas encore l'appeler un ami, il ne suffit pas d'une lettre généreuse, d'une sympathie immédiate pour faire un ami. Bien que… Combien d'amis sir John avait-il eus ? Combien sur lesquels ne fût pas passé tout de suite le vent chaud de l'enthousiasme, puis un bien-être tiède, et pour finir, un froid embarrassant ? Avant qu'une telle échelle thermique ne fût entièrement parcourue, autant valait bénéficier de ce premier élan et en cueillir les fruits. Il le pensa sans aucun cynisme : il s'adresserait à cette bienveillance inattendue et en tirerait le meilleur parti. Il se détacha de la jeune fille abandonnée contre lui, alla se laver à la bassine et se regarda dans le miroir ; dans ce miroir, il vit Paola appuyée sur ses coudes qui l'observait, elle aussi. Combien de temps cela durerait-il ?

J'aime à penser aux grandes passions comme à de pesantes machines qui avancent lentement, broyant systématiquement le temps et les espaces, avançant avec la taille d'un pachyderme, et qui durent, car elles consomment avec lenteur leurs énergies qui, pourtant, dépensent sans compter. Se garder des explosions éphémères, même si elles sont pleines de couleurs et de lumière. C'est la chaleur qui s'installe avec lenteur et ténacité entre les fibres, que je voudrais reconnaître sous le nom de "passion". Je me glisse ici, dans les regards croisés entre les deux amants qui n'ont aucune idée de ce qu'ils deviendront, et moi-même, je n'ai aucune idée sur eux, sinon celle de les accompagner pas à pas.

— Que pensez-vous faire ?

— Je retournerai à Londres et demanderai le divorce à ma femme. Ce ne sera ni facile, ni rapide. Rien n'a laissé prévoir un tel changement entre nous. Pour commencer. Par ailleurs, je… Il regarda le doge droit dans les yeux : J'ai déjà commis ce qu'on appelle la faute d'adultère. Je paierai, dans tous les sens du terme. Et je serai un homme libre.

— C'est facile chez vous, qui êtes protestants. Eh oui. Alors qu'ici ! Bien que, ici, par la suite, on arrive à payer beaucoup moins, ricana-t-il, et parfois on ne paye pas du tout.

L'Anglais le regarda sans comprendre.

— Mais, reprit le doge – et, d'un geste de la main, il chassa les considérations qui lui venaient à l'esprit –, la demoiselle, m'avez-vous dit, est une religieuse, fille d'un aristocrate milanais. Il y aura les revendications d'une famille et d'un couvent, il faudra en tenir compte. Il faut avoir les épaules solides pour une telle charge. Non, je ne pense pas à vous, bien sûr, vous, vous les aurez, je pense à votre… amie. Elle s'appelle ?

— Paola Pietra.

S'arrêter avant et sauvegarder l'identité de la jeune femme eût été un acte de prudence, n'importe qui y aurait pensé. John aussi y pensa, une seconde après avoir donné le nom de sa compagne.

— La chanteuse ! et le doge s'éclaira, sous l'effet de la curiosité. La chanteuse, répéta-t-il pour lui-même, pour se convaincre.

"La renommée de sa voix est arrivée jusqu'ici ? Et pas encore la nouvelle de sa disparition, alors ?" en déduisit John, qui surprit un regard oblique du vieux doge.

— La chanteuse ! Vous devez en être fier, j'imagine.

— Vous imaginez juste. Mais ce n'est pas sa voix qui m'a conduit ici, pour franchir ce pas. Ou plutôt, oui, ça a été sa voix, mais pas à cause de la voix… Même muette, vous me comprenez ? Même muette.

— Ne parlez pas avec une telle assurance : au fond, nous ne savons jamais ce qui déchaîne les émotions fortes qui changent notre vie. Un timbre si beau, une voix si fameuse… dans un contexte si particulier. Contre les interdictions d'un couvent… Un seul détail en moins, et les choses n'en seraient pas là.

Cette dernière phrase se fana dans un marmonnement, et retomba.

— Vous pouvez partir de Venise, si vous trouvez de la place sur un navire, quand vous le jugerez bon ; moi, je ne suis au courant de rien. Pour moi, vous êtes parti, disons, le 30 avril, à destination de Milan. Pour vous embarquer, vous n'aurez pas à payer trop cher. A bord d'un navire marchand, les passagers ne sont pas une gêne. Et en tout cas, en ce qui me concerne, moins je me mêlerai de cette affaire, mieux cela vaudra pour vous. Il était bien-veillant, prévoyant, paternel. Je ne vous cache pas que j'aurais plaisir à entendre une voix si fameuse, ajouta-t-il, et il laissa mûrir le silence embarrassé de l'Anglais. Si habile le jour des tractations diplo-matiques, si sûr de lui !

Les deux hommes se saluèrent peu après, et il ne fut pas clair s'il s'agissait d'un congé, d'un ren-voi à une autre rencontre, ou d'une rupture. John sortit par la petite porte donnant sur une *calle* étroite, il s'esquiva avec l'allure d'un fugitif, enfermé dans son manteau. Qu'il est sot de souffrir de jalousie ! se dit-il en marchant rapidement vers l'auberge des Zattere. Plus que deux jours, et il leur faudrait quit-ter Venise.

— Il voudrait t'entendre chanter. Il me l'a de-mandé, avec gentillesse. A vrai dire, il ne l'a pas demandé, il a dit qu'il aimerait t'entendre chanter.

Ils mangeaient dans la chambre de l'auberge d'où Paola n'était pas encore sortie. C'était le soir, et John voulait prendre une décision : trouver, le lendemain, une place sur un navire, sortir de Ve-nise et trouver un point de chute, pour elle surtout, peut-être en Grèce ou en France. Les Turcs ou les athées étaient des solutions sûres pour une nonne défroquée. Dans tous les cas, la France était pré-férable, plus près de Londres, d'où il reviendrait la chercher quand, avec sa femme, avec sa famille paternelle et avec le roi, il aurait clarifié sa position et se serait libéré. Il pensa à Milan : qui sait si, entre-temps, on s'interrogeait sur le fait qu'il tardait à se présenter personnellement à l'archiduc ? Celui-ci aurait bientôt entre les mains, s'il ne l'avait déjà, le texte de sa dépêche. Un excellent travail sur lequel il pourrait se congratuler avec lui, attendu d'un moment à l'autre dans la salle des audiences du palais royal.

— Rien que pour lui ?

La voix de Paola le tira de ses pensées.

— Comment cela, rien que pour lui ?

— Chanter. Il veut que je chante rien que pour lui ?

Elle attendit patiemment la réponse, qui se faisait attendre.

— Oui, je suppose que oui. Il ne peut pas en être autrement. Et même ainsi, même rien que pour lui, cela ne me plaît pas.

— Nous lui devons quelque chose ? Oui, non ? Son silence ?

John acquiesça.

— Et ce n'est pas rien, ajouta-t-il.

— Ma voix contre son silence... Elle secoua la tête, passa sa main dans ses cheveux courts : Au bout du compte, ce n'est pas un mauvais échange. Des doigts, elle effleura la main de John, posée sur la table. Je ne chanterai pas pour lui seul. Toi, tu seras là pour écouter. C'est depuis Pâques, depuis que je me suis enfuie... tu sais – soudain avec plus de vivacité – j'aimerais le faire. J'aimais le faire, et je t'imaginais en train de m'écouter, de l'autre côté de la grille. Dis-lui que j'accepte. Même demain, tout de suite. Puis, nous partirons.

On ne peut pas dire que John n'ait pas été étonné de ces mots qui annoncent une détermination inattendue, à ses yeux. Au cinéma, il nous faudrait un fondu au noir qui laisserait, dans les yeux du spectateur, l'ombre de l'image de la stupeur, chez l'homme, lui seul, pendant que l'objectif se ferme, puis s'intéresse à la scène suivante : une jeune femme encapuchonnée qui marche à travers les *calli* de Venise, escortée par un homme lui aussi enveloppé dans un manteau, bien que cette journée ensoleillée incite à se dévêtir. Certes, nous avons sauté quelques passages, les accords passés avec le doge sérénissime concernant le lieu et l'heure de la rencontre, les hésitations de l'Anglais et ses monologues intérieurs agités, et les doutes surgis chez la jeune femme qui a dit oui, d'instinct. Tout cela est derrière les deux silhouettes qui marchent, rapides et souples, dans le dédale des *calli*. Elle, elle regarde, pleine de curiosité, lui plus fermé et soucieux de l'après. Aucune dame vénitienne sur leur chemin, rien que des hommes et des femmes qui travaillent, et des voix qui se poursuivent, aiguës et graves, des petites fenêtres aux *calli*, aux canaux. Puis une porte d'entrée sombre, le battant qui s'ouvre dès que le marteau est effleuré, et le couple pénètre dans une cour intérieure : pénombre adoucie par une tache de soleil, sur les pavés près du puits.

— Je vous en prie, madame, monsieur, avec les voyelles ouvertes de cette langue étrange et le dos courbé d'un serviteur obséquieux qui les précède dans l'escalier.

Par une fenêtre, Paola voit l'eau du canal qui s'écoule, au pied de la façade noble de la maison.

Il n'y eut pas beaucoup de civilités. Le doge la salua sous le nom de comtesse Pietra et, au premier coup d'œil, il remarqua l'allure chaste de la jeune femme, au point qu'il se demanda s'il avait bien fait de dire qu'il aimerait entendre sa voix. Sur le moment, il lui avait semblé que c'était la tête voilée qui rappelait la condition de religieuse ; mais non, quelque chose de différent et de plus intrinsèque, au-delà de l'apparence de l'habit, quelque chose dans la pudeur de ses attitudes et, étrangement, dans cette façon de le regarder droit dans les yeux, ouvertement et sans la moindre intention de séduction – une arme à laquelle, croyait le doge, les femmes, des plus jeunes aux plus âgées, ne renonçaient jamais, qu'elle fût bien aiguisée, ou émoussée. Dans la pièce où il accueillit ses deux hôtes, il y avait une épinette, et la comtesse Pietra regarda l'instrument avec intérêt.

— Vous savez en jouer ? lui demanda le doge.

— Non, pas bien ; mon professeur jouait, elle joue, très bien, de plusieurs instruments. D'elle, je n'ai appris qu'à chanter. Et à lire la musique, ça oui. Elle voulait que nous fussions rigoureuses avec les notes. Elle ne se fiait pas à la mémoire et à l'intonation naturelle.

Le doge approuva. Lui aussi remarqua la voix pleine et profonde de la jeune femme, le timbre sensuel en accord avec la chasteté de son aspect. Sir John lui avait enlevé sa cape des épaules, mais le châle lui cachait la tête.

— J'ai demandé, ou plutôt, j'ai manifesté à… sir John le désir de vous écouter chanter, vu que la réputation de votre couvent – et il fut embarrassé pour évoquer le passé récent de la comtesse – est parvenue jusqu'ici. Franchement, je n'en attendais pas tant de votre courtoisie, mais quand vous m'avez dit oui, j'ai pensé à me procurer un accompagnateur pour votre voix. Il vit ses deux hôtes échanger une œillade perplexe et inquiète. C'est un jeune homme en qui j'ai une confiance absolue. Personne ne saura jamais qu'une fois dans sa vie, il a eu l'occasion d'accompagner une voix d'une telle rareté. Croyez que je ne vous exposerais jamais à aucun risque, pas même à l'ombre d'un ragot.

Une sonnette retentit et, par une porte de service, un jeune homme entra. Il devait avoir l'âge de Paola, il s'inclina, en évitant presque de regarder les deux hôtes, et s'assit à l'épinette. Il ouvrit la partition qu'il avait apportée, et attendit.

— C'est le *Stabat Mater* du maestro Pergolèse. Je sais que c'est une des plus belles choses que vous ayez chantées avec votre professeur, sœur Rosalba Guenzani. C'est vrai ? – C'était vrai. – Et c'est un morceau pour contralto seul, dont on m'a dit des merveilles. Vous m'en offrez le plaisir ?

Sir John se tenait à l'écart, pour ne rien vous cacher, et il ne savait quelle contenance adopter. Entre fierté, émotion, un mélange de souvenirs qui le replongeait dans la nef sombre de Sainte-Radegonde, lui parmi tant d'autres, à écouter les voix entre lesquelles il cherchait la sienne, et à la reconnaître, comme le contact d'une main dans le noir. Et de nouveau, petite et frétillante là où il n'y avait pas de lumière, la jalousie.

*

Les bateaux, dans la rade du port, grouillaient au point de troubler la vue, et les voix s'entrechoquaient, des galères au quai, en un vacarme assourdissant. Lui, il sait ce qu'il veut, mais il ne sait pas encore comment il le veut. S'en aller, mettre en lieu sûr le patrimoine de son bonheur, se soustraire aux normes de conduite que tous attendent, et composer un nouveau tableau. Ou trouver un nouvel encadrement pour un vieux tableau. L'amour donne l'impression de la nouveauté absolue, mais c'est une vieille chose qui se présente toujours identique à elle-même, sans qu'elle ait besoin de se camoufler et de simuler une différence qui n'existe pas. Il suffirait d'un peu de lucidité pour comprendre que Pâris et Hélène étaient identiques à Tristan et Iseut, à Angélique et Médor, ou à n'importe quel autre couple d'amoureux, abêtis par la douce violence qui les frappe, leur faisant croire qu'ils sont les seuls à connaître ce sort ; et ils ne se reconnaissent dans aucun autre sort, dans aucune autre histoire.

Les bateaux dans la rade du port, disais-je, sont nombreux et pleins de monde : quel est le bon pour mettre en lieu sûr un tel patrimoine ? Sir John circulait, seul, il écoutait, saisissait des bribes de conversation à partir desquelles il tentait d'en construire une entière, fiable. La France était la destination adéquate. Il en avait parlé avec Paola qui avait secoué la tête, effrayée, à l'idée des Turcs. La France du Nord, le port du Havre, non loin de Londres et près de Paris. "Je n'irai pas en Angleterre sans toi, lui avait-il dit, modifiant son plan, j'ai réfléchi, il vaut mieux se retrouver au Havre." Elle avait accepté, oui, il lui semblait que c'était la meilleure solution et que tout serait plus facile, à partir de là.

Il circulait dans le port et écoutait les voix, cherchait des échos de la terre de France, des indices, des visages plus sûrs, à défaut de visages totalement sûrs. Il s'arrêta soudain, après avoir tant cherché et écarté, pour écouter un homme d'âge mûr, bien vêtu, qui discutait au pied d'une échelle de bateau, pendant que des portefaix chargeaient de gros ballots et les faisaient rouler sur une passerelle dépourvue de bords. En fait, John s'était arrêté pour regarder le travail de chargement, admiratif devant l'adresse avec laquelle ils faisaient rouler les ballots en frôlant le bord de la passerelle, suspendue entre terre et eau.

— C'est votre cargaison ? demanda-t-il à l'homme.

— Pour vous servir, lui répondit l'autre sur un ton cordial ; et il poursuivit la discussion animée avec celui qui semblait être le commandant du navire.

— Et quelle est sa destination ?

— Celle de la cargaison ? La cargaison va à Lisbonne. Et le bateau, lui, continue jusqu'à Nantes.

— En France !

— Pour vous servir. Et, cette fois, il ne reprit pas tout de suite sa conversation avec le commandant, mais s'arrêta un instant pour regarder l'Anglais : Je peux vous aider en quoi que ce soit ?

— Vous prendriez des passagers à bord de votre navire ?

— Vous me flattez quand vous l'appelez "navire", mais moi, ici, je ne suis que le propriétaire de la cargaison, le reste est à lui. Et il indiqua l'autre homme, silencieux à ses côtés : Patron et commandant. Demandez-lui.

Et il s'effaça avec une gentillesse intriguée. L'autre était moins rassurant, son apparence négligée et son visage sombre.

— Où voulez-vous aller ?

John faillit mentir, invoquer un obstacle imprévu et renoncer.

— En France, justement. Même si je pensais au Havre, alors que vous, vous allez à Nantes.

Les deux autres le laissèrent à ses doutes et reprirent la conversation interrompue. Ce fut justement cette indifférence qui incita John à changer d'avis : personne ne voulait le duper, les deux hommes étaient pris par leurs propres affaires, indifférents au gain qu'un passager pourrait leur rapporter.

Il regarda le marchand et le commandant du bateau, observa attentivement leurs vêtements, de bonne facture pour le premier, plus froissés, ceux du commandant. Ils parlaient un dialecte que l'Anglais identifia comme du vénitien, mais s'il avait été plus connaisseur, il aurait reconnu, dans le parler du marchand, la nuance plus marquée de l'arrière-pays. Il était de Vicence. Sir John resta à l'écart, incapable de se décider, tout en suivant mentalement l'itinéraire marchand au-delà de Gibraltar. Nantes ou Le Havre, à vrai dire, cela ne faisait guère de différence. Il se rapprocha des deux hommes.

— Je vous demande pardon, quand levez-vous l'ancre ?

— Demain, dès que nous aurons fini de charger, le plus tôt possible.

Et il lança une œillade entendue au marchand, qui lui répondit par un signe d'assentiment :

— Ah oui, moi, demain, au lever du soleil, je serai ici avec les dernières marchandises.

— Et donc, un passager… ?

— Vous ?

— Une femme.

Ils le regardèrent avec une grande curiosité. A leur tour, ils toisèrent ce sujet à l'accent étranger, aux vêtements élégants, la ligne nette du nez qui coupait en deux un visage effilé, la stature, haute sans être imposante.

— Vous voulez vous en débarrasser ? demanda le commandant, sans que le ton de sa voix laissât apparaître la moindre réprobation.

— C'est ma fiancée, et il pensa soudain à sa femme et à ses deux enfants ; néanmoins, jamais ce terme ne lui avait paru aussi approprié de plein droit, pour la femme qui était sa compagne. Je la rejoindrai en France par voie de terre.

— Nous ferons aussi escale dans le port de Marseille, si vous voulez que le voyage soit plus court.

— Je vous dirai. Demain. J'en parle avec elle. Il faut que je calcule par rapport à mon voyage.

Il parlait par phrases saccadées, regardait sans cesse autour de lui, et aperçut une ombre qui s'enfuyait entre les amarres. Une des nombreuses, dans le marasme du port.

*

Un pas en arrière, car les ombres aussi ont droit à une explication, elles sont des projections d'un corps et renvoient à une consistance qu'il serait injuste d'ignorer ; et donc, revenons dans la salle au premier étage, dans la maison du doge, au jeune homme à l'épinette, absorbé par son rôle d'accompagnateur d'une des voix les plus belles et les plus mystérieuses du siècle (dans certains milieux, les hyperboles ne gâtent rien) au point de ne pas lever les yeux du clavier sur lequel il joua le morceau pour contralto du *Stabat Mater* de Pergolèse. Mais un jeune homme au regard perçant et à la mémoire extraordinaire, si bien qu'il lui avait suffi d'un coup d'œil oblique au couple dans la pièce pour ne plus l'oublier. Quant à la voix de la jeune femme, elle l'avait ému jusqu'aux tréfonds de lui-même : il s'était perdu dans les méandres du chant, et l'accompagner avait presque été un acte de foi ; le silence vibrant, après la dernière note, avait laissé en lui un vide impossible à combler, qui laissa le jeune homme sans réaction. Il demeura la tête penchée sur son instrument muet, et ne réagit qu'à la sollicitation du doge, qui le remerciait pour le congédier. Il se glissa hors de la pièce, les yeux baissés, et resta dans la petite salle adjacente, le cœur en tumulte. Il ne s'en alla pas, car son travail n'était pas fini. Peu après, en effet, le son de la clochette le rappela dans la salle à l'épinette, où l'attendait Sa Seigneurie, seule.

— Tu les as bien vus ? Tous les deux ?

— Oui, excellence. Je les ai vus.

— Bien. A partir de maintenant, je ne devrais plus rien savoir d'eux. Je devrais ne vouloir plus rien savoir.

— Oui, excellence.

— Je crois qu'ils t'auront oublié d'ici peu. Ils ont autre chose à faire et à penser. Par exemple, chercher un navire sur lequel s'embarquer et quitter Venise. Pour aller où, je l'ignore. Et il frappa fermement sur la table, avec la jointure de ses doigts. Pour aller où, je l'ignore, répéta-t-il, en martelant les mots.

— Oui, excellence. Trois fois oui, la mission était confiée et elle exigeait de la méticulosité, étant de celles auxquelles on ne peut se dérober et où il est interdit d'échouer, sous peine de...

Bien sûr qu'il y avait une peine, le jeune homme ne voulait même pas l'imaginer.

— Votre Excellence a-t-elle besoin d'autre chose ? demanda-t-il sans jamais lever les yeux sur le doge, dont il aurait pu dessiner, ride par ride, le visage, sibyllin, en ce moment.

Il devina le signe de main qui le congédiait, vit sur la console près de la porte un sachet de velours, et le prit : c'était la rémunération pour l'exécution du morceau de Pergolèse. Peu de chose comparé à ce que lui rapporterait la seconde mission. Vraiment peu de chose.

— Seule ?

Elle le regarda avec effroi.

— Ce ne sera pas un long voyage, tu ne devras te soucier de rien. Je t'accompagnerai à bord et je serai là pour te prendre à Marseille, quand le bateau entrera dans le port. De là, nous irons ensemble à Londres, je te confierai à mes sœurs pendant que je m'occuperai de régler le problème avec ma femme. Puis, quand tout sera clair, et que je serai sûr de pouvoir divorcer... tu verras ! N'aie pas peur du voyage, tu devras seulement compter les jours qui nous séparent l'un de l'autre.

Entre-temps, les mains de John caressaient ses cheveux, ses joues, sa gorge, elles la tenaient comme on le ferait avec un chien que l'on ne veut pas effrayer en levant la main sur lui. Il lui souleva le menton, l'embrassa sur la bouche, qu'elle entrouvrit sans résistance.

— Tu ne peux pas avoir peur que je t'abandonne. Il n'y avait même pas une ébauche de larmes dans les yeux grands ouverts de Paola Pietra. Moi, poursuivit John, je retournerai à Milan, je prendrai congé du vice-roi, je quitterai la Lombardie sans éveiller de soupçons et je serai à Marseille ; j'aurai sur moi de l'argent et des lettres de créance. Et alors – il poussa un soupir – le plus dur commencera peut-être pour nous, mais ce sera le moment décisif.

— Où se trouve Marseille ?

— En France, dans le Sud. Plus près de Milan que tu ne l'imagines. Moi, je...

Paola ne l'écoutait pas vraiment ; elle fixa ses yeux sur le miroir en face du lit, se vit et vit la nuque de John, ses cheveux décoiffés. Ce sont des détails qui remuent jusqu'aux entrailles, les petits cailloux qui provoquent les éboulements. Elle lui passa la main sur la nuque et ce fut elle qui l'embrassa cette fois, elle força sa bouche, qui résistait plus que la sienne, surprise par le baiser.

— Très bien. Alors, demain ? Tu as dit demain ? Très bien. Il n'y a que des hommes sur le bateau ?

murmura-t-elle, si près de lui que ses yeux ne le voyaient pas nettement.

— Oui, mais tu n'as rien à craindre, le capitaine est un homme rude, mais il connaît son devoir et sait se faire respecter.

— Je crains davantage les femmes que les hommes. Seule sœur Rosalba a été mon amie. Puis tu es venu.

John se demanda s'il faisait bien d'agir ainsi ; une fois Paola rassurée, ce fut lui qui se sentit inquiet, de l'inconscience avec laquelle il confiait le trésor de sa vie à un inconnu qui, sur le moment, lui avait fait bonne impression. Il s'était toujours fié à son intuition et était devenu un bon diplomate, y compris parce qu'une espèce de flair animal lui permettait de tracer sa voie. Il repensa au visage du marchand de Vicence qui, le premier, l'avait intéressé, puis aux manières brusques du capitaine, il revit les ballots rouler sur la passerelle, avec précision. En même temps, les cheveux courts de Paola lui chatouillaient le menton et la poitrine. Depuis le commencement, cette histoire était une folie, et pourtant, elle était régie par une règle de fer : chaque fois qu'un pas vers le vide avait été accompli, elle avait trouvé un appui solide. Il se détacha de la jeune femme et la regarda attentivement, elle avait la pâleur de qui n'a pas été au soleil et au grand air depuis longtemps.

— Quand nous serons à Marseille… mais nous n'y resterons pas longtemps… quand tu arriveras, pendant quelques jours, nous aurons une maison où tu te reposeras ; de là, nous remonterons vers le nord. Puis nous traverserons la Manche, et à ce moment-là, tu seras désormais un marin chevronné.

Il plaisantait sur l'expérience que Paola acquerrait durant son voyage en Méditerranée, elle qui n'avait jamais vu que l'eau des canaux milanais. Il plaisantait, mais ses phrases étaient saccadées, et durant les pauses de silence, il sondait les impressions qui flottaient à la surface de sa propre conscience, des vagues de peur retenues par le rempart d'une certitude irrationnelle. Il se souvint alors du programme détaillé, fixé dans les moindres détails, de son mariage : on avait même compté le nombre de pas de la maison de la mariée à la chapelle familiale au fond du jardin, et il se souvint du carrosse, prévu en cas de pluie.

Il se leva du lit, qui occupait la plus grande partie de la chambre et de leur temps :

— Je descends commander le dîner.

Sur le seuil de la porte, il se tourna pour la regarder, même s'il n'y avait plus beaucoup de lumière dans la pièce, désormais. Chanterait-elle encore ? Mais cela, il n'eut pas le courage de le lui demander.

— Alors ?

— C'est un bateau qui fait escale à Rhodes, puis à Marseille, à Lisbonne, et dont la destination est Nantes.

— Et le capitaine ?

— C'est un Vénitien, Alvise Barbaran. Il fait ce trajet depuis au moins dix ans. Avant, il commerçait avec l'Orient, mais sa clientèle s'est déplacée du côté de Gibraltar, et il s'est adapté. Ses clients sont contents de lui, il travaille bien, son équipage n'a jamais eu de problème dans aucun port.

— Quand lève-t-il l'ancre ?

— Demain matin, une fois qu'il aura tout chargé. Il attend encore de la marchandise d'un commerçant de Vicence.

Dans la chambre du doge aussi, la lumière était rare et faible, aucun candélabre n'était encore allumé.

114

Assis à sa table de travail, pendant que le jeune homme se tenait debout devant lui avec l'air de qui est prêt à courir pour finir sa tâche, le doge se tapotait la joue, pensivement. Plusieurs idées lui traversèrent l'esprit, les nombreux dangers que présente un voyage en mer, les tempêtes et les pirates, les excès des matelots, la solitude du capitaine. Le jeune homme était debout devant lui, silencieux, il attendait les ordres, il n'avait encore aucune idée de ce qu'il devrait faire. Il entendit la chaise grincer sur le sol : avec un mouvement pesant, le doge s'était levé et se dirigeait vers la pièce attenante. Il laissa là le jeune homme sans rien lui dire, en attente et presque dans le noir. Du canal, sur lequel donnait la fenêtre entrouverte, montait une odeur légèrement putride. Le silence régnait, à l'intérieur et à l'extérieur de la maison. Le déclic de la poignée de la porte, peu après, fut un soulagement pour le jeune homme qui attendait ; il eut l'impression que beaucoup de temps s'était écoulé alors que, en réalité, il n'était passé que quelques minutes.

— C'est pour Alvise Barbaran. Tu lui remettras ceci en privé, sans témoins. Aucun. Le doge lui tendit une enveloppe fermée, sans en-tête : Ensuite, tu reviens chez moi ; tu passes par-derrière et tu me fais appeler par Zane, quelle que soit l'heure. Quand tout sera réglé, je te paierai ton dû.

*

Nous sommes restés longtemps à Venise. Il est l'heure de nous en aller. Avec toute sa magie, c'est une ville épuisante. Paola Pietra a emporté peu de choses, un sac que l'on ne peut pas appeler "bagage", sa cape et le châle dans lequel elle cache sa chevelure peu féminine, aucun bijou. Voilà ce que signifie être pauvre. Sir John Breval paye la note de l'auberge sans ciller, bien que le patron ait gonflé les dépenses, et il demande une gondole pour se rendre au port. C'est le matin, très tôt, juste après l'aube, le quai des Zattere est encore désert, mais à mesure qu'ils s'approchent du port, c'est un va-et-vient de voix et de gens, on a l'impression que plus personne ne dort, et le paysage, aux yeux de Paola, tremble dans le grouillement des mâts de bateaux. La gondole rase le flanc d'un voilier et accoste à proximité. En mettant pied à terre, John d'abord, puis la jeune femme éprouvèrent une sorte de vertige : c'était le fait de compter les jours passés ensemble, et l'ignorance de ce qui les attendait. Alvise Barbaran, John le vit tout de suite, était encore en train de traiter avec le commerçant de Vicence, mais le chargement devait être fini, la passerelle des marchandises était vide. Paola regarda la planche en bois noir qu'elle devrait emprunter pour monter à bord, et elle se dit que ce n'était plus le moment d'avoir peur, même de ce petit jeu d'équilibrisme. Le capitaine aussi les vit, il les salua et leur fit signe d'attendre ; cela ne prit guère de temps et, une fois qu'il eut laissé le marchand, il s'approcha du couple. Il regarda la jeune femme sans cacher sa curiosité, salua l'Anglais et enregistra, au fond de lui-même, leur différence d'âge. "Ma fiancée", lui avait dit John.

— Je serai à Marseille. Quand vous entrerez dans le port, je serai déjà là à vous attendre.

Le capitaine acquiesça.

— Je dois vous remettre l'argent pour cette… faveur.

— A la livraison de la marchandise, dit le capitaine, sur un ton plutôt rude. A Marseille, nous solderons nos comptes.

— Je croyais que la règle était de payer au moment de l'embarquement, pour les passagers aussi.

Le capitaine fit un geste vague et ne répondit pas. Il regarda son bateau : tout l'équipage était à bord, lui fit comprendre, par signes, son second.

— Accompagnez vous-même madame dans sa cabine. C'est celle de mon second, la meilleure dont je dispose.

Et il se dirigea vers la passerelle, précédant le couple.

J'ai commencé à écrire cette histoire en me disant, ou plutôt en m'entendant dire : "Ecris une histoire de pirates !" Une histoire de pirates ! Nous voici presque en pleine mer, Venise disparaît peu à peu, engloutie sous la ligne d'horizon, on ne voit même plus le campanile de Saint-Georges-Majeur. C'est encore la lagune, mais elle est vaste et sans repères, pour un œil habitué à la terre. Le diplomate anglais John Breval, après avoir laissé sa bien-aimée à bord du navire, suivra son propre chemin en direction de Milan, en tout cas c'est ce qu'il a dit, et Paola Pietra est à la merci d'un équipage conduit par un inconnu. Vu d'ici, de la table à laquelle j'écris, le navire est un jouet dans une bassine pleine d'eau et, dans ce jouet, il y a une petite poupée vêtue de noir, terrée dans une minuscule cabine sous le pont. Par le hublot, elle ne voit que de l'eau, de l'eau grise et mousseuse. De la lumière, il n'y en a pas beaucoup : au-dessus de sa tête, le piétinement frénétique des matelots qui vont et viennent, et les ordres criés, répétés. Puis le silence. Marseille, la terre promise, est à des milles de distance. Le décor est prêt pour les pirates.

III

MÉDITERRANÉE

Paola commença à compter les minutes qui rythmeraient les quinze – c'était ce qu'on lui avait dit – jours de voyage. Elle savait qu'ils entreraient d'abord dans le port de Rhodes, mais elle ne savait pas ce qu'était ni où se trouvait Rhodes. Une jeune fille enfermée dans un couvent acquérait bien peu de notions, et d'ailleurs, à quoi lui auraient-elles servi ? Derrière les murs du monastère, tout ce qui existait ne la concernait plus. Et maintenant, Paola aurait donné n'importe quoi pour savoir. Près de sa couchette, beaucoup plus petite que le lit dans la cellule du couvent, se trouvait son minuscule bagage qui ne comportait même pas le strict nécessaire. Elle le regarda comme si elle appelait au secours, car, si elle écoutait son âme, elle n'éprouvait que de la peur. De quoi, elle n'aurait pas su le dire ; l'au revoir pleins de promesses de son amant était un point d'appui auquel elle recourait de temps à autre pour ne pas perdre totalement le sens de l'orientation, mais cette voix brisée par l'émotion, ces lèvres sèches lors du dernier baiser lui semblaient, par moments, étrangères. Des minutes et des heures, et les secousses des vagues : elle eut peur d'avoir mal à l'estomac. Elle se concentra sur son corps, et il lui parut très difficile de le maîtriser. Les rites quotidiens qui libéraient l'intestin et la vessie lui semblèrent soudain irréalisables, et elle s'effraya encore plus de ne pas y avoir pensé, elle se demanda si son amant ou le capitaine du navire n'y avaient pas pensé, eux non plus. Ou les matelots. Pendant plusieurs heures, les plus épouvantables de sa vie, la nostalgie d'amour ne l'effleura pas, prise qu'elle était par elle-même. Plus tard, quand on frappa à la porte pour lui apporter à manger, elle ouvrit juste ce qu'il fallait pour prendre le plateau, auquel, s'était-elle dit, elle ne toucherait pas. Avec une démarche zigzagante, elle parvint à gagner la table sur laquelle elle posa un repas qui n'avait rien de déplaisant, si seulement elle avait été en état de humer les plats. Et pourtant, passé le premier désarroi dû au tangage, la sensation de malaise avait disparu, et son estomac était noué par autre chose que le mal de mer. Elle regarda enfin la vaisselle, les couverts brillants et propres, la cruche d'eau et le petit pichet de vin ; au monastère, elle n'aurait pas eu davantage. A la rigueur, elle devrait manger et boire, et se sustenter le mieux possible pour ne pas avoir trop mauvaise mine quand, à Marseille, près de Milan, se dit-elle, son amant viendrait l'accueillir. Son amant, Marseille, la terre ferme étaient une seule et même chose. Elle piqua un morceau de viande noirâtre, le porta à sa bouche et mâcha avec attention et suspicion, l'avala et s'arrêta, la fourchette à mi-hauteur. Elle s'étonna de ne pas avoir la nausée. Un deuxième morceau et, en même temps, une petite bouchée de pain, blanc et encore frais. Et le vin, plus de vin que d'eau, car il lui donnait une sensation de légèreté indulgente.

Quelque temps après, un soleil triomphant frappait le pont du navire et envahissait aussi la cabine du second, où Paola Pietra dormait d'un sommeil absolu.

Sir John Breval : lui, oui, il pensait aux pirates, et les craignait. Aux pirates et aux ennemis imprévisibles que le sort pourrait envoyer pour entraver son plan. Pourquoi, par exemple, lui avait-il semblé voir, à proximité du bateau, un visage, une silhouette connue qu'il n'arrivait pas à identifier ? Il s'était dit que la tension du moment, les émotions jouaient un rôle prépondérant et centuplaient les soupçons et les peurs. Il n'était pas resté à regarder le navire quittant le port ; comme lorsqu'on est obligé de donner un chien que l'on a beaucoup aimé, il avait tourné le dos sans s'attarder sur le voilier, et, à pied, hâtivement, s'était dirigé vers l'auberge des Zattere, où il devait encore retirer une partie de ses bagages. De là, il rejoindrait la terre ferme, puis Milan, avec toutes les lettres de créance. Dans le carrosse fermé, parcourant à rebours un trajet qui le ramenait à des sensations récemment vécues et très éloignées, il tissa, dans sa mémoire, le filet qu'il avait préparé, sonda un à un les nœuds de l'intrigue, vérifia la solidité des points apparemment faibles. Il se dit que tout allait bien. Pour lui, quinze jours étaient plus que suffisants pour être à Marseille, bien qu'il n'eût pas encore réfléchi au chemin le plus adéquat pour arriver en France et au port provençal – par la montagne, ou par Gênes et, de Gênes, prendre lui aussi un bateau qui l'amènerait vers son destin. Vers son destin, c'était l'expression adéquate : Paola était son destin, et cela rendait son plan inattaquable : s'il y avait une volonté si grande… Mais une chose à la fois : d'abord, Milan et la visite à l'archiduc. De là, une lettre à envoyer à Londres, annonçant son retour pour des motifs impérieux et incontournables : son supérieur immédiat et le roi en discuteraient avec lui, ce serait une étape compliquée. Une lettre à la famille. Là, tout s'arrêtait, ses pieds se retrouvaient dans un

bourbier aux couleurs pastel, celles de la tapisserie du salon de Marianne, entre les porcelaines
bleu et or pur du service à thé offert au jeune
couple par Sa Majesté. Une chose à la fois, et il sortirait aussi de cette impasse, en arrachant ce qu'il
devait arracher. Le carrosse courait, suivant encore
la ligne du Brenta, puis il quitta le cours d'eau, les
villas fastueuses qui le bordaient et s'engagea dans
un paysage agricole plus pauvre. John regarda par
la fenêtre et se demanda quels paysages tenaient
compagnie à Paola : de l'eau, à perte de vue. Ce
n'est même pas un paysage, rien que suspension
et attente. Inutile de se tourmenter, le premier des
quinze jours basculait déjà dans l'obscurité.

Nous, nous ne reviendrons plus à Venise. Il y a
peut-être un compte en suspens : le serviteur Zane
a été réveillé aux premières lueurs de l'aube, et, à
son tour, il a réveillé le doge. De quel sommeil
celui-ci peut-il dormir, à partir de maintenant, c'est
une question qu'il convient de se poser.

Gardons les pieds bien plantés, l'un sur terre, et
l'autre, le moins sûr, dans l'eau. D'un côté, la côte
dalmate et les îles Kornati, de l'autre, la campagne
du lac de Garde à Bergame, puis Milan. Bien que
disparates, les deux itinéraires ont une logique
rassurante. La troisième bifurcation concerne le
courrier, qui remontera au nord, outre-Manche.
Respirons profondément et tâchons d'affronter les
trois lignes directrices sans perdre nos moyens par
excès de précipitation. Je me connais, je sais que je
me trouve à un moment critique du récit, un moment semblable à celui où le marcheur, anxieux,

aperçoit l'arrivée et force le rythme de ses pas, casse son allure afin de brûler, dans un ultime effort, les mètres le séparant du sommet. J'ai dans les oreilles la musique de Samuel Barber, le *Concerto pour violon et orchestre* : il convient à la mer, une mer calme et bleue. A cette mer s'adapte aussi l'esprit un peu plus rassuré de Paola Pietra. Nous l'avons laissée endormie dans la cabine du second, nous n'avons aucune idée des rêves qui ont accompagné le profond sommeil qui l'a emportée ; même moi, qui suis en train de forger son histoire, je l'ignore et, de toute façon, je veux lui laisser l'espace intime et personnel de ses rêves, vu que tout le reste est dans le territoire de la curiosité.

Elle se réveilla engourdie par sa position crispée, la tête tout de suite pleine de pensées : la cabine était dans l'ombre, peut-être le soir descendait-il déjà. Pour elle aussi, le premier des quinze jours basculait dans l'obscurité. Elle entendit frapper à la porte, d'abord doucement, puis des coups plus puissants : elle ouvrit et vit le visage sombre du capitaine qui s'efforçait de mimer une gentillesse forcée.

— Vous allez bien ? Il lorgna au-delà de Paola, dans l'espace étroit de la cabine. Vous n'avez besoin de rien ?

Elle répondit par une dénégation muette.

— Si cela vous fait plaisir, et si vous voulez de la compagnie, ajouta-t-il, un peu embarrassé, venez à ma table pour le dîner. Avec moi, il y a mon second. Rien que nous. Il la vit hésitante, plus prête au non qu'au oui. Comme vous voudrez ; je vous fais apporter le dîner ici. Il allait lui tourner le dos, sans cérémonies, mais s'arrêta un instant, pensif : C'est une belle soirée, si vous n'êtes pas habituée à la haute mer, je vous conseille de monter sur le pont et de regarder.

Puis il remonta la petite échelle, la laissant là à observer sa silhouette noire aspirée par la trappe. L'obscurité, dans la cabine, s'épaissit encore, et Paola n'allumait toujours pas la lampe sur sa table. A présent, assise sans aucune idée précise en tête, à deux doigts de l'inertie, elle eut le temps de saisir dans sa mémoire un lambeau de la silhouette massive du capitaine et le ton de sa voix. Elle se leva et chercha son châle à tâtons, l'ajusta sur sa tête et ses épaules, et sortit de la cabine.

Le matelot de garde, sur le pont, vit la silhouette sombre déboucher de la petite échelle et regarder un majestueux ciel étoilé, et lui, qui en avait beaucoup vu, de ces spectacles, eut pourtant assez d'imagination pour se demander quel effet il faisait, à cette gamine échappée d'un couvent.

— Je vous avoue que voir arriver la dépêche, ponctuelle et irréprochable, m'avait rendu quelque peu anxieux. Je me suis posé une multitude de questions et surtout, je me suis demandé si je devais envoyer quelqu'un à Venise pour savoir ce qu'il en était de vous. Mais enfin, je vous vois, en bonne santé et tranquille. Bien ! Disons que c'étaient des vacances ?

L'archiduc, ici, est au beau milieu du discours avec lequel il a accueilli l'Anglais dans la petite salle des audiences du palais royal, il lui a réservé toutes les cérémonies d'accueil habituelles, et même une esquisse de reproche, extrêmement courtois et poli, noyé, aussitôt après, sous les compliments pour la qualité de son travail.

— Disons, oui, des vacances ; ou plutôt, l'occasion de réfléchir à mon avenir, puisque vous m'avez offert le droit à une distance encore plus grande de chez moi, je veux parler de Londres, et de la routine de mon travail habituel.

L'archiduc, visiblement, était alarmé : sourcils levés, une certaine crispation du cou et les épaules figées contre le dossier de la chaise, mais il laissa en suspens, dans le silence, le doute qui naissait en lui :

— Vous voulez dire que la charge que je vous ai prié d'assumer pour moi a, d'une certaine manière, altéré…

— Bien sûr que non. Il s'est agi d'une pure coïncidence de situations, ce serait arrivé même si j'étais resté à Milan, ce serait sûrement arrivé. Venise a seulement donné plus d'ampleur, plus de temps, plus de silence. C'est tout. J'aurais décidé de revenir à Londres plus tôt que prévu, de régler les choses avec mes supérieurs, avec Sa Majesté, enfin. Vous savez… J'aimerais redevenir un homme… libre.

Le mot avait sûrement deux sons différents pour les deux interlocuteurs. L'archiduc était perplexe, pendant que John jouait son rôle avec une certaine difficulté, qu'il ne laissait pas voir.

— Donc, vous quittez Milan plus tôt que prévu…

— J'ai déjà informé Londres. Oui, je quitte Milan. Je le regretterai : dans un certain sens, je dois beaucoup à cette ville, elle a été accueillante à tous points de vue. Vraiment accueillante.

— Vous étiez encore ici, quand s'est produit ce malheur singulier, la disparition d'une jeune religieuse de Sainte-Radegonde ? Un fait inouï. Disparue dans le néant. Vous étiez ici ?

— Le couvent des nonnes chanteuses ? De si belles voix !

— Justement, une de ces belles voix ! Très jeune ; maintenant, on dit qu'elle était plutôt turbulente. Pour son père, le comte Pietra – vous le connaissez ? – elle est comme morte. Pour l'abbesse aussi. Comme morte. Un coup dur, vécu avec une grande dignité, une grande fermeté d'âme. Mais je ne sais pas s'il en sera de même pour Rome. C'est une question d'ordre. De règle. Sa Sainteté, dit-on, a exigé qu'on la cherche partout.

Sir John Breval semblait écouter par pure politesse et, pour cette raison, il ne quittait pas des yeux le visage sérieux de l'archiduc, il acquiesçait et ne commentait pas, n'alimentait pas la conversation en donnant des signes de curiosité, mais ne manifestait pas d'ennui, non plus.

— Et maintenant, vous partez ! Avec cette nouvelle, je vous laisse un mauvais souvenir de Milan, je le crains.

— Mais non, j'ai beaucoup d'autres souvenirs de Milan.

Nous pourrions continuer longtemps, et rapporter par le menu ces deux longues heures d'entrevue, en bonne et due forme et sur un ton raffiné. L'histoire de la nonne disparue fut un sujet vite délaissé par l'archiduc, il semblait ne pas intéresser le diplomate anglais qui, par ailleurs, ne parla que vaguement de lui-même, et de sa décision de regagner sa patrie. Nous pourrions continuer à rapporter, disais-je, une conversation qui n'aboutit à aucun engagement particulier de part et d'autre, une suite de banalités dans lesquelles l'archiduc, surtout, semblait se perdre, et l'autre devait faire l'effort de l'approuver, juste ce qu'il fallait, pour la forme. Mais enfin, tous les sujets retombant peu à peu, les deux hommes allaient prendre congé l'un de l'autre, quand l'Autrichien eut un instant d'hésitation.

— La chose bizarre, c'est que votre voyage à Venise ait eu lieu à si peu de distance, je veux dire à quelques jours de la disparition de cette jeune fille.

Seule une lueur d'intérêt apparut sur les traits de John :

— Vous voulez dire quelque chose de précis ?

Mais il le dit sans animosité, sans aucune ombre visible de suspicion.

— Pas le moins du monde ! Une pure coïncidence, rien de plus !

John Breval aurait pu faire remarquer que, si l'on connaissait bien les faits, il n'y avait même pas de coïncidence, mais un décalage de presque vingt jours, dont lui-même – lui ! – se souvenait bien. Pourtant, ce fut justement cette imprécision qui lui déplut, ce rapprochement, sur un ton nonchalant, de deux faits qui n'avaient rien à voir entre eux. Dans son code de diplomate expérimenté, les paroles de l'archiduc sonnaient comme une menace, un "je sais que tu sais" contre lequel il s'arma, avec plus d'attention qu'il n'eût cru devoir en user.

— En tout cas, avant que vous ne régliez vos comptes avec Milan, j'espère que vous m'accorderez le temps d'un au revoir. Je vous dois tant !

— Ce sera pour moi un devoir, excellence !

Dans la lumière ambrée de l'escalier du palais royal, qu'il descendit sans hâte, il vit mentalement l'ombre qui se dissolvait dans les cordages, entre les bateaux du port, à Venise. Et Marseille était encore si loin !

Les nuits étoilées se succédaient, et la jeune femme enfuie du couvent comptait déjà quatre jours d'un voyage jusque-là tranquille. Ciel et mer, aucune silhouette distincte à l'horizon, pas même celle d'un navire croisé en route. Les angoisses du premier jour s'étaient atténuées, et il lui semblait avoir trouvé un rythme dans l'espace d'une journée, un rythme de cantilène enfantine, de berceuse qui atténue les tensions et les énergies. Son amant lui manquait-il ? Quelle question ! serait-on tenté de dire. Et pourtant, c'est une bonne question, et Paola aussi se la posa, elle qui avait pensé que la souffrance amoureuse serait sa seule véritable compagnie. Pour commencer, elle n'avait pas tenu compte de l'étranglement de la peur, puis de l'effroi de la liberté : son amant était à la fois une partie, et tout, dans sa nouvelle condition, parfois enveloppant, parfois lointain. Avec lui, la découverte du plaisir avait été le premier pas vers un air plus vaste. L'air était ce dont elle avait le moins joui durant toute sa vie, enfermée à la maison, puis au couvent, dans le carrosse, dans l'auberge des Zattere. Ce qu'elle voyait, ce qu'elle entendait à présent, du pont du navire, était une nouvelle ivresse. Depuis que le commandant lui avait signalé le spectacle nocturne de la nuit étoilée, son intimité avec le pont était devenue quotidienne et, après les premières réserves, il s'était créé une familiarité singulière avec certains des hommes qui, chevaleresques (qui l'eût cru d'un équipage de matelots ?) s'écartaient sur son passage. Le commandant remarqua que, désormais, la jeune fille se laissait voir fréquemment et ne cachait plus sous son châle sa tête aux cheveux courts. Seule sa robe, inadaptée à un corps bien développé et robuste, indiquait son rang d'aristocrate en fuite. "Elle ferait un joli mousse", avait remarqué le second le jour où il l'avait vue marcher, un peu hésitante, sur le pont, à un moment où la mer était un peu agitée.

— A propos ! Quand nous ferons escale à Rhodes, il faudra lui demander de ne pas se montrer sur le pont.

— Tu penses à un risque éventuel ?

— Tu ne vas pas me dire que toi, tu n'y as pas pensé ! Ce n'est pas n'importe qui, elle est dans une situation doublement inquiétante, doublement, ne l'oublie pas. Nonne, et en fuite. Nous ne sommes pas les seuls à savoir qu'elle voyage sur ce bateau, et le voyage est long.

Les deux hommes, le capitaine et son second, assis dans la salle à manger au niveau du pont, parlaient à voix basse ; ils s'interrompirent, lorsqu'un matelot, qui jouait le rôle de serveur, entra pour débarrasser la table.

— Nous, nous n'avons, en fait, aucune responsabilité : nous faisons une faveur à quelqu'un, un inconnu, qui nous a demandé de transporter sa fiancée, comme il l'a appelée.

— Une fiancée volée à un couvent.

— Ça, il ne nous l'a pas dit.

— Mais nous le savons. Et par quelle source ! Ça ne m'a pas l'air d'une histoire simple.

— A Rhodes, personne ne la verra…

— … et qu'aucun matelot n'ait l'idée de raconter que cette fois, nous voyageons en bonne compagnie, ajouta le second, soupçonneux.

Le navire avait parcouru tout le long bras de l'Adriatique, et il venait de mettre le cap sur les côtes du Péloponnèse. Il faisait nuit lorsqu'ils doublèrent le cap Tenaro, et Paola vit, au loin, les lumières d'un phare. Elle ne savait pas qu'elle était proche de l'entrée du royaume des morts.

*

Ce fut le capitaine qui dut demander à la jeune fille de ne pas se montrer, quand le navire accosterait au port de Rhodes. Elle acquiesça, elle comprenait. Le capitaine resta immobile sur le seuil de la cabine, embarrassé : il ne se décidait pas, ou peut-être ne se fiait-il pas à la promesse de la jeune fille, sans doute avait-il encore quelque chose à ajouter. Il la regarda bien, puis détourna les yeux pour lui dire que, si cela ne lui semblait pas inconvenant, le mieux serait, au moins dans ces circonstances, profitant de sa drôle de coiffure, de mettre un pantalon d'homme et une chemise, car des étrangers, portefaix ou autres, descendraient dans la cale pour décharger des marchandises et… "et se retrouver en face d'une femme… qu'ils reconnaîtraient tout de suite à ses vêtements, me semble peu prudent".

Paola le regarda, éberluée ; il faut dire que la jeune fille n'avait jamais lu de roman extravagant ni de nouvelle qui parlât de déguisements, rien qui eût pu lui servir d'exemple, ne fût-ce que théorique. Ils restèrent là tous les deux, en silence et hésitants, lui dans l'attente d'une réponse, elle dans une stupeur dont elle essaya de se secouer.

— Mais, balbutia-t-elle, confuse, je ne saurais même pas où trouver ni comment faire pour… pour bouger, habillée ainsi.

— Pour ce qui est de bouger, vous bougerez beaucoup mieux qu'avec ces jupes que vous portez. Et puis, je ne vous demande cela que le temps de l'escale. Pour votre sécurité. Et aussi la mienne. Enfin. Si vous voulez venir me voir…

Paola resta sans voix, mais elle fit oui de la tête et, à ce signe, le capitaine s'éloigna rapidement, la laissant là à attendre sans bien savoir quoi. Il revint peu après avec des vêtements.

— C'est ce que j'ai trouvé de plus propre. Ou plutôt, ils sont propres. Changez-vous le plus vite possible. Nous allons bientôt accoster.

Il ferma la porte et monta l'échelle en toute hâte. Sur la chaise, dans la cabine, était restée une paire de pantalons foncés, une chemise et un pourpoint qu'elle regarda avec une curiosité méfiante. "Le plus vite possible", lui avait dit le capitaine. Elle poussa le verrou de la porte et commença à se déshabiller.

Mon Dieu, il y a tant de ces métamorphoses, dans la littérature et dans la vie ! Et l'habit est seulement porteur d'une découverte de soi, souvent inattendue. Paola, cheveux courts, pantalons de matelot et une chemise qui la contient largement mais qui cache bien ses formes de jeune fille, Paola n'a rien où se regarder, mais elle sent que cette mascarade a sur elle un effet singulier. Elle essaie d'imaginer ce que sir John dirait s'il la voyait en ce moment, cette nouveauté par rapport à la nudité qui l'avait fasciné la première fois qu'il s'était approché d'elle. Maintenant encore moins qu'avant, elle n'oserait se montrer à l'équipage, et l'ordre de rester confinée dans sa cabine la rassure. Le capitaine lui-même n'est pas venu vérifier si elle a obéi à sa requête et elle voudrait le rassurer d'une certaine manière, car si un portefaix devait descendre ici, il ne trouverait pas une femme. Elle marche à pas prudents et nerveux dans le peu d'espace dont elle dispose, puis remarque la robe jetée sur la couchette et s'empresse de la cacher, ainsi que le châle et les chaussures : c'est la deuxième fois qu'elle change de peau et qu'elle laisse sa vieille écorce dans un coin. Elle regarde ses jambes, nues de la cheville au genou, ses pieds nus qu'elle ne peut chausser avec rien, et le capitaine, à juste titre, n'y a pas pensé, de toute façon elle ne doit pas quitter sa cabine. Au-dessus de sa tête a commencé le remue-ménage de l'accostage, elle entend le vacarme des ordres que l'on crie, des pas rapides et pesants, des voix, et, venue du quai, une langue qu'elle n'a jamais entendue. Pour Paola, Rhodes est un lieu quelconque du monde, un nom au milieu de la mer. John est encore loin, pour neuf jours : le temps est la seule unité de mesure que la jeune fille connaisse et dont elle puisse user en ce moment. Neuf jours, de Rhodes à Marseille.

Elle n'a rien où se regarder, mais si elle se voyait, elle aurait du mal à se reconnaître, et pas seulement parce qu'elle a abandonné sa robe. Son visage pâle, de recluse, est passé d'une brusque rougeur brûlante à l'ambre doré, sur sa peau qui pique et s'irrite à cause du soleil et du vent, elle n'a trouvé pour tout remède que l'huile d'olive demandée aux cuisines, suscitant la stupeur du cuisinier et les moqueries, aussitôt réduites au silence, d'un plongeur. Elle se lave peu, mais pour quelque étrange raison, sentir sa propre odeur si prononcée ne la gêne absolument pas. L'odorat est le premier sens qui l'a rapprochée de son amant.

Au-dessus de sa tête, toute la journée, le remue-ménage se poursuit, et les voix, et le va-et-vient sur l'échelle qui mène de la cale au pont ; des gens passent devant sa cabine, quelqu'un glisse sur les marches raides, tombe et vient heurter la porte, avec un grand fracas et quelques jurons. Le ton a fait comprendre à Paola que ce sont des jurons, mais celui qui les a prononcés n'est pas un membre de l'équipage, il parle une langue incompréhensible, alors qu'elle reconnaît la voix et les mots du capitaine, furieux à son tour contre ce maladroit. Elle, elle sait qu'elle doit garder sa porte close, et se taire, malgré son cœur qui bat fort, partagé entre la peur et la curiosité. La journée est interminable, le repas que le capitaine lui apporte lui-même, à la hâte, sans presque rien lui dire, ne suffit pas à atténuer l'ennui et la tension. Le capitaine lui réserve, certes, un coup d'œil approbateur pour avoir obéi à sa demande, et pour s'être déguisée. Dans la cabine, il fait chaud ; après avoir mangé, Paola s'abandonne au sommeil, peut-être pendant quelques heures, elle ne sait pas combien. Lorsqu'elle se réveille, le soleil lui semble toujours haut dans le ciel, il ne se couchera jamais. Alors que, avec un dernier coup de sabre brûlant, il cède enfin la place au crépuscule et à la nuit. Enfin, c'est le silence. Le navire paraît désert, ils doivent être tous descendus à terre.

Paola ouvre prudemment la porte de sa cabine, pose son pied nu sur la première marche, instinctivement, elle fait le geste de retrousser sa jupe et s'arrête au beau milieu : son autre pied ne se prend pas dans cette nouvelle tenue. Elle monte et regarde le pont, quelqu'un est sûrement resté pour garder le navire, mais le gros de l'équipage est à quai, et le quai est très proche, au point que le flanc du bateau semble s'y appuyer, comme une matrone.

— Eh, toi ! Apporte-moi ce tas de cordages, il faut qu'on débarrasse le quai pour la cargaison de demain.

Paola se tourna vers la voix qui provenait du gaillard d'avant ; elle hésitait à répondre, mais une claque, assénée sur son épaule, lui fit perdre l'équilibre, ses pieds nus n'adhéraient pas bien au sol, et elle glissa sur le côté. La même main qui l'avait frappée la saisit par la chemise, entre cou et épaule, et la maintint debout en marmonnant quelque chose, puis poursuivit son chemin.

— Les cordes ! cria la même voix.

Paola se dirigea vers le tas d'amarres, qu'elle tenta de soulever. Elle n'avait jamais rien fait de manuel dans sa vie, pas plus qu'elle n'avait porté de pantalons ni ne s'était embarquée sur un navire. Elle n'avait jamais connu d'homme. Avant. Elle traîna le faisceau de cordes et arriva au pied de l'échelle du gaillard, pendant que l'autre, ou plutôt la voix, descendait prêter main-forte.

— Il y a plus de putains que de mouches, dans ce port, par le Christ, et il a fallu que je sois de garde ce soir.

L'homme prit le paquet d'amarres et le monta, en tournant le dos à Paola. Les tavernes du port brillaient de mille feux, et la nuit de mai luisait elle aussi, dans une claire nuit étoilée. Du rivage montait une odeur de viandes rôties, d'épices et de friture, mêlée à la senteur douceâtre d'une floraison précoce. Paola pensa à son amant, elle se souvint de ses mains qui l'exploraient et eut un violent désir de l'avoir près d'elle. Neuf jours. Elle regarda encore les lumières du quai, et crut comprendre ce qui se passait dans le corps et dans la tête du marin de garde.

John dormit mal, la nuit qui suivit la rencontre avec l'archiduc. A présent, c'était à lui de jouer la bonne carte pour ne pas perdre la partie : fini le temps de l'invisibilité. Même si personne, officiellement, n'avait découvert quoi que ce soit, le temps des décisions commençait. Mais avant, c'est-à-dire avant Marseille, lorsqu'il retrouverait Paola, il lui fallait jouer d'astuce et maîtriser le désir instinctif de fuir la toile d'araignée qu'il sentait lui effleurer le visage, et, si besoin, cultiver, chez l'araignée, l'illusion d'avoir capturé sa proie. De l'intérieur de la toile, même si cette position pouvait paraître la plus dangereuse, il se déplacerait en connaissance de cause. C'étaient là les raisons du fin diplomate, la raison, qui, pourtant, se heurtait à l'émotion, au désir et à la passion. Et à la peur. Les droits que ces quatre sentiments mettaient en jeu ne lui indiquaient qu'une seule issue possible : la fuite immédiate, le lendemain matin, sinon la nuit même. Personne ne savait qu'il se dirigerait vers Marseille, on le chercherait au nord, sur le chemin de Londres, sur un éventuel chemin vers Londres ; dans tous les cas, en fuyant, il serait comme une aiguille dans une botte de foin. Introuvable. Aussi introuvable que Paola. Il se leva de son lit, dans un état d'agitation corrosive : son esprit courait sur des rails différents, l'un poursuivait un moi compassé, glacial, encore présent pour un ou deux jours à Milan, l'autre s'éloignait de la ville en pleine nuit, se dirigeait vers le nord pour brouiller les pistes, puis bifurquait vers l'ouest. Ayant écarté l'hypothèse d'un embarquement à Gênes, car trop risqué, il envisageait de rejoindre Marseille par voie de terre. A vue de nez, il savait qu'il devrait parcourir le Monferrato, franchir le point de rencontre entre Alpes et Apennin et, de là, le long de la côte, par Nice, arriver en France. Laquelle des deux hypothèses avait le plus de chances de l'emporter ? Que se passait-il dans la tête de l'archiduc pendant qu'il l'invitait à une dernière entrevue ? Quelles conséquences, s'il ne se présentait pas ? Et, pendant que le fugitif nocturne dévorait des milles et des milles pour atteindre la frontière, l'autre, assis et conversant avec l'aristocrate autrichien, cueillait un signe de celui-ci au serviteur et, un instant plus tard, la porte s'ouvrait, laissant passer un fonctionnaire de police. En un éclair, il revit aussi le doge sérénissime. Il se demanda s'il ne lui avait pas, d'une manière quelconque, laissé entendre quel itinéraire ils suivraient, lui et Paola, ou s'il n'était pas allé jusqu'à le lui dire. Il se remémora, autant que possible, toute leur conversation, puis leur rencontre, quand Paola avait chanté. Rien. Il n'avait rien dit et le doge n'avait rien demandé. De Venise partaient des navires pour le monde entier. Il n'avait rien à craindre, de ce côté-là. Mais dans tous les cas, les deux routes demeuraient une inconnue. Au-delà de l'inconnue, il y avait Paola.

Ce n'était pas encore l'aube, et la seule présence vivante, dans Milan endormi, était le premier babil des oiseaux. Il ne lui était jamais venu à l'idée de les écouter. C'était un son diffus, alterné, ordonné, rien de fortuit, le microcosme des passereaux avait une clarté impénétrable, qui se traduisait en harmonie. John, fatigué par une mauvaise nuit, les écouta comme un code à décrypter. La chambre était plongée dans l'obscurité qui pâlissait à peine : c'était la bonne heure, et il lui sembla aussi que c'était la bonne décision. Assis à son bureau, il écrivit à l'archiduc un message très courtois : il s'excusait d'un si brusque départ dû à un message de Londres, où sa décision avait été accueillie avec embarras et perplexité, si bien qu'il demandait à rentrer au plus vite et à clarifier les choses. Il s'excusait donc de devoir manquer à sa parole, en n'accordant pas à leur dernière entrevue le temps adéquat. Ce qui était sûr, c'est que, dans un futur proche, il reviendrait à Milan et ferait amende honorable pour cette vilenie involontaire. Il reviendrait, précisa-t-il, en citoyen libre, sans investiture, et leur rencontre serait celle de deux amis. Il laissa l'enveloppe sur le bureau, bien en vue, rassembla les affaires qu'il avait déjà préparées pour le départ et réveilla le serviteur, auquel il demanda de faire apprêter le carrosse. Il lui ordonna aussi d'apporter la lettre au palais royal à une heure décente de la matinée.

L'aube pointait à peine quand la porte cochère du palais royal s'ouvrit et que les roues ferraillèrent sur les pavés, avec un bruit que John maudit. Ils sortirent côté nord, laissant sur leur droite la chartreuse de Garegnano, et s'enfoncèrent dans la campagne ; en face d'eux, le massif sombre du mont Rosa n'avait de lumineux que sa crête ; peut-être est-ce un effet de la réfraction de l'air, une illusion optique qui fait, de cette montagne éloignée, une présence immanente, sur la portion de plaine au nord de Milan. Dans le fond, plus éloignée que le majestueux mont Rosa, toute la couronne des Alpes se colorait peu à peu de la lumière du jour. John Breval allait quitter ce paysage, et il lui vint une nostalgie d'exilé, injustifiée. Il le regarda, en se penchant à la fenêtre, puis se retira à l'intérieur et s'enferma dans un tourbillon de calculs mentaux. Entre-temps, le cocher, ayant quitté la direction du Simplon, comme on le lui avait demandé, se dirigea plus à l'ouest, vers le pont de Boffalora et Magenta. Aux portes de Milan, les contrôleurs, si besoin, témoigneraient que le carrosse du diplomate anglais était passé, avant l'aube, et se dirigeait vers le nord, peut-être vers Turin, ou vers Domodossola.

Quant à l'archiduc, qui reçut la lettre de l'Anglais dans la matinée, un beau matin de mai, il ne s'en étonna pas outre mesure. La veille, vers le soir, était arrivé pour lui un bref message de Venise, qui insérait au bon endroit cette tesselle de la mosaïque.

En ce moment, les deux amants sont encore loin du but, et la tempétueuse Méditerranée est sûrement plus protectrice que la terre sur laquelle galopent les chevaux de sir John Breval.

Le navire d'Alvise Barbaran avait quitté le port et s'éloignait de l'île de Rhodes, presque avec flegme. Chargement et déchargement avaient été des opérations longues et fatigantes, et l'équipage gagnait le large et la routine de la mer avec soulagement, d'autant que le climat était doux, le vent favorable et qu'aucun obstacle sérieux ne s'était présenté jusque-là. La superstition des matelots avait fini par attribuer tous ces éléments positifs à la présence de la jeune fille, si singulière et mystérieuse ! La rumeur selon laquelle elle était une religieuse, ou l'avait été, leur était parvenue, et en avait inquiété certains qui, habituellement prompts à jurer, avaient pourtant considéré avec crainte, redoutant une malédiction, le fait d'avoir à bord une religieuse défroquée. Les premiers jours du voyage, rares étaient ceux qui l'avaient vue, mais ensuite, ils s'étaient habitués à sa présence et, après Rhodes, cet androgyne qui, parfois, se tenait sur le pont, les rendait fiers, on ne sait pourquoi. Paola n'avait plus enlevé les vêtements masculins dans lesquels elle se sentait mieux, plus protégée : avec agilité, elle montait et descendait l'échelle entre sa cabine et le pont, se déplaçait entre les tas de cordages et les amarres et sentait, avec un plaisir qu'aucune femme de son époque ne pouvait éprouver, le soleil et l'air sur ses jambes à moitié nues. Elle comptait scrupuleusement les jours, mais sans angoisse, désormais. Quant à l'espace, il n'avait pas de mesure pour elle. A l'immensité de l'horizon, elle opposa la claustration du monastère d'où elle venait, et leur trouva presque des ressemblances : les deux suscitaient son désarroi, par excès ou par manque. Elle se demanda si elle trouverait jamais un équilibre dans lequel trouver place, sur la terre ferme et avec son amant, où qu'il voulût la conduire. Elle n'avait aucune idée du lieu où pouvait être sir John en ce moment, ni des chemins par lesquels il arriverait au port de Marseille. Elle savait seulement qu'il arriverait. Le navire faisait voile vers les côtes de Sicile, la mer était bonne, même si les vagues avaient grossi : Paola regardait, fascinée, leur mouvement uniforme et divers, et elle pensa aux deux moments de plaisir de sa vie, l'oscillation douce avec laquelle elle accompagnait le corps de son compagnon dans l'amour, et la modulation savante de sa propre voix, dans le chant.

Et lui ? Lui, il suivait la vague différente des collines de Monferrato, pour se rapprocher de la mer. Il dépassa Alessandria et, dès qu'il fut à l'extérieur de la ville, à un relais de poste, il congédia carrosse et cocher, ordonnant à ce dernier de retourner à Milan par une autre route.

— Si on vous le demande, vous m'avez accompagné à Varzo, et là, j'ai continué en diligence vers le Simplon. Il le paya grassement pour le service, et encore plus pour s'en tenir à cette version des faits : Même si, j'en suis sûr, personne ne vous demandera rien. Mais ayez la sagesse de ne confier cette expédition à personne. Et surtout pas à votre femme ! lui dit-il en riant, mais il savait que ce n'était pas le moindre des dangers.

*

C'était le matin, une belle matinée de mai, pas très tôt, et la ville était encore en pleine activité, quand le carrosse de l'archiduc laissa le palais royal pour se diriger vers le monastère de Sainte-Radegonde. Son Altesse avait l'habitude de fréquenter l'église dudit monastère, et le trajet lui était familier. Il aurait pu le faire à pied, mais dans quelque méandre de son esprit était entrée la conviction qu'il n'était pas bon de s'exposer aux yeux de tous. Surtout en un moment aussi délicat. C'est pourquoi il n'utilisa pas le carrosse avec les armoiries mais un autre, anonyme, dans lequel il se rencogna, passager quelconque d'une voiture quelconque. Il descendit devant la placette du couvent, renvoya le cocher et s'approcha de la grande porte à laquelle il frappa avec le pommeau de sa canne de promenade. Il fut introduit et accompagné tout de suite jusqu'au parloir que nous connaissons, et laissé dans une attente qui, lui assura la sœur tourière, serait brève. Moins que brève. La révérende mère abbesse semblait se trouver dans la pièce immédiatement adjacente, tant elle apparut vite. Grande et pâle, comme dans notre souvenir, la voix persuasive et pleine de sollicitude. Elle s'inclina devant l'autorité, pliant le dos en un mouvement quasi masculin, sans fléchir les genoux, les mains cachées dans les larges manches de son habit. Puis elle leva les yeux sur l'homme en face d'elle, lui sourit avec une courtoisie humble, mais non soumise. A son côté s'était matérialisée, une seconde plus tard et comme surgie du néant, la nonne bleue, sœur Maria Annunciata, qui ne semblait tenue d'adresser aucun salut à l'archiduc, lequel, à son tour, ne lui dédia aucune attention. Il n'était pas d'usage, au couvent, d'inviter les hôtes à s'asseoir, mais pour l'archiduc, l'abbesse fit une exception ; du reste, sa visite devait avoir une signification particulière. Assis l'un en face de l'autre, sous l'œil vigilant de la nonne bleue, derrière l'abbesse, ils semblaient s'étudier avant de s'exposer. Dire qu'elle ignorait la raison de cette visite ne serait pas totalement vrai ; et ce qu'elle ne savait pas avec certitude, elle le devinait, de toute façon.

— Inutile de dire que, avant de venir troubler la paix de ce lieu béni, je me suis longuement interrogé sur l'opportunité, sur l'utilité de ma visite.

L'entrée en matière ne pouvait être différente, le cérémonial l'exigeait, et le cérémonial était un bouclier derrière lequel s'abriter. Jamais les personnes de ce rang ne renoncent à une telle couverture, et l'impatience de l'interlocuteur se plia de bon gré au rituel, avec lequel, par ailleurs, il avait une longue familiarité.

— Je ne peux imaginer aucune inopportunité à votre visite, Excellence.

Cela pour dire que le manuel de bonnes manières était un automatisme pour l'abbesse aussi, dont les joues pâles semblaient se creuser en formulant la phrase de circonstance. La nonne bleue baissa les paupières en signe, voudrait-on dire, de totale confiance dans les motifs de la visite du fonctionnaire impérial. Le décor était prêt, les acteurs avaient chauffé leur voix, et le drame, finis les préambules, devait entrer dans le vif.

— Il y a un mois environ, la jeune comtesse Paola Pietra, sœur Paola Pietra, s'est enfuie de ces murs.

Silence pour mesurer l'effet, qui fut d'une grande tenue : la blessure infligée à l'honneur du couvent avait été offerte à Dieu en expiation des péchés de la ville de Milan, dit l'abbesse, et cela dans une unanimité qui avait au moins atténué le chagrin cuisant de la perte, et rasséréné les âmes. Certes, il restait la profonde douleur pour une créature qui s'était perdue, et que seule la volonté de Dieu pourrait retrouver et racheter. L'archiduc ne manqua pas de considérer, *in petto*, que le monastère voyait grand, s'il comptait expier tous les péchés d'une ville aussi vaste, et... mais ces considérations risquaient de lui faire perdre le fil, et donc, il revint rapidement à son rôle.

— Eh bien, la volonté de Dieu, lorsqu'il s'agit de sauver une âme, cherche toutes les voies pour sa noble fin, y compris la plus humble... – il s'interrompit, pour laisser entendre que là, il n'y avait vraiment rien de humble – ... dans le réseau de connaissances qui, à travers ma personne, s'étend jusqu'où il peut, et comme il peut.

Le réseau en question était constitué d'espions, mais dans la tête de l'abbesse et de l'archiduc, ceux-ci avaient un autre nom, ils s'appelaient "agents de la providence" et veillaient sur un bien beaucoup plus important que le bonheur terrestre. Mais trêve de commentaires, venons-en à la substance des faits. Qui constituait, au fond, le véritable intérêt des deux personnes qui s'entretenaient. La nonne bleue, à son tour, était très intéressée, mais ce n'était pas à elle de formuler un quelconque jugement. Son nez crochu coupait en deux un visage partagé entre attente et patience. L'abbesse, en revanche, avait élargi les fentes de ses yeux, allongé le cou vers l'homme et attendait, la gorge nouée, mais avec une impression de triomphe naissant. Elle se contenta de faire un signe de la tête : elle était prête à écouter.

— La comtesse Paola est en mer, sur un navire de marchands vénitiens, qui se rend en France.

Sœur Maria Annunciata aussi roula de grands yeux. La mer, les marchands, la France. Quelque chose de semblable à un tourbillon la désarçonna de son flegme habituel.

Ce ne fut pas le cas de l'abbesse. Elle trouva tout de suite la phrase qui convenait, et la manière de la prononcer.

— Pauvre âme. Dieu veuille que le pire des maux ne s'abatte pas sur elle. Et, après avoir affiché l'effroi de circonstance, elle revint à la partie active de la nouvelle : En France ? Où ? Et après ?

En même temps, elle préparait mentalement la manière d'annoncer la nouvelle au comte Francesco ; ou peut-être valait-il mieux se taire et garder encore tout cela secret, au moins jusqu'à ce que tout soit terminé. Elle repensa au rite des funérailles avec lequel ils avaient célébré la mort morale de la nonne ; elle se dit qu'il convenait d'enfermer entre les murs du couvent les éventuels développements de cette histoire et, pendant que ces pensées diverses lui encombraient la tête, en une mêlée presque douloureuse, elle sentit qu'"enfermer" était le mot juste, la chose à faire. Il n'y avait pas de mur assez haut pour une telle claustration, pas à Sainte-Radegonde. Et pourtant, ils trouveraient le moyen, le lieu qui, dans l'imagination de l'abbesse, finissait par ressembler à une prison. Ce ne serait pas la première fois. De la mort de l'habit à la mort du corps, il n'y avait guère de distance, par ailleurs. Mort, mortification. La mère abbesse confondait peut-être les termes, mais au fond, elle avait raison.

La religieuse était vêtue de noir, l'archiduc était vêtu de noir, il n'entrait pas beaucoup de soleil dans le parloir dont les murs blancs avaient, eux aussi, quelque chose de livide.

— Je suis ici pour demander à votre charité de mère, et à la charité de l'Eglise, mère elle aussi, de m'autoriser à intervenir pour – il leva son regard aqueux sur l'abbesse – pour y reconduire sœur Paola Pietra.

Il obtint ce qu'il voulait, car la charité qu'il avait invoquée n'aurait jamais renoncé à un acte aussi nécessaire, aussi juste, aussi réparateur.

Entre-temps, le navire d'Alvise Barbaran longe, à l'est, le long profil de la Sardaigne. Pour atteindre Marseille, il ne reste que trois jours de navigation.

Le violoncelle de sœur Rosalba Guenzani était silencieux, posé contre un mur de la cellule ; le long de la caisse de résonance pendait une corde cassée, que la religieuse n'avait pas encore fait remplacer. Depuis quelques jours, elle répétait pour le chœur de l'Ascension, et utilisait l'épinette pour vérifier son intonation et accompagner le chant de ses sœurs. Il n'y avait aucune partie pour soliste dans le morceau qu'elle avait choisi et qu'elles pré-paraient, et elle-même avait fini par ne plus chanter, se limitant à diriger les voix d'un léger mouvement des lèvres. Tout au plus modulait-elle à mi-voix le thème principal. Son absence, ou plutôt l'absence de sa voix, ces dernières semaines, avait été re-marquée par les fidèles, certains en avaient de-mandé la raison au chanoine, lequel avait invoqué des arguments un peu éculés, parlant des nom-breuses pierres qui font, indistinctement, l'édifice de l'Eglise, et dont aucune n'est plus importante que l'autre. En fait, les gens commencèrent à aller moins souvent à la grand-messe de Sainte-Rade-gonde. Ceux qui la fréquentaient uniquement en raison de leur foi étaient de plus en plus à l'aise sur les bancs de la nef, et la messe était un peu moins fervente. Ce que l'abbesse avait voulu du fond du cœur se réalisait.

"A la messe viennent ceux qui veulent l'entendre à cause de leur foi, et non par plaisir." Ainsi avait été examinée et balayée la baisse de fréquentation du lieu : et c'était, du point de vue chrétien, une manière irréprochable d'aborder le problème. Pas même sœur Rosalba, de ce point de vue, n'y avait trouvé à redire. Ses relations avec l'abbesse, après l'histoire peu claire de la fuite de Paola, s'étaient crispées, et la rigueur les maintenait toutes les deux bien droites et fermes sur leurs positions respec-tives. D'autant plus que l'abbesse n'avait pas jugé opportun de parler à sœur Rosalba de la visite de l'archiduc : elle considéra que ce n'était pas de cir-constance, et jugea même prudent de cacher la nouvelle qui lui était apparue comme un cadeau personnel. Son ombre, sœur Maria Annunciata, se-rait sûrement fidèle au silence qui, dans cette situa-tion, lui avait été demandé ; cela ne faisait aucun doute. Ou plutôt, dans une autre situation, il n'y aurait eu aucun doute à ce sujet. Le fait est que, dans la tête de la nonne bleue, tournoyaient confusément, dans un unique horizon, trois mots magiques : mer, marchands, France. C'était une femme ordinaire, et la confusion la gênait. Et puis, dans son ordre s'insinuait le trouble provoqué par les images que ces trois mots suscitaient. Elle n'avait jamais vu la mer, sœur Maria Annunciata, pour elle, la France se situait dans un cadre très vague, et les marchands, les marchands étaient ceux qui avaient été chassés du Temple, par un Christ courroucé. Et voilà la belle Paola, la belle voix de Paola fourrée au milieu de ce tourbillon confus ! Elle n'avait jamais eu de sympathie pour la petite aristocrate mise de force au couvent, et depuis le début, pour tout dire, elle n'était pas mécontente de la voir dans un beau guêpier. Sous des cils et des sourcils très clairs, le regard de sœur Maria Annunciata n'était que lumière. Quand, quelques heures après l'entretien dont elle avait été témoin, elle vit passer sœur Rosalba qui se dirigeait vers le cloître, elle l'arrêta avec une grande gentillesse et lui dit, en secret, pourquoi elle la savait si affligée de la perte de la pauvre Paolina, qui avait enfin été retrouvée.

Un sacré défi pour sœur Rosalba, à une époque sans moyens de communication, à part les chevaux ! A la fin de la guerre de Troie, les cimes des montagnes s'éclairèrent, l'une après l'autre, des feux annonçant la chute de la ville et, de montagne en montagne, de brasier en brasier, la reine Clytemnestre, à Mycènes, apprit, avec l'avance nécessaire, que son époux était sur le chemin du retour : juste le temps de préparer un bain réparateur, une table grandiose pour le roi des rois. Et le couteau. Mais en l'occurrence, le signe était convenu depuis belle lurette, et les flammes, au sommet du mont Elias, parlèrent clairement à la vigilante reine. Quels feux peut allumer une religieuse qui vit au cœur d'une ville, enfermée entre les murs d'un couvent ? Comment avertir les deux amants en fuite, sur deux lignes directrices, que leur avenir est, non seulement sombre, mais marqué d'infamie ? Sœur Rosalba, nous l'avons dit à une autre occasion, avait un monde à elle à l'extérieur de Sainte-Radegonde, et elle savait comment et quand l'appeler à l'aide. Mais elle n'avait jamais été aussi pressée par le temps. Ayant reçu la confidence de sœur Maria Annunciata, elle continua, sans modifier son allure, à marcher vers le cloître, le visage toujours aussi calme, et d'un pas rapide, certes, mais comme à son habitude, et conformément à sa nature. Ensuite, elle alla du cloître à la conciergerie et demanda à la sœur tourière de faire appeler le luthier, car il était temps qu'il répare son instrument et l'accorde. Ce n'était pas une requête étrange, et la sœur tourière savait comment la faire parvenir au luthier sans perdre de temps. Sœur Rosalba revint dans sa cellule, tira soigneusement la porte, mais sans la fermer vraiment. Elle ressortit peu après, portant l'instrument qui avait été encapuchonné dans un sac de toile, ficelé autour du manche. Le temps de descendre à la conciergerie, et le luthier frappait à la grande porte du couvent. Sœur Rosalba lui fit remettre l'instrument des mains de sa compagne, qui dit à l'artisan :

— Vous saurez comment faire, n'est-ce pas ? Si vous le rapportez vite, sœur Rosalba vous fera donner des gâteaux pour vos enfants.

Quant à sœur Rosalba, elle alla dans la chapelle des heures et s'agenouilla, sans pouvoir formuler un seul mot ou une seule pensée. Et encore moins une prière.

Les voies du Seigneur sont infinies, les voies des hommes, elles aussi, peuvent arriver très loin, dans leur tentative de poursuite de l'infini. Inutile de s'entêter à suivre leurs traces, d'autant que, parfois, on les perd, englouties ici et affleurant là, comme les grèbes qui plongent pour capturer une proie et qui disparaissent de la vue, dans le courant du fleuve. Donc, Paola Pietra naviguait, rassurée par presque douze jours d'un voyage sans grandes émotions. Douze jours notés un à un dans le journal qu'elle gardait dans sa cabine, et sur lequel, à vrai dire, elle écrivait bien peu de choses, parfois uniquement la date, soigneusement rédigée au milieu de la page, car c'était la seule chose qui comptait. Ses cheveux avaient un peu poussé sur sa nuque, et ils retombaient sur son front, en désordre et alourdis par le sel. Sa peau avait bruni et, par contraste, ses yeux s'imposaient, moins timides et prêts à soutenir le regard d'autrui. Durant ce qu'elle croyait être les derniers jours de navigation, elle avait commencé à se demander si elle devait se présenter à son bien-aimé dans les vêtements rangés dans la cabine, des vêtements qu'elle n'avait plus portés depuis l'escale de Rhodes. Ou si, au contraire, il ne valait pas mieux apparaître dans cette étrange tenue de femme-garçon, dans laquelle elle s'était coulée par nécessité et qui était devenue, en peu de temps, sa nouvelle physionomie. Elle se perdait dans la représentation de leurs retrouvailles, puis se reprenait et tâchait de tenir à distance l'autre pensée, l'idée qu'à Marseille il n'y aurait personne pour l'attendre, une pensée avec laquelle, en réalité, elle dialoguait le moins possible.

Le douzième jour de voyage s'annonça clair et venté, au point que, du bateau, on discernait au loin la silhouette de la Sardaigne. Paola mangea à la table du capitaine, en compagnie du second : avec eux, depuis quelques jours, elle ressentait moins de gêne et d'embarras. Elle demanda si ce qu'elle avait vu à bâbord était déjà les côtes marseillaises. Ils se moquèrent d'elle avec bienveillance, et la déçurent un peu :

— On ne voit pas encore la France. Vous la connaissez ?

— Non. Je ne connais rien, je n'ai jamais rien vu. Une jeune fille comme moi ne devait rien voir, rien savoir.

Elle s'arrêta pour penser à ce qu'elle venait de dire, se demanda ce qu'elle verrait encore, saurait encore, maintenant que la vie avait pris un tour si différent. Elle était assise entre deux hommes, presque à l'aise, et elle les écoutait, curieuse de ce qu'ils étaient ; elle considéra qu'elle pouvait aussi penser à leur nudité sans étonnement ni malaise. Elle se souvint de sa stupeur, de sa peur et de son désir, inexplicable et puissant, lors de la première rencontre avec son amant ; elle avait eu l'impression que c'était son premier souffle, dans sa vie. On naît deux fois, se dit-elle, et le travail de cette seconde naissance la surprenait encore, avec un spasme qui contractait son front en un réseau de minuscules rides, jusqu'à la racine des cheveux.

— Plus que trois jours, et nous serons à Marseille, lui dit le capitaine, en reprenant la conversation. Si tout continue ainsi, vent et mer calme, et si aucun problème ne survient.

Les deux hommes levèrent un verre de vin en l'honneur de leur hôte.

— Mademoiselle a porté chance à ce voyage, dit le second, qui s'adressait à elle avec déférence, et avec une admiration peut-être émoustillée par la tenue masculine de Paola. Nous nous souviendrons d'elle. Il leva à nouveau son verre : Nous nous souviendrons d'elle avec plaisir.

Paola lui répondit par un signe de la tête. Des deux hommes, le second était celui qu'elle appréciait le moins, un sentiment de méfiance involontaire, à son égard, la rendait prudente, comme cela se produisit à ce moment-là, sur une remarque pourtant aimable. Elle le fixa droit dans les yeux, le défiant presque : elle ne pouvait s'empêcher de penser que ce ton respectueux, ce regard jamais vraiment franc voulaient la mettre dans l'embarras, pour une raison quelconque, et elle éprouva un plaisir subtil à garder les yeux fixés sur lui, comme si elle pouvait le défier et le forcer à tomber le masque. Elle porta son verre à ses lèvres, le but avec plaisir et sentit une chaleur bienfaisante descendre le long de sa gorge :

— Un voyage vraiment chanceux ! eut le temps de dire le second, puis quelque chose brilla près d'eux, les parois de la cabine, leurs visages à tous les trois, la table, tout fut enveloppé dans une violente luminosité.

Il y eut une grande secousse. Et le bruit, un bruit assourdissant.

— Maudit sois-tu ! entendit-elle le capitaine crier. A terre, à terre !

Elle fut entraînée vers la sortie de la cabine. Le corps de Paola s'affaissa sous la pression d'une main, et elle eut juste le temps d'entendre crier : "Pas maintenant, interdit de s'évanouir, vite, dans la cale !" Elle eut aussi le temps de se dire : "Moi aussi, je m'en souviendrai, de ce voyage. Quand j'en parlerai avec…" Puis, la phrase se renversa, dans son esprit, et fut engloutie dans le noir.

Le port de Marseille était l'un des plus peuplés et des plus fréquentés de la Méditerranée, la ville une des plus grandes de France. La peste, qui avait sévi dix ans auparavant, avait affaibli le commerce, certes, et fortement réduit la population, mais elle n'avait pas anéanti l'énergie des habitants. A l'époque, la Vieille Charité, sur la colline, n'avait été rien d'autre qu'un lazaret, pendant des mois, puis un hospice pour les pauvres réduits à la misère la plus noire, hébétés par l'angoisse de la pestilence. Mais il avait suffi de quelques années pour que le visage de la ville retrouve des couleurs, et le port, entre-temps, s'était développé. Les langues qu'on y parlait étaient le signe d'un monde où circulaient à profusion l'argent et les trafics, et tout ce qui était incontrôlable filtrait de la mer vers l'arrière-pays. Une ville aussi pleine de lumière que d'ombre. Pour nous, ici et maintenant, c'est un lieu crucial. Nous avons déplacé à Marseille tous les pions du jeu, préparé l'échiquier et distribué les rôles : tout attend la reine. Ici devrait se poser le problème de la fuite de Paola, et ici l'attendent, sous des dehors mensongers, les hommes de l'archiduc, aidés de quelques émissaires, eux aussi incognito, de la sainte Eglise romaine. Ici, laissé dans une tranquillité singulière et quasiment ignoré (les consignes de Milan avaient été claires : "C'est un homme de Sa Majesté britannique. Le mieux est de le tenir en dehors de tout. Le prendre de vitesse et faire en sorte qu'il ne puisse pas intervenir. Mais avec astuce. Il ne doit même plus revoir la jeune fille."), ici l'attend, fou d'anxiété, sir John Breval.

De la fenêtre d'une maison qu'il avait louée, et il se croyait le seul à attendre la seule passagère du navire marchand d'Alvise Barbaran, il dominait l'entrée du port. Il avait tout de suite cherché un logement privé pour être le moins exposé possible, et n'avait pas eu de mal à le trouver. Il se sentait plus en sécurité là que dans une auberge, et s'encourageait en se disant que tout, jusqu'ici, s'était bien passé, signe que le destin était de son, de leur côté. Mais, la nuit précédant l'arrivée du bateau, l'idée que la bienveillance du destin pouvait être une mystification cruelle l'assaillit comme un cauchemar : il eut la fièvre, ou crut l'avoir – il était incapable, à ce moment-là, de distinguer entre esprit et corps. Il fut éveillé à l'aube, et regarda par la fenêtre qui laissait entrer l'odeur du port – la même senteur méphitique qui, il s'en souvint, montait des canaux de Venise. Il observa la mer, il ne la quitta pas des yeux durant de longues minutes, comme s'il avait le pouvoir d'évoquer la silhouette du navire, à l'horizon. Ceux qui savent ce que veut dire attendre dans l'impuissance comprendront. Et peut-être peuvent-ils aussi comprendre qu'il adressait un vœu à une entité quelconque, fût-elle Dieu ou destin, pour qu'elle puisse, et veuille, l'assister en ce moment. La moitié de l'argent qui lui était resté, après avoir payé Alvise Barbaran, il la donnerait à l'église de la Charité. Et il lui sembla que le pacte était honnête. Lorsqu'il détacha enfin les yeux de la mer, l'horizon était toujours vide, sans aucune trace de voiles. Il faisait grand jour, et le navire n'était pas entré dans le port, il n'apparut pas l'après-midi, et le soleil se coucha sur la ville surpeuplée et chaude, qui se préparait bruyamment à la nuit, mais cette nuit n'avait rien de bon pour sir John. A vrai dire, il en était de même pour les émissaires de l'archiduc, mêlés aux débardeurs et aux marchands, qui attendaient vainement sur le môle.

Le fil s'était rompu. Dans la tête de John, il ne passa presque rien d'autre que cette pensée. La mer n'est pas une route à parcourir à rebours à la rencontre de quelqu'un, et la seule certitude raisonnable était de rester à Marseille. Bien sûr, il pensa aux pirates, aux Berbères, surtout. Le soir du seizième jour, qui n'avait été qu'une extension obsessionnelle du quinzième, jour qui n'avait aucun nom dans la tête de John, ce dernier sortit de la pension et se dirigea vers la partie haute de la ville. Il gravit des marches et des rampes, entra dans les rues du quartier pauvre, jusqu'au cœur de la misère, regarda alentour, en quête de plus malheureux que lui. Il devait y en avoir des centaines enfermés dans des pièces sombres, des centaines parmi ceux qui s'étaient glissés hors de chez eux, à l'aube, pour tenter de survivre jusqu'au soir et recommencer le lendemain sans tenir compte du calendrier, car aucun jour n'était différent de l'autre. Une histoire d'amour est un luxe. On l'oublie avant d'oublier la faim. N'importe lequel de ces gueux qui vivaient là le lui aurait dit. A un certain moment, il se rendit compte que sa souffrance tournait autour de l'idée d'abandon, et non autour de celle de la mort de Paola. C'était de la souffrance, et c'était de la rancœur. Et si elle était morte ? Il revenait sur cette pensée avec une insistance inutile, et il comprit enfin qu'il titillait son esprit sur cette hypothèse, de même qu'on se pincerait un bras paralysé. Il vagabonda, conscient que son habit l'exposait au risque de quelque rapine, ou pire. En fait, il ne lui arriva rien, et il sortit du quartier pauvre en regagnant le chemin du port sans avoir été importuné, sans que quiconque l'ait remarqué. Il marcha longuement sur le môle, dans un fouillis de mâtures noires, s'attarda à écouter le bavardage de quelques matelots qui parlaient une langue plus âpre que le français, et qui lui semblait étrangère. Peut-être certains d'entre eux savaient-ils ce qu'était devenu le navire d'Alvise Barbaran ? Qui, à part lui, l'attendait ? La marchandise qu'il transportait aurait dû être emmagasinée dans les entrepôts du port, et là, quelqu'un, qui, comme lui-même, ne savait rien, attendait. Quelqu'un comme lui, qui avait été déçu et s'interrogeait sur le sort de son argent ou de ses marchandises. Dans un port, il y a les tavernes, l'endroit le plus démocratique des villes, et les tavernes se nichent dans les rides du quartier et envoient des appels que les hommes seuls entendent et reconnaissent, toujours les mêmes appels à chaque abordage. John erra longtemps, s'approchant des portes d'où provenaient des bruits de beuverie, il se disait qu'une porte en valait une autre, mais il passait toujours à la suivante. Il se retrouva au fond d'un boyau dans lequel il s'était aventuré, entra dans une taverne et, avec son entrée, fit cesser pendant quelques instants la confusion générale : sa façon de s'habiller, certes, ne passait pas inaperçue, ici. Il trouva un coin de table libre, légèrement à distance d'un groupe de buveurs, demanda à manger, dit qu'il voulait de la viande et repoussa le vin qu'on lui avait tout de suite apporté, dans un pot. Il voulait de l'eau-de-vie, dit-il. Si nous le regardons de l'extérieur, à travers les fenêtres de l'auberge où il s'est fourré, nous le voyons distinctement : une tache noire sur fond de couleurs sombres, et c'est un noir intense. Devant lui, la transparence du verre d'eau-de-vie que, à présent, il avale d'un trait. Il sortira de là dans peu de temps, l'eau-de-vie a laissé en lui une espèce de froideur lucide, et lui a allégé l'esprit. Il rentrera à pas rapides dans la maison où il dormira une deuxième nuit, s'il arrive à dormir, seul. Il se lève, paye et sort. Les autres clients le regardent à nouveau, le mugissement de leurs voix s'atténue comme à son entrée. Dans la nuit, dehors, c'est déjà l'été.

Et maintenant, Paola : la comtesse Paola Pietra, à quelques milles de sa destination, pas plus de deux jours avant la fin de son voyage, se retrouva allongée dans la cabine où elle était revenue à elle toute seule, au bout de combien de temps, elle l'ignorait. A ses côtés, personne pour l'éventer et la rassurer. D'ailleurs, il n'y avait pas de quoi être rassuré. Des cris, des coups de feu, des coups d'on ne savait quelle nature qui résonnaient, en provenance du pont, et retentissaient juste au-dessus du plafond de sa cabine, puis quelqu'un qui, derrière la porte, hurlait des propos incompréhensibles, cognant frénétiquement contre la porte que, un instant auparavant, elle s'était hâtée de verrouiller. Un projectile traversa le bois massif et Paola écarquilla les yeux, ouvrit la bouche, mais aucun son n'en sortit. Elle se colla à la couchette, les mains sur la gorge pour se protéger – de quoi, elle-même ne le savait pas. Puis ses jambes se dérobèrent sous elle et elle glissa à terre, se cogna la tête contre le bord de la couchette, et la douleur la fit s'évanouir une seconde fois. Lorsqu'elle revint à elle, un silence effrayant régnait autour et au-dessus d'elle, comme si tout le monde était parti je ne sais où, et qu'elle fût seule, sur un navire livré aux flots. Elle s'appuya sur ses coudes, se passa la main sur la nuque et la sentit humide de sang, puis regarda la porte fermée. Qu'y avait-il derrière cette porte, elle l'ignorait, elle était incapable de l'imaginer. Elle se tâta le corps : elle n'avait pas d'autres blessures, même si elle avait mal à une épaule, et la douleur se propagea à son bras, dès qu'elle essaya de le bouger. Elle resta en attente, quelques minutes encore. Elle n'arrivait pas à savoir quelle heure il était, et comprenait encore moins ce qui s'était passé. L'unique certitude était que quelque chose avait dû arriver à l'heure du déjeuner ; il lui sembla se souvenir qu'elle était en train de boire et que le second la regardait avec insistance et lui parlait de chance. A partir de là, son esprit était confus. Il faut de la force pour lutter contre sa propre peur et, plus que par la douleur à l'épaule, plus que par le sang qui poissait ses cheveux, Paola était retenue par l'effroi du vide, derrière cette porte close. Elle l'ouvrit parce qu'elle n'avait pas d'autre solution. Parfois, le courage est un choix nécessaire. Par la trappe de l'échelle entrait la lumière d'un bel après-midi. Elle gravit les premières marches en se tenant à la main courante et en y appuyant tout le côté gauche – celui qui était en bon état – de son corps. Elle émergea, le buste au niveau du pont ; en face d'elle, l'échelle conduisant au gaillard d'avant était comme dégondée, et pendait d'un côté. Elle se tourna à droite, vit et crut crier, mais de nouveau, aucun son ne sortit de sa gorge : à un empan d'elle, de son visage, se trouvait le visage d'un matelot mort. De toute sa vie, elle n'avait jamais vu de cadavre, la mort avait été, jusque-là, un sujet théorique, alors que cet être couché sur le flanc, la bouche entrouverte et les yeux aussi vitreux que ceux d'une poupée, était, concrètement, un homme mort. Le cri qui, sur le moment, n'avait pas jailli de son gosier, n'arriva pas, même après. La jeune fille sortit de la trappe, fixa le matelot maintenant étendu à ses pieds avec, pourrais-je dire, une curiosité attentive.

— Les Berbères, entendit-elle dire.

En se tournant, elle vit Alvise Barbaran assis au bord d'une caisse sans couvercle. Ses yeux étaient à peine plus expressifs que ceux du mort, et aussi fixes.

— Ils ont tout emporté. Tout. Tout emporté.

La voix du capitaine était une mer sans vagues, étale, uniforme. Paola regarda autour d'elle, le navire tanguait, les voiles pendaient, détachées des cordages, inertes elles aussi, inutiles et découragées. Sur le pont, il n'y avait que le commandant et le matelot mort.

— Où sont les autres ? demanda Paola à Alvise Barbaran qui semblait ne pas remarquer sa présence, perdu qu'il était dans un soliloque où il revivait son malheur. Ils sont tous morts ?

Elle s'approcha de lui pour qu'il la voie ; il ne répondit pas, il essuya, du revers de la main, sa bouche d'où coulait de la salive, et Paola lui posa une main sur l'épaule, en le secouant doucement et en l'appelant par son prénom.

— Tous morts ? redemanda-t-elle, et elle se pencha vers lui pour saisir une réponse.

— Tout volé, et tout était sous ma garantie.

Ce fut tout ce que Paola put comprendre, la marchandise perdue et le gain du voyage parti en fumée.

— Et les hommes ? insista-t-elle, votre second ?

— Qu'il soit maudit ! Lui et la chance… vous nous avez porté chance, vous ! Et il la regarda enfin, avec aversion : Même pas la chance de mourir tous et d'aller au diable au fond de la mer.

Paola commençait à comprendre que le capitaine l'accusait, elle, et aussi le second, pour ce toast de bon augure : là où elle arrive, la superstition d'un marin balaie toute trace de bon sens.

Ils se regardaient l'un l'autre, tels des étrangers que l'angoisse commune séparait et rendait ennemis.

— Que ferez-vous… de moi ? demanda enfin la jeune femme.

— Les lâches ! Ils n'ont pas levé le petit doigt pour défendre mon bien. Et celui-là, celui-là, tué par erreur. Lui non plus, il n'a pas levé un doigt...

Et il pleura à gros sanglots. Paola n'en croyait pas ses yeux, et pourtant, c'était le même navire et la même mer, et le même ciel pur, agité par une brise qui ne servait plus à rien.

— Qui commande le bateau ?

A cette question, l'homme répondit par un sanglot qui voulait être un ricanement railleur.

— Personne. Je mourrai de faim et de soif, ici.

Il avait dit "je mourrai". Et elle ?

— Ah non ! Nous ferons quelque chose. Moi, je dois arriver à Marseille. Vous me conduirez à Marseille, et vous serez payé, et bien payé.

— Voilà le ton de ces messieurs qui commandent et obtiennent. Mais pas ici, pas maintenant. Vous avez toute la place que vous voulez pour vous coucher quelque part et y mourir. Vous aussi.

Le soleil était haut et chaud, la tête de Paola brûlante, à l'intérieur et à l'extérieur. La blessure à la nuque aussi lui faisait mal. Et la douleur la rendit agressive. Elle se jeta sur le commandant et le saisit par la veste.

— Où sont les autres ?

— Ils se dirigent vers le sud, vers les marchés des Berbères. Ils connaîtront le même sort que ma cargaison. Vendus. Livrés pieds et poings liés, pour sauver leur vie ! Ils seront vendus aux enchères, et châtrés comme des chapons, que Dieu les maudisse.

Paola n'arrivait pas à comprendre comment elle avait pu échapper à la razzia que les Berbères avaient perpétrée sur le navire, pourquoi personne n'avait vraiment tenté de forcer cette porte fermée et n'était entré dans la cabine où elle avait été quasiment jetée, elle ne savait plus par qui, lors de l'assaut. Elle se déplaça vers la muraille de bâbord et regarda si, au loin, se profilait encore la silhouette de la Sardaigne ; mais il n'y avait que la mer, à perte de vue. Et le silence, uniquement interrompu par le battement des voiles qui pendaient, le long des mâts.

Le violoncelle de sœur Rosalba Guenzani retrouva le monastère le lendemain, toujours enveloppé dans la toile liée au bout de son manche. La sœur de garde le prit et demanda au luthier comment elle devait le dédommager ; l'homme écarta les bras et dit, sur un ton désolé, qu'il n'avait pas pu réparer l'instrument, on ne pouvait rien faire. Il hésita un instant, ne sachant s'il devait ajouter quelque chose, puis secoua la tête avec amertume et se mit dans un coin, sous l'arc de la porte cochère.

— Dites-le lui, s'il vous plaît, que…

— Mais oui, ça ne fait rien. Et puis, sœur Rosalba vous préparera quand même les gâteaux. Revenez les prendre avant ce soir.

Le luthier refusa, disant qu'il ne voulait rien, puisqu'il n'avait rien pu faire. Il ôta son chapeau, s'inclina et quitta l'ombre pour le soleil de la rue.

Lorsqu'on remit l'instrument à sœur Rosalba et qu'on lui transmit le message, elle prit le violoncelle par ses flancs robustes, comme si elle le caressait avec une tendresse maternelle, et le souleva pour l'emporter dans sa cellule.

— Ça ne fait rien, remarqua-t-elle, elle aussi. Je savais qu'on n'y pouvait rien, dit-elle, avec la voix un peu altérée que l'on a, quand elle est rauque, ou quand l'émotion touche les cordes vocales.

Elle monta lentement dans sa chambre et, une fois la porte fermée, bien fermée, elle libéra l'instrument dont la corde pendait, inerte, le long de la caisse du violoncelle. Elle l'appuya au mur, et par terre, tel un vêtement abandonné, laissa la toile qui l'avait enveloppé.

Des criaillements rauques désordonnés, pis encore, vulgaires, un battement de rames furieux : c'était le quatorzième jour de voyage, et le navire, ballotté et livré à lui-même, s'était déplacé de quelques degrés par rapport au lieu de l'abordage. A son bord, le commandant Alvise Barbaran et la comtesse Paola Pietra avaient supporté, chacun dans la solitude la plus noire, le vain balancement des vagues. En dépit du découragement, ils avaient veillé, chacun pour lui-même, à se nourrir un peu et à boire beaucoup. Comme elle tentait de garder le moral, en se disant que se nourrir un peu était le signe d'un espoir prévoyant, il avait répondu que c'était, au contraire, la manière de tomber, progressivement, dans l'inanition.

— Vous n'avez qu'une seule envie : que je cède au désespoir ! Et moi, je ne veux pas, lui avait-elle crié rageusement, et il avait rétorqué :

— De toute façon, vous céderez ; dans combien de temps, peu m'importe.

Et il avait tourné la tête de l'autre côté, pour ne pas croiser les yeux de Paola, que le soleil et le grand air avaient rougis. Paola n'était plus descendue dans sa cabine, elle ne quittait pas le capitaine un seul instant, pour ne pas se retrouver seule. Ensemble, ils avaient jeté à la mer le corps du matelot décédé, devenu rigide et lourd ; des funérailles sans bénédiction, et une tombe si facile à ouvrir ! Après, Paola était restée quelques instants à regarder la mer, aussitôt refermée et inchangée.

Mais maintenant, ces criaillements rauques et désordonnés, ces battements de rames furieux ! Ils les entendirent tous les deux, cela venait de la proue, un chant de sirènes sans queue ni tête. Ce fut Paola qui se pencha à tribord, et elle ne vit rien ; puis, de l'autre côté, et la chaloupe était déjà adossée au navire, une barque surchargée d'hommes hurlants. Nus comme des vers. Elle les reconnut, et elle cria elle aussi, elle sortit sauvagement sa belle voix bien élevée, elle cria vers eux et vers le commandant encore assis sur un tas d'amarres. Les hisser à bord un à un fut un travail long et chaotique, parmi des cris et des ordres contradictoires ; dans leur effort pour s'en sortir, les hommes se poussaient et se heurtaient, se gênant les uns les autres ; l'un des matelots lâcha prise et tomba à l'eau où il dégringola sans forces, abandonné par la furie des autres qui s'agrippaient aux cordages. Il fallut un temps infini avant que les rescapés se retrouvent sur le pont et que la chaloupe vide flotte autour du navire, telle une feuille dénuée de poids. Les naufragés avaient surtout soif et faim ; parmi eux figurait aussi le second, sur lequel se posa le regard de Paola. Derrière elle, le capitaine fixait également son second d'un œil torve, et la question qu'il lui posa était empreinte de moquerie :

— Comment se fait-il qu'ils vous aient laissés partir ? Vous ! Et ma marchandise ?

Ni l'homme interpellé, ni les autres rescapés ne répondirent. La jeune fille était allée vers le baril d'eau et remplissait les écuelles en étain ; elle attendait une aide du capitaine, mais celui-ci ne bougea pas ; au contraire, Paola le vit jouer avec la crosse de son pistolet, passé dans sa ceinture. Elle prit entre ses mains le plus d'écuelles possible, veillant à ne pas perdre une seule goutte d'eau, et les apporta aux hommes qui attendaient. Soudain, elle se dit que son va-et-vient pour apporter à boire aux hommes constituait peut-être une gêne ou une distraction pour le capitaine, quelque chose qui distendait ou emmêlait le fil rouge sang qui les liait, lui et son inerte équipage. Paola donna à boire à tous, puis elle pensa à la viande séchée qu'ils pourraient mâcher lentement et avaler à petites bouchées ; elle était en bas, dans la cale, et pourtant Paola n'osait pas quitter le pont, laisser Alvise Barbaran seul avec cette chiourme qui, selon lui, l'avait trahi. Malgré cette quantité d'hommes, le navire n'était pas moins silencieux qu'auparavant. "A présent, se disait Paola, à présent nous allons repartir, fixer les voiles au gréement, chacun reprendra son poste, le navire n'est pas endommagé. Marseille est toujours à trois jours de voyage. Mon Dieu, fais qu'il soit encore là, et qu'il m'attende." C'était la première fois que la comtesse Pietra s'adressait à Dieu, avec cette confiance désespérée, la première fois depuis que le mot "Dieu" avait une signification, dans sa tête. Au cours des nombreuses prières machinalement serinées pendant la récitation des heures, pendant les messes et même pendant le chant liturgique, elle n'avait jamais eu envie de forcer cette lointaine volonté. Accroupie sur les talons pour servir de frontière entre l'équipage et le commandant ennemi, elle attendait qu'un ordre, un geste de bonne volonté secouent la torpeur, et que la vie et le voyage reprennent. Ce fut la voix froide du commandant qui lui parvint :

— Couvrez-vous autant que possible, il y a une femme.

Les hommes de l'archiduc, bien que soumis à sa volonté despotique, n'avaient sûrement pas la ténacité d'une attente infinie. Le navire d'Alvise Barbaran n'entrait pas dans le port de Marseille, et on était sans nouvelles de lui. L'entrepôt qui aurait dû accueillir la cargaison et les marchands censés la retirer était resté vide ; quant à eux, les marchands qui s'étaient démenés pour savoir ce qu'étaient devenus le navire et son chargement, ils s'étaient laissé convaincre par l'hypothèse d'un assaut. A l'époque, ce risque restait élevé, les rumeurs circulaient, parmi les gens du port, et elles ne disaient rien de bon : "Aux mains des Berbères, s'ils se sont retrouvés aux mains des Berbères, même s'ils ont tenté de résister, il n'en reste pas un seul de vivant." Et une autre rumeur : "Si certains sont encore vivants, là-bas, sur leurs terres, je ne sais pas s'il peut souhaiter autre chose que de crever tout de suite." "Parfois, les choses se passent bien, parfois, c'est un voyage maudit. Même les Corses s'y mettent ! Et ils ne valent pas mieux que les Maures !" Les hommes de l'archiduc écoutaient et réfléchissaient : sur le bateau, il y avait une femme, et une femme aux mains des pirates… la sainte Eglise romaine devait se résigner à sa perte définitive.

— J'ai entendu dire que, au couvent, en secret, ils avaient déjà célébré ses funérailles, remarqua un des Milanais au service de l'archiduc, assis dans une taverne avec son compagnon d'attente.

— Ils ont été prévoyants ; il faut croire que cette jeune fille était marquée par le destin, dit l'autre. Et puis, mieux vaut mourir en mer que muré dans une cellule. Non ?

L'autre secoua la tête : quoi qu'il en soit, c'était dommage.

— Tu sais que c'était celle qui chantait avec la sœur plus âgée ?

Dommage, oui.

— Et nous, maintenant ? demanda le premier, revenant aux choses concrètes. On envoie un message à Milan et on attend les ordres ?

— Ecoute-moi : laissons ici ceux de la curie à attendre encore un peu. Pour la forme. De toute façon, ici... Le bateau n'arrivera plus. Qu'ils attendent, eux, s'il le faut.

Les "ils" en question, les deux émissaires de la sainte Eglise romaine, ne fréquentaient pas les tavernes. L'habit noir ecclésiastique, même s'ils n'appartenaient qu'à des ordres mineurs, les contraignait à une certaine réserve, et peut-être aussi à une patience supérieure. Le lendemain matin, les émissaires de l'archiduc confirmèrent leur intention, après avoir parcouru en long et en large le quai du port. Ils en informèrent les deux clercs, qui furent d'avis d'attendre, quant à eux, encore un jour, pas plus. D'ailleurs, ils avaient déjà envoyé une dépêche à Milan pour annoncer la triste fin du navire, sans doute aux mains des Berbères. Ils attendaient eux aussi, sous peu, l'ordre de rentrer. A Marseille, il ne restait que John Breval.

Il restait parce que, autour de lui, il n'y avait plus que le vide. Il était convaincu, pas moins que les autres, que le navire était perdu, et son attente, le délire d'un visionnaire. Pourtant, à la différence des autres, il n'avait aucun endroit où aller, et encore moins, la volonté d'y aller : tôt ou tard, il se retrouverait sans argent, tôt ou tard il devrait, avec sa femme, faire la lumière sur le cône d'ombre à l'intérieur duquel il se protégeait lui-même, tôt ou tard, il devrait faire quelque chose, au-delà de l'inertie de l'attente. Mais pour l'instant, il était dans le cercle de Viviane, encore ensorcelé par la magie blanche de l'amour, à laquelle s'ajoutait la conscience obscure de la mort. Il lui vint à l'esprit, à certains moments, que lui aussi pourrait disparaître dans le néant. Il s'agissait juste de comprendre quelle forme donner à ce néant.

L'entrée du navire d'Alvise Barbaran dans le port de Marseille eut lieu le vingt-deuxième jour après son départ, au beau milieu d'une journée lumineuse. C'était un mercredi, peut-être le mercredi 23 mai. Sa silhouette noire, mêlée aux nombreuses autres déjà amarrées, entra en hésitant, et sans les cris habituels des matelots : c'était un navire en deuil, vidé de sa cargaison et avec une voilure rafistolée ; à l'avant, on voyait encore des traces de boulets de canon, qui avaient emporté la figure de proue. Mais… voilà, j'essaie de donner sa juste mesure à ce "mais" qui indiquerait soudain que tout s'éclaire, dans la tête de John Breval, dès qu'il peut voir le navire par la fenêtre, ou du haut du quartier du Panier, où il passe ses journées depuis longtemps ; ce "mais", indiquant le point culminant de la tension qui étreint le cœur de Paola. Elle a presque poussé le navire avec son souffle, avec ses prières obsédantes de nonne défroquée, à qui le Dieu de son père et de son couvent ne prêtera plus jamais l'oreille. Elle le sait bien, et pourtant, durant ces dix jours, elle a rassemblé tous les mots latins et italiens que sa mémoire a conservés et mélangés ; parfois, et mentalement, elle a chanté les morceaux du *Stabat Mater*, car ce sont aussi des paroles liturgiques. Le *Domine non sum dignus* lui est passé plusieurs fois dans la tête, écarté par un difficile "je le sais, je le sais, je ne suis pas digne, mais toi, toi" : un Dieu représenté par un "toi" minuscule et immense, un Dieu qui peut ce que l'autre, figé dans la règle et la loi, ne pourrait jamais. Donc : *mais* même vêtu de deuil, vidé de sa cargaison et avec une voilure rafistolée, le navire d'Alvise Barbaran entra, au beau milieu de l'après-midi du 23 mai, un mercredi, dans le port de Marseille.

Un pò per celia, un pò per non morir : elle était justifiée, la prudence inutilement désirée de Madame Butterfly. Nous devons souhaiter que les deux amants, qui, bientôt, se retrouveront de la manière la plus inattendue, sachent l'appliquer.

Le navire jeta l'ancre et on descendit la chaloupe grâce à laquelle deux membres de l'équipage et le commandant rejoindraient la terre pour se présenter à la douane française. Le second resta à bord, et Paola avec lui. Aux autorités du port se présenta un homme à la mine sombre, accompagné de deux marins vêtus de haillons qui les couvraient à peine : ils étaient le témoignage vivant de l'assaut subi et de la perte de tout, marchandise, argent, papiers.

— Je n'ai pas de quoi payer l'amarrage, dit le commandant au fonctionnaire, en écartant les bras pour montrer l'étendue de sa misère.

— On a abondamment parlé de la mésaventure qui vous est arrivée, beaucoup de gens ont pensé qu'on vous avait assaillis. Les Berbères, n'est-ce pas ? Vous avez eu des morts ?

— Deux. Deux hommes, et dans des circonstances différentes. L'un tué par un assaillant, l'autre tombé à la mer en essayant de remonter à bord, depuis la chaloupe. Deux, en tout.

— Et les dommages subis par la marchandise ?

— Incalculables.

Et la voix du capitaine s'étrangla, dans une douleur inconsolable.

— Que comptez-vous faire maintenant ? Retourner à Venise, je suppose.

Le commandant demeura muet, sombre. Le fonctionnaire respecta son silence pendant un moment, puis le sollicita, avec un regard plus interrogateur.

— J'ai pensé, dit Barbaran avec difficulté, qu'il y a peut-être, dans le port, des marchandises restées à terre, pour diverses destinations. Je peux changer de cap et, au moins, gagner une partie de ce qui m'a été – il déglutit – volé. Le temps de remettre les voiles en état, de réparer la muraille, et je pourrais repartir. Je peux accepter de gagner moins sur ces cargaisons, mais il me faudrait un minimum… au moins une partie… et je dois m'approvisionner en vivres et en eau, si un marchand me fait confiance…

— Vous êtes honorablement connu. Ils vous aideront sûrement. Combien de temps vous faut-il pour remettre le navire en état et repartir ? Pas beaucoup, je crois, d'autant que vous devez être pressé de trouver une nouvelle cargaison.

Le commandant acquiesça.

— L'équipage est en bonne santé ? demanda encore le fonctionnaire, en regardant les deux marins dont l'aspect ne plaidait pas en leur faveur.

Mais le commandant jura qu'il n'y avait aucune maladie à bord, à part une certaine faiblesse, due au manque de nourriture.

— Nous avons rationné les vivres pour arriver jusqu'ici.

— Naturellement. Et l'homme se mit à remplir une feuille de papier. Si vous trouvez quelqu'un qui puisse vous prêter de l'argent pour une place où amarrer… ce serait, vous comprenez, une question de correction envers l'administration.

"Vous êtes des usuriers, soyez maudits", pensa le capitaine. Mais il ne laissa rien paraître. Il apposa sa signature sur le feuillet que l'autre lui avait mis sous les yeux, et sortit. Dehors, le soleil avait entamé son lent déclin, mais il éblouissait encore, en ce point de l'horizon où il aveugle. C'est pourquoi la silhouette noire qui se planta devant lui prit la forme d'une tache indéfinie, mais la voix, le timbre particulier et l'accent laborieux lui rappelèrent tout de suite l'Anglais et la passagère restée à bord, attendant son sort. Il le regarda mieux, les mains formant écran sur son front ; il le regarda et sourit, légèrement amer : à lui, et à la jeune fille restée à bord, les pirates avaient accordé une faveur inaccoutumée. Parmi les papiers qu'Alvise Barbaran gardait à l'intérieur de sa veste, il y avait la lettre du doge, une lettre morte, maintenant que plus personne n'était là à attendre la comtesse Paola Pietra pour la ramener au bercail. Dans la lettre, il y avait aussi l'argent que le doge lui avait envoyé, en échange d'une mission aussi délicate. A son retour, il dirait au doge que cet argent-là aussi s'était retrouvé dans le butin des Berbères ; il pensa en demander tout de suite autant à cet étranger, dont l'amie avait été miraculeusement préservée ; avec cette somme, le droit d'amarrage était bel et bien réglé. Quant à ce qu'il dirait sur la jeune fille, au bout du compte, une fois rentré à Venise, il avait tout le temps d'y penser. Toutes ces lignes ne représentent qu'un instant dans l'esprit du commandant, y compris parce que John Breval n'aurait pas supporté une longue attente.

— Eh bien ? Elle est vivante ? *ex abrupto*, sans prendre la peine d'un salut.

Le marin s'inclina, le visage douloureux :

— Oui, monsieur, elle est vivante, même si sa vie m'a coûté celle d'un de mes hommes. Pour la protéger, vous comprenez ?

Il mentait avec un art exceptionnel de l'improvisation, et tout en inventant cette version des faits, il se disait que la reconnaissance se paye, et qu'elle n'est jamais assez bien payée. Il vit l'autre s'éclairer : la mort du matelot ne ternissait pas le bonheur parfait que John était en train de vivre ; ce n'est que dans un second temps qu'il s'attarderait sur la mort de l'inconnu qui, aux dires du capitaine, avait sauvé la vie de sa belle.

— Je monte avec vous, à bord.

— Oui, mais nous devons régler la question du…

— De l'argent, bien sûr. Tout de suite. J'ai ce qu'il faut sur moi. Combien voulez-vous ?

Au fond, le commandant Barbaran fut honnête : il ne demanda qu'un peu plus, par rapport à ce que lui avait donné le doge (qui avait été très généreux), mais à cause de la délicatesse de la mission. La même considération valait pour John Breval, qui paya sans ciller.

— Montez dans la chaloupe. Partons tout de suite, je dois donner des ordres pour l'amarrage du bateau.

Et il lui fit place royalement, pendant que les deux matelots, qui s'étaient tenus à distance pendant la conversation, saisissaient les rames. Le noir navire vénitien oscillait doucement au milieu du port, à quelques coups de rames du rivage.

Vingt-deux jours, vingt-deux mois, ou vingt-deux années : la valeur du temps glissait entre les doigts, c'était une petite chose proche du zéro et c'était l'infini, hier ils s'étaient quittés et le temps, entre hier et aujourd'hui, était une bulle qui éclaterait sans laisser de trace. Peut-être. En fait, il était bien plus long, le bout de mer séparant le quai et le navire, long et lent. Les marins manquaient d'allant, silence total entre John et le commandant, chacun enfermé dans ses pensées, et la chaloupe avançait difficilement, dans le dédale des bateaux amarrés.

Désormais, le soleil était vraiment bas sur l'horizon, et la ville, derrière la chaloupe, semblait enveloppée dans une douceur lasse. Le navire était enfin là, l'échelle de corde descendue et Alvise Barbaran précéda son hôte pour y grimper, pendant que les deux matelots en tenaient solidement la base. Quand ce fut son tour, John faillit glisser, et le marin à sa gauche le rattrapa avant que, déséquilibrant l'échelle, il ne tombe à la mer. Il atteignit enfin le pont du navire, regarda alentour, vit les têtes des hommes de l'équipage et chercha parmi celles-ci, il cherchait une jeune femme en robe noire avec un châle sur la tête, et il se rendit compte qu'il était troublé et anxieux ; il ne voyait pas clair. On entendait un grondement sombre sur le pont, des ordres donnés et transmis, et des mots qui couraient sur des voix râpeuses, et partout, des têtes fatiguées : il ne semblait guère décent d'être là pour récupérer son bonheur. Il fit un pas en arrière, mentalement, et regarda à nouveau, avec attention : il ne vit aucune robe noire, aucune tête couverte d'un châle ; d'où émergerait-elle, la silhouette qui devait se jeter dans ses bras ? Puis, il remarqua un jeune garçon au pantalon en lambeaux, chemise crasseuse, pieds nus et mèche en bataille sur les yeux, des yeux sur lesquels l'air marin et le vent s'étaient entrechoqués et rencontrés, des yeux entourés de rides minuscules, dans lesquelles la saleté s'était incrustée. Soudain, la scène se fige : les matelots se sont estompés, dans le fond, et même le paysage du port s'obscurcit, dans un noir uniforme : un tableau que lui, sir John, voit mal et ne déchiffre pas. Toute la tension du voyage retombe et, telle une voile qui s'affaisse après avoir été presque déchirée par le vent, il attend, les bras abandonnés le long des flancs.

— Monsieur, vous ne me reconnaissez pas, n'est-ce pas ?

John la regarda comme on regarderait un jeune animal sale, il fut frappé par les jambes nues, d'où il détourna le regard pour le porter vers la chemise, à l'intérieur de laquelle il imagina les seins, moelleux et libres. Il s'approcha en hésitant : il ne savait que faire, que dire, l'embrasser ? Il ne savait pas bien qui, en l'occurrence, il embrasserait.

Objectivement, ce n'est pas un moment facile, ni pour le narrateur, ni pour ses héros. Ils s'étaient séparés, les deux amants, alors qu'ils étaient chacun la parfaite moitié de l'autre, selon l'antique histoire de l'hermaphrodite : les vides de l'un accueillaient les pleins de l'autre, si bien que l'harmonie des corps tenait aussi lieu de miroir à l'harmonie des âmes. Mais au fil des jours, quelque chose pouvait s'être modifié, usé, au point de ne plus coïncider à la perfection, comme avant. Là où tout était poli, un éclat, maintenant, aurait pu blesser, pas immédiatement à mort, certes ; mais parfois, les infections couvent dans le sang, et l'attaquent. Nous savons que la septicémie a fait plus de victimes, à distance de temps, que n'en ont semé, sur le moment, les armes sur les champs de bataille.

IV

LES SEPT CHÊNES

— La jeune fille – pardonnez-moi, Excellence, la comtesse – sœur Paola Pietra, s'est tragiquement retrouvée aux mains des pirates berbères. C'est une quasi-certitude. Ou plutôt, c'est une certitude. A Marseille, mille rumeurs confirmaient que…

— Quel fondement ces rumeurs auraient-elles ?

— L'expérience des hommes du port. Les fonctionnaires de la douane étaient informés, depuis des jours, de risques d'abordages, certains soutenaient avoir vu des navires suspects, sans pavillon, et avoir échappé de peu à un assaut probable.

— Risques, probable, suspects ! Vous ne savez rien avec certitude.

— La mer, Excellence, n'est jamais certaine. Mais justement, pas besoin d'une grande imagination dans ce cas, et une femme, sur un navire pris d'assaut… Excellence, vous me comprenez sûrement.

La maigreur de Son Excellence l'archiduc semblait plus sèche que jamais, dans l'effort qu'il faisait pour maintenir l'équilibre entre la nécessité du soupçon et la volonté, ou, disons, la commodité, de croire que les choses s'étaient vraiment déroulées ainsi. Il lui fallait infliger une déception à l'abbesse de Sainte-Radegonde, mais cette aventure, qui se terminait si mal, exaltait la justice divine qui intervenait opportunément, là où la main des hommes de bonne volonté ne pouvait arriver. L'abbesse comprendrait. Il congédia son émissaire sur un ton brusque et insatisfait ; c'était sa façon de tenir en suspens, toujours en alerte, les hommes à son service. Au fond de lui-même, il aurait pu considérer sa mission comme achevée, et enfin définitives les funérailles de feu la comtesse Paola Pietra, pour l'âme de laquelle le couvent prierait enfin, en liberté et en paix. Demain, se dit-il, demain j'irai à Sainte-Radegonde et, ensemble, nous poserons une pierre sur cette histoire. Il fut frappé par la ressemblance fortuite entre l'expression idiomatique et le nom de la comtesse aux multiples malheurs. Son père. Pauvre homme, se dit l'archiduc, et il se sentit solidaire du comte ; en tout cas, il remercia le ciel de ne pas avoir affaire à lui. Ce serait le rôle du couvent. Seul un dernier scrupule de fonctionnaire l'arrêta et lui fit rappeler le chef de ses hommes : à Douvres, à toutes fins utiles, il valait mieux que quelqu'un guette l'arrivée de sir John Breval.

A Milan, c'était presque l'été désormais, le moment lumineux qui précède la grande chaleur de la ville, dans laquelle il était encore agréable de marcher. Et, du palais royal au monastère, cette fois, l'archiduc s'accorda une promenade lente et méditative. Il chercha, chemin faisant, les mots pour informer la révérende mère, imagina sa réaction, sa tête, qui s'appliquait à exprimer le regret de circonstance, mais qui adoptait très vite la résignation chrétienne des forts qui croient en Dieu. A cette pensée, l'archiduc haussa involontairement les sourcils et étira les lèvres, en un petit sourire aussitôt réprimé ; d'un carrosse qui passait, quelqu'un le salua avec une ample révérence, en se penchant de la voiture, et l'archiduc se contenta d'esquisser une réponse, tellement enfermé dans ses pensées qu'il ne se demanda pas qui était cet homme.

La porte du couvent, le silence de la petite place et, à l'intérieur, l'ombre du cloître et la fraîcheur du parloir. Cette fois, l'abbesse ne répondit pas tout de suite à l'appel, et l'attente se prolongea au-delà du délai acceptable pour une excellence. Lorsqu'il la vit entrer, il fut frappé par la pâleur plus marquée sur le visage de la nonne. Elle était seule.

— Vous ne m'apportez pas une bonne nouvelle, je le crains.

Son Excellence considéra que, comparée au monde extérieur, la claustration avait une perméabilité bien singulière.

— Vous savez déjà ?

— Beaucoup de temps a passé depuis que vous m'avez rassurée, au sujet du retour de notre pauvre sœur ; du temps qui n'a pas abouti aux résultats espérés, me semble-t-il. Non, bien sûr, cela ne dépendait pas de vous. Loin de moi... mais nous avions partagé un espoir, et...

— Et maintenant, ma révérende mère, nous partagerons une résignation chrétienne. Nous savons seulement que la jeune fille a été victime d'un abordage de pirates berbères.

L'abbesse frissonna, et ses lèvres minces se serrèrent, pour retenir jusqu'à sa respiration. Ses mains, enfilées dans ses manches, eurent peut-être une contraction nerveuse, mais aucun signe ne filtra à l'extérieur, pas un pli du tissu ne bougea.

— Le père de cette jeune fille devra être informé du malheur au plus tôt.

A cette remarque de l'archiduc succéda un signe minimal de la tête, moins qu'une réponse, et surtout pas une acceptation de charge.

— Le couvent se réfugiera dans le silence de la prière. Peut-être faut-il voir là le signe que le monde ne doit pas nous appartenir. Comme je ne cessais de le répéter à sœur Rosalba... si elle m'avait écoutée, alors ! Sur nous, Excellence, tombe le voile d'un grand deuil, et peut-être méritons-nous cet avertissement si sévère.

Son Excellence n'était pas vice-roi de Milan pour rien, il savait lire, et comment ! au-delà du voile de deuil que le monastère s'apprêtait à endosser, et il lisait la victoire de la mère abbesse, qui avait mené une bataille au long cours et en sortait tête basse, par une modestie liée à son rôle, mais avec, en sa possession, la raison la plus évidente et la confirmation de son droit à gouverner selon une règle que les autres avaient fait passer au second rang, sinon carrément subvertie. La pauvre Paola Pietra était aux mains des pirates, vivante ou morte, peu importait, mais sœur Rosalba, cette magnifique voix de soprano que tout Milan connaissait, n'était pas entre des mains plus dociles et plus compréhensives. En tant que bénéficiaire de la tradition de chant de Sainte-Radegonde, l'archiduc eut presque de bonnes raisons d'être désolé, à cause de cette histoire dans laquelle, sans le vouloir, il s'était retrouvé impliqué. De plus, il était clair qu'il devrait aussi affronter une conversation pénible avec le père de la disparue. Il sortit du monastère et regagna sa résidence, en marchant à pas lents. Allez savoir ce qu'était devenu l'Anglais qui avait provoqué toute cette aventure... Cet homme et sœur Rosalba se rapprochèrent dans son esprit, telles les victimes d'une histoire qui aurait mieux fait de mourir là où elle était née. Victimes et acteurs, on pouvait le parier, se dit Son Excellence, qui n'aurait jamais parlé à voix haute avec qui que ce soit. Mais les veines, sous la peau de la bonne société milanaise, seraient parcourues par quelques frissons d'émotion médisante. Il entra par la porte cochère, ouverte sur la petite place Royale. Le soleil frappait les pavés de la cour. Milan était vraiment très beau. Pour peu de temps encore. L'archiduc entra dans l'ombre de l'escalier.

Il ne savait pas bien qui, à cet instant, il embrasserait. Donc, nous l'avons laissé là, nous les avons laissés là, dans l'espoir que, entre-temps, un quelconque mouvement de l'âme ait débloqué la scène et engendré le geste adéquat pour que cette histoire puisse continuer, et que tant de fatigue terrestre et maritime n'ait pas été vaine.

— Vous allez bien ?

A son tour, il la vouvoya, et ne la serra pas entre ses bras. Il attendit, plein d'incertitude, la réponse de la jeune fille. Il la regarda avec appréhension : un mousse, parmi des hommes peu vêtus ; seul le commandant avait encore une apparence de normalité. Entre-temps, les matelots s'étaient presque tous éloignés, le navire s'apprêtait à amarrer dans le port, et l'activité, à bord, était devenue frénétique.

— Si vous voulez retourner à quai avec la chaloupe, elle est encore en mer, et elle attend.

C'était une invitation à débarrasser le plancher, et ce fut la réaction qui mit fin à la fixité de la scène. John vit Paola s'approcher de lui, tenant à la main le petit sac avec lequel elle s'était embarquée, dans une vie précédente, à Venise. Il la prit par le bras et se dirigea vers la muraille du navire, où un matelot les aida à atteindre l'échelle. John descendit le premier et leva les yeux, presque livide, pour observer la main qui soutenait maintenant la jeune fille par le bras, une main robuste, qui la serrait fort. Il crut déceler, dans les yeux de l'homme, une lueur qu'il n'aurait pas voulu voir et, pendant qu'il posait le pied dans la chaloupe, il vit Paola, à son tour suspendue en haut de l'échelle, il vit ses jambes nues et alla jusqu'à soupçonner que la main du matelot n'avait pas lâché le bras de la jeune femme aussi vite qu'elle aurait dû. Enfin, la chaloupe se détacha du navire et regagna, aussi lentement que tout à l'heure, le quai. Dans l'esprit de John Breval, assis sur le banc à côté de Paola, c'était une lenteur différente, moins fiévreuse. Pendant des jours, il avait imaginé cette scène et l'avait caressée, désirée. En ce moment, il ne pouvait se défaire de ce qu'il avait imaginé obstinément, de Milan à Marseille, et qui était si différent de la réalité présente. Il n'eut pas l'idée de se demander ce qui passait par la tête du jeune animal crasseux, à côté de lui. La chaloupe atteignit le quai, les débarqua et les abandonna à eux-mêmes, pis que des naufragés. Les pierres dont était pavé le môle accueillirent Paola avec la chaleur longuement emmagasinée durant cette journée de soleil, et la jeune fille y posa ses orteils, en savourant le bienfait, le plaisir et la sécurité de la terre ferme. Elle se tourna vers son amant et fit mine de l'embrasser sur la bouche. Ce fut lui qui s'écarta, effrayé par tant de liberté, et par la surprise. Ils avaient vraiment parcouru, pendant ces vingt-deux jours, des routes très différentes.

On pourrait penser qu'ils feraient l'amour sitôt entrés dans la chambre que John avait préparée pour l'accueillir, et en effet, c'est ce qu'il s'était dit, durant les jours de l'attente. Et peut-être l'avait-elle pensé, elle aussi. Mais la femme que John avait attendue n'était pas cette créature hybride. Il avait beau tenter de dominer, d'expliquer rationnellement les réactions émotives et instinctives qui l'agitaient, l'amoureux de Paola avait du mal à se reconnaître, et à reconnaître en elle quelque chose de la femme si passionnément caressée dans la pension de

Venise. A part la stupéfaction évidente qui l'avait fait s'écarter d'elle à l'instant du baiser, les émotions contradictoires qui l'agitaient étaient difficiles à maîtriser, et ne se manifestaient que sous forme de gentillesse attentionnée. Dans la pièce où ils entrèrent, les volets étaient mi-clos. L'ombre était réconfortante, mais Paola alla quand même vers la fenêtre et ouvrit totalement les volets, regarda le port où elle vit, et reconnut, son navire. Puis, elle se tourna vers son amant qui, de loin, l'observait.

— J'ai besoin de me laver, dit-elle.

— Mais bien sûr, j'aurais dû y penser et faire préparer… La maîtresse de maison m'aidera… Je reviens dans un instant.

Il sortit en hâte. Paola s'assit au bord du grand lit, puis se leva d'un bond : elle était sale et puait. Pendant des jours, elle n'avait pas prêté attention à l'odeur de son corps ; plus précisément, son nez, si sensible, s'y était habitué ; mais maintenant, elle sentait sur elle, forte et aigre, l'odeur de sa propre sueur mêlée à celle, saumâtre, de la mer. Elle porta ses mains à ses cheveux secs, toucha son visage, dont la peau était desséchée et craquelée. Elle eut honte d'avoir voulu embrasser son amant, et s'imagina qu'elle l'avait dégoûté. John ne revint pas tout de suite : il demanda à la maîtresse de maison de préparer un baquet d'eau chaude et du savon, et demanda aussi un drap de lin "très propre. Mais usagé, si possible." La femme n'en avait pas, et il décida d'en acheter un, neuf, dans une boutique, heureux de se livrer à cette recherche. Il ne savait pas clairement pourquoi, mais il voulait rester dehors, et loin. Quelques moments encore. Il monta vers le quartier riche de la ville, en direction des boutiques proches de la cathédrale. Il marchait si vite qu'il était presque essoufflé. Qu'ai-je fait ? se demanda-t-il, s'arrêtant pour reprendre son souffle.

Et, derrière sa question affleurait la maison soigneusement rangée de Londres, le visage de sa femme, et ceux, bien propres, de ses enfants. Qu'ai-je fait ?

Il trouva le drap de lin dans une boutique juste derrière la cathédrale, le paya rapidement et revint dans la chambre du port. On n'avait pas encore apporté le baquet plein d'eau, et la jeune femme était debout, près de la fenêtre ; ses cheveux avaient éclairci au soleil et ses jambes étaient brunes, fermes. John posa les pièces de lin sur le lit, puis s'approcha de Paola, releva ses cheveux au-dessus de sa nuque, la caressa lentement, et posa, avec précaution, ses lèvres sur la peau, salée et plus claire. Il retrouva la familiarité avec ce corps, et en même temps que la familiarité, le désir. On frappa à la porte : "Le bain, monsieur." Et deux jeunes filles robustes traînèrent dans la pièce un baquet, éclaboussant de l'eau sur le seuil et sur le carrelage de la pièce. Elles regardèrent autour d'elles, intriguées, et virent la silhouette indéfinissable, à contre-jour, devant la fenêtre. John tira de sa poche quelques pièces de monnaie pour les remercier et, dès qu'elles furent sorties, ferma la porte à clé. Il aida Paola à se déshabiller, et eut l'impression de lui enlever une seconde peau ; les vêtements se retrouvèrent dans un coin, pendant que la jeune fille s'immergeait dans l'eau encore très chaude, avec un plaisir proche de l'évanouissement. Accroupie dans le baquet, elle sentit la main de John lui passer un tissu humide savonneux sur les épaules, puis sur les bras, les seins, le ventre, les hanches. John plongeait le bras afin de chercher, dans l'eau, le corps de Paola, qui se laissa laver comme un nouveau-né. Avec le broc, il lui versa sur la tête de l'eau claire, lui savonna les cheveux, les lui massa, jusqu'à sentir renaître sous ses doigts le soyeux qu'il connaissait. Il les lui rinça soigneusement, avec l'eau qui restait dans le broc. Les rides incrustées de crasse disparurent, mais la couleur dorée, et l'ombre sous les yeux, ressortirent avec encore plus d'évidence.

— Reste ici, ne bouge pas.

Et, du haut de l'escalier, il demanda d'une voix forte de l'eau, tout de suite. Il n'attendit pas longtemps et les deux femmes robustes apparurent, portant un second baquet.

— L'eau n'est pas aussi chaude que tout à l'heure, dirent-elles.

— Peu importe. Dans un instant, je sors l'autre baquet, vous l'emporterez. Pour celui-ci, passez plus tard.

Et il traîna lui-même à l'intérieur de la pièce le nouveau bain dans lequel Paola s'immergea. Elle avait fermé les yeux, la tête appuyée au bois du baquet, et se laissait faire. Elle entendit le remue-ménage suscité par la sortie du baquet d'eau sale, elle entendit le bruit de la clé qui fermait la porte, les pas de John autour d'elle. Elle sentit que, avec un tissu moelleux, il lui humectait le visage.

— Maintenant, lève-toi.

Et quand, avec difficulté, elle se fut mise debout, il l'enveloppa dans un drap de lin sec, en la frottant. Puis il l'enveloppa dans un autre drap et lui dit de s'étendre sur le lit. Ils s'étaient dit, nous le savons, bien peu de mots, et maintenant, le silence s'élargit encore, dans la chambre où filtrait la lumière du soleil couchant.

Etendue sur le lit, le corps enveloppé dans le drap de lin qui épousait ses formes et sur lequel se dessinaient des taches d'humidité, Paola dormait, parfaitement propre. Le propre et le sale sont un sujet singulier dans une histoire d'amour, non ? Est-ce à dire que John est un gentleman anglais, un homme habitué à l'ordre, bien sûr, à celui extérieur, et déjà déconcerté de s'être laissé entraîner dans une histoire qui constitue le plus grave des désordres ? C'est possible. Il lui faut du temps pour reprendre ses esprits et lire le tableau si différent de celui auquel il s'attendait en montant sur le navire. Du temps et de la mémoire pour reconstruire un visage aimé, une silhouette familière. Un caractère. Car, à y bien regarder, cette catégorie du sale et du propre est un masque inconscient derrière lequel se cache l'effroi de la révélation d'un caractère : cette femme-garçon, venue à sa rencontre sur le pont du navire, à quelle histoire appartient-elle ? Comment pourra-t-on la revêtir des habits qui conviennent à son sexe ? Et cela suffira-t-il pour retrouver, intact, le trésor confié, vingt-deux jours auparavant, sur le môle de Venise, à un certain Alvise Barbaran, commandant d'un navire marchand ? La femme nue, qui dort d'un sommeil profond et solitaire, dans le lit que John avait préparé pour deux, est une énigme. Il lui semblait tellement mieux la connaître la première fois, lorsqu'il l'avait déshabillée et initiée à l'amour ; la virginité est un champ à semer, et maintenant, le sillon est ouvert, corps et esprit connaissent des choses auparavant inconnues. John ne peut même pas dire : "Nous en parlerons, tu me raconteras." Quel que soit le récit de cette étrangère... Etrangère ! Il sursauta, en sentant un tel mot s'insinuer en lui, pour qualifier Paola. Ma fiancée, avait-il dit à Alvise Barbaran. Il s'aperçut qu'il s'épuisait, à la poursuite d'un état perdu : ce n'était pas le temps qui se dissolvait comme une bulle de savon, comme il l'avait cru ; ce qui se dissipait, c'était l'absolu à l'intérieur duquel il s'était senti en lieu sûr, protégé, et il voyait s'avancer une nébuleuse relative qui prenait de plus en plus de consistance. Je ne suis plus dans le cercle de Viviane, se dit-il. Dans un coin, non loin du lit, pointait la petite valise qui avait été le seul bagage de Paola durant ce voyage, un sac plus qu'une valise, maladroitement rempli. Il l'ouvrit et en sortit, froissée, la robe noire que la jeune femme y avait rangée, juste avant l'escale à Rhodes. Il l'étala sur le lit, à côté de Paola endormie, une autre elle-même, telle qu'il se la rappelait. Que manquait-il pour reconstituer l'ensemble, représenté, là, par la blancheur du corps nu plongé dans le sommeil, et par le noir de la robe froissée ? La réalité est beaucoup plus simple que les élaborations mentales. Faire. Il devait faire des choses simples. Acheter de quoi manger, car elle se réveillerait et aurait faim, et ils mangeraient de nouveau ensemble. Il chercha de l'argent, pensa aux boutiques où il irait acheter quelque chose à consommer sur place, du pain, du fromage, des boutiques à proximité, afin de ne pas s'absenter trop longtemps et être de retour avant son réveil, qu'elle ne se sente pas seule, ne pas la faire fuir. Il avait intérêt à monter jusqu'au vieux quartier du Panier. Il se souvint d'une femme, là-bas, qui vendait des œufs ; devant le seuil d'une maison, elle installait un étal avec une ou deux écuelles d'œufs frais. Il sortit, en fermant doucement la porte. Mais, après avoir descendu quelques marches, il revint sur ses pas, rouvrit précautionneusement, ferma la porte d'un tour de clé, et mit celle-ci dans sa poche.

Ce n'est pas du père de Paola Pietra dont nous devons nous occuper tout de suite, pas de cet homme sombre, dont le regret à cause du sort de sa fille – si regret il y a ou il y aura – s'apparente sans doute davantage à la déception et à la contrariété. Mais sœur Rosalba Guenzani, elle, requiert toute notre attention. Une nonne est parfois mère par son nom, mais jamais dans les faits, les liens mondains ne la concernent plus, les émotions se diluent dans l'eau bénite, dans le giron du Père repose toute douleur. Pourtant, grâce à Dieu, tout cela est dans les théories de l'empyrée, alors qu'ici, sur terre, l'imperfection de la colère, la brûlure de la défaite, la solitude et le besoin poignant de consolation humaine se taillent la part du lion, mordent où ils doivent mordre, et font mal. La corde morte du violoncelle de sœur Rosalba a une importance particulière, à ce propos. Voici, donc, comment la nonne apprit, de la voix cassée de l'abbesse, oui, cassée, cette fois, par une émotion vraie, que sa pupille était perdue. La mère supérieure la fit appeler dans son bureau, lui indiqua la chaise en face de la table de travail derrière laquelle elle était assise, bomba le torse, joignit les mains dans une attitude de prière et remua les lèvres, en une oraison silencieuse, que l'autre suivit sans bien comprendre. Il nous faut dire que, dans cette affaire, le monde du dehors, où sœur Rosalba puisait ses informations, l'avait laissée à jeun, si bien que, d'une certaine façon, elle s'était rendue à l'urgence des derniers événements, contre laquelle elle ne pouvait rien. On attendait, d'un moment à l'autre, que Paola rentrât au bercail, et elle le craignait tellement ! Que lui dirait-elle pour la soutenir ? Et puis, enfin, qu'y avait-il à soutenir ? Mais il était passé des jours et des jours depuis la confidence perfide de sœur Maria Annunciata, des jours auxquels n'avait succédé que la routine habituelle ; personne ne parlait de la fugitive, et encore moins de son retour. Les lèvres psalmodiantes de l'abbesse se serrèrent enfin sur la ligne dure et scellée que nous connaissons, ses doigts se dénouèrent et ses yeux minces fixèrent les grands yeux de sœur Rosalba, dans la tête de laquelle bruissait un *et alors ?* non exprimé ; elle détestait l'exercice du pouvoir que signifiait ce silence. Mais la voix cassée de l'abbesse, quand enfin elle se fit entendre, la cueillit par surprise.

— Sans le vouloir, nous lui avons fait du mal, sœur Rosalba.

Et ce *sans le vouloir* fut dit avec une sincérité indéniable.

Tout aussi sincère était le partage des responsabilités et du remords, si bien qu'aucun *si vous m'aviez écoutée* n'échappa à l'abbesse, comme elle l'avait fait en présence du gouverneur de Milan. Elle n'eut même pas besoin de dire à qui elle faisait allusion : entre elles, les choses étaient claires. Et effrayantes ces paroles, et la manière de les dire : sa froideur habituelle aurait moins angoissé sœur Rosalba, qui répondit en se levant comme si elle avait quelque chose d'urgent à faire ; sœur Rosalba était de petite taille, petite et nerveuse, et son agitation contrasta dramatiquement avec l'immobilité de la supérieure.

— De quel mal parlez-vous, ma mère ?

— Une femme seule, à bord d'un navire. L'assaut des… des pirates – là, oui, sa voix s'étrangla à cette idée horrible –, elle, prisonnière, peut-être morte, ou violée. Par les païens. Alors que nous lui avions promis une vie paisible entre ces murs… le réconfort de la prière, et notre compagnie.

C'était la première fois qu'un tel trouble élisait domicile dans la tête de la mère abbesse, la première fois qu'une espèce de peur entamait sa fermeté granitique. Sœur Rosalba reconstruisit, à partir de ces propos décousus, une partie de l'histoire de Paola, l'épilogue présumé de sa fuite ; elle revit la jeune fille courbée sous le poids de la robe monacale, et ce souvenir suffit à lui faire reprendre ses esprits. Son point de vue était très différent de celui de sa supérieure, mais elle ne pouvait que parvenir, par une autre voie, à la même conclusion. En silence, elle se rassit. Certes, un sanglot monta dans sa gorge, mais elle le refoula, car il était totalement inutile.

— C'est vrai, ma mère, nous lui avons fait du mal.

Nous ne pouvons que souligner le mouvement de, pour ainsi dire, heureuse surprise, de l'abbesse : le fait que, finalement, au comble d'un aussi grand malheur, sa nonne indocile partageât son point de vue, lui procurait une certaine consolation inattendue. Elle eut juste le temps de lui adresser un signe d'approbation.

— Nous n'aurions jamais dû ouvrir la porte de ce couvent à la comtesse Paola Pietra, jamais dû lui permettre de franchir cette porte et de se joindre à nous.

— Mais qu'est-ce que vous dites ?

— Ma mère, on nous a confié une enfant de treize ans. Qui n'avait pas la moindre idée d'elle-même et de son avenir. Nous lui avons donné, de force, un avenir qui n'était pas pour elle. Quel mal plus grand que celui-là ?

— Oh, mon Dieu, vous êtes totalement perdue. Perdue mentalement et dans votre âme ; j'espère seulement que vous ne savez pas ce que vous dites. Je suis tellement navrée que...

— Je sais très bien ce que je dis.

— Vous ne savez pas que vous êtes en train de blasphémer, et vous n'êtes plus consciente du lieu, ni de l'habit que vous portez.

Elle avait dit ces mots avec, dans la voix, une terreur froide, dans laquelle sœur Rosalba retrouva l'abbesse qu'elle connaissait. Parfait. Au fond, tout était dans l'ordre des choses, le malheur de Paola ne changeait rien au petit monde étriqué de l'église de Sainte-Radegonde.

Cette fois, la nonne se leva avec beaucoup de calme, sans défier ouvertement sa supérieure qui attendait d'elle quelque chose qui expliquât, qui déplaçât les éléments du problème sur un terrain adapté à son état. Mais sœur Rosalba ne dit pas un mot. Elle tourna le dos et se dirigea vers la porte qui s'ouvrit brusquement ; par hasard, semblait-il, sœur Maria Annunciata passait par là au même instant. Elle avait le visage rose, car la rougeur avait du mal à s'installer sur un teint si parfaitement blanc. Elle baissa les paupières de manière ascétique, afin d'éteindre son regard bleu, et fit un signe de la tête en direction de sœur Rosalba, qui répondit d'une voix forte : "Que soit loué Jésus-Christ." Et, avant que sœur Maria Annunciata ne réponde, l'abbesse lança, de l'intérieur de la pièce, tel un projectile, sa voix furibonde :

— Dans cette église, on ne chantera plus jamais. Plus jamais.

— Qu'Il soit toujours loué, dit la nonne bleue, en tremblant.

Cette histoire, qui a commencé dans la musique, entre maintenant dans un grand silence. A Sainte-Radegonde, on ne chantera plus. Sur les notes du *Stabat Mater* du désormais défunt maestro Pergolèse tombe un épais voile noir, de même que sur Milan est en train de s'abattre la chaleur d'un été précoce. L'église de Sainte-Radegonde est un lieu frais, et pourtant, les fidèles qui la fréquentent sont beaucoup moins nombreux. A la voix de l'officiant répond un bruissement de paroles incompréhensibles qui sortent de la bouche de quelque femme vieillissante et de noir vêtue, qui imite le bourdonnement montant de derrière la grille. Nous ne savons pas à quel point les religieuses du chœur souffrent de cette nouvelle austérité ; ce qui est sûr, c'est que sœur Rosalba en souffre beaucoup. Elle a deux raisons de s'angoisser, et l'une appelle l'autre. Parfois, elle se réveille, la nuit, saisie d'un malaise qui se définit peu à peu : c'est l'effet d'un rêve dans lequel elle est sans voix, et ne peut plus appeler son élève.

Paola Pietra, nous le savons, n'est pas aux mains des pirates, ces tortionnaires païens qui hantent l'imagination de la mère abbesse. Enveloppée dans le drap de lin qui a absorbé les traces d'humidité, elle est allongée sur le lit, seule dans la chambre désormais presque sombre. Une fois de plus, elle n'a qu'à attendre. En ouvrant les yeux, elle a remarqué la robe noire étalée à côté d'elle, alors que dans un coin, sales, on a jeté le pantalon et la chemise qu'elle portait sur le bateau. Elle allonge la main et touche l'étoffe du vêtement, elle se dit qu'elle devra le porter de nouveau, le temps des pirates est loin. Milan aussi, son père, le monastère, tout est loin, même si elle n'a aucune idée de la distance. Pour elle, le voyage en mer n'a pas eu de points de repère. Même maintenant qu'elle est à Marseille, Marseille n'est qu'un nom, sans identité géographique, sans points cardinaux. Dans l'hypothèse où John ne reviendrait pas dans la chambre (où elle sait qu'elle est enfermée), elle serait perdue, bien plus égarée que lorsqu'elle était sur le navire. Elle se lève, tenant le drap autour d'elle, se met à la fenêtre et regarde le port qui est dans l'ombre ; elle peine à distinguer son navire, dans le fouillis de mâts et de coques. Et désormais, ce n'est plus son navire. Elle se débarrasse du drap, entrevoit dans le reflet de la vitre son corps amaigri, et pourtant épanoui, elle regrette de devoir le cacher dans la robe noire qu'elle enfile à contrecœur, sans rien dessous. A ce moment-là, elle entend la clé tourner dans la serrure, et la porte s'ouvre sur la silhouette, haute et mince, de John. Il la regarde, la reconnaît. Oui, à présent il la reconnaît, le mousse a disparu, l'odeur d'étrangeté a été jetée avec l'eau sale du baquet, et devant lui il y a, il en est sûr, son amante et amoureuse et bien-aimée. Dans son esprit, le visage de sa femme pâlit, et dans le fond s'estompent les profils de ses deux enfants ; le monde entier est contenu dans la faible lumière de la chambre, et cette faible lumière émane du noir qui enveloppe le corps de Paola. Lorsqu'il l'embrasse, et la serre fort, et qu'il cherche son visage et sa bouche, John est de nouveau dans le cercle magique de Viviane.

Ils firent l'amour, et il la trouva très douce et très docile, elle se plia à tous ses désirs, puis s'abandonna sur le lit, épuisée.

— Ne bouge pas, lui dit-il, en essuyant son visage en sueur avec le drap, à présent, je m'occupe de tout. Quand ce sera prêt, je t'appellerai. Je reviendrai t'appeler.

Elle le vit se rhabiller en hâte et se glisser hors de la chambre. Il rentra quelque temps après, et Paola était prête, elle l'attendait et avait refait le lit.

— *Madame*, suivez-moi. Ici, c'est bien mieux qu'à Venise, tu verras.

Il la conduisit dans la pièce attenante où était dressée une table éclairée par un chandelier. Il y avait des assiettes rustiques et des couverts en étain, mais disposés avec un soin qui évoquait une profonde intimité.

— Ce n'est pas adapté à une comtesse, mais…

Mais tout va bien. Il le comprit à son regard, au plaisir quasi enfantin avec lequel elle s'assit à table. Il s'installa en face d'elle, lui versa du vin, lui prit la main.

— Et maintenant, raconte-moi.

— C'était un long voyage, oui.

Ayant dit ces mots, elle resta là, pensive, et il insista doucement, en posant la main sur la sienne. Paola s'approcha du bord de la table, en se penchant en avant comme si elle avait quelque chose de secret à dire.

— Tu te souviens de la dernière fois que j'ai chanté ?

— Oui, dans la maison du doge, à Venise. Et alors ?

— Je ne l'ai plus fait. Ni pour d'autres, ni pour moi. Je le regrette.

Il n'y avait pas pensé, John, il n'avait pas pensé à cela.

— Mais, reprit Paola, je ne peux pas dire *pour moi*. Je n'ai jamais chanté pour moi. Il faut que quelqu'un m'écoute. De derrière la grille, j'ai toujours pensé à vous, de l'autre côté, vous tous, là, dans l'église, je vous sentais. Je vous écoutais, de même que vous, vous m'écoutiez. Qui sait ce que ma voix est encore capable de faire ? Saura-t-elle encore ?

La couleur de la mer et du soleil, sur le visage de la jeune femme, variait à la lueur du chandelier, tantôt s'emplissant d'ombres, tantôt s'illuminant de reflets. Et en même temps, John éprouva une pointe d'embarras à l'entendre parler des nombreuses personnes derrière la grille, et lui parmi les nombreux autres.

— Mais bien sûr que tu sauras encore chanter, si tu veux. Dès que nous aurons surmonté ce moment d'incertitude, que j'aurai clarifié les choses avec ma famille et avec mes supérieurs... Tu sais que ce sera sans doute long, difficile. Mais ensuite, nous pourrons décider de tout. Et tu seras libre de reprendre ta musique, tu chanteras pour moi. Et pas seulement, tu verras...

— Bien sûr. Oui.

Des affirmations formulées avec si peu de conviction que John se crut en devoir de reprendre le fil de la conversation.

— Ta voix est à l'intérieur de toi, personne ne peut y toucher. C'est un instrument que tu gardes, en lieu sûr. Sur ce plan-là, nous voyagerons sans crainte des voleurs !

Il tenta de lui communiquer son optimisme, avec un éclat de rire serein, mais d'une sérénité forcée. Il ne parvint qu'à lui tirer un sourire hésitant.

— Je me sentirais plus tranquille si je veillais sur le violoncelle de sœur Rosalba.

— Allons donc ! Beaucoup plus encombrant, non ?

Il essaya de nouveau, avec le rire de tout à l'heure.

— Moins fragile.

Sir John l'observa : elle avait un ton grave, soucieux, elle parlait de sa voix comme d'une entité distincte, à quoi elle semblait tenir énormément. Un tiers, entre eux deux, auquel, jusque-là, il n'avait pas accordé d'importance. Il soupira, desserra involontairement son étreinte sur la main de Paola, la regarda grignoter un bout de fromage, avec les incisives.

— Nous nous occuperons de cette très belle voix comme d'un enfant.

Et en prononçant ces mots, sur un ton rassurant et gentiment moqueur, il saisit dans les yeux de la jeune femme un éclair de déception. Il pensa qu'il devait être très attentif, sur un sujet aussi délicat.

Il lui dit qu'ils ne resteraient plus longtemps à Marseille, où il lui restait un devoir à accomplir, et le lui confia :

— C'était un moment de faiblesse, je le sais, mais il n'est pas digne d'un gentilhomme de faillir à la parole donnée. Même à Dieu. Il sourit, avec une certaine gêne : J'irai à la Vieille Charité et j'y laisserai la moitié de l'argent que je possède actuellement. C'est le pacte. Je trouverai le moyen de rééquilibrer les finances qui nous sont nécessaires pour continuer ; de toute façon, pour quelque temps, nous n'aurons pas de souci à nous faire. Ensuite, quand nous serons en Angleterre, tout s'arrangera, y compris la question de l'argent.

— J'aimerais venir avec toi, demain.

— Ce n'est pas un bel endroit pour une femme. Je préférerais que tu restes ici ; j'irai demain matin, dès qu'il fera jour, et je reviendrai vite. Puis, nous quitterons Marseille au plus tôt. Dès demain. J'ai l'impression d'être ici depuis des siècles. J'ai pensé aux étapes du voyage ; à la prochaine, plus à l'abri qu'ici, nous devrons nous occuper de ta garde-robe, tu as besoin de lingerie neuve…

— Demain matin, je viens avec toi, dit-elle résolument. C'est un hôpital ?

— Je pensais que, après toutes ces frayeurs et ces incertitudes en mer, et un long voyage en perspective, tu souhaiterais être un peu tranquille et te reposer, sans émotions, sans angoisses. Mais si tu veux, si tu te sens capable de…

Elle ne le laissa pas ajouter quoi que ce soit. Oui, bien sûr, elle se sentait capable. Ils finirent leur dîner presque en silence, laissèrent la pièce avec les bougies allumées et retournèrent dans la chambre à coucher plongée dans l'obscurité, à laquelle Paola s'habitua peu à peu ; elle reconnut les contours des objets sur lesquels se détachait le drap blanc qu'elle avait abandonné à terre. Elle le ramassa, le posa avec soin sur une chaise, commença à déboutonner sa robe, l'enleva par les pieds et se retrouva de nouveau nue. Elle s'aperçut alors que, dans la pièce, il n'y avait qu'elle, et elle comprit qu'il l'avait laissée seule, afin qu'elle se prépare pour la nuit. Hésitante, elle s'accroupit sur le pot de chambre et écouta, le souffle suspendu, le bruit léger dans la porcelaine. Elle fourra le pot sous le lit et attendit. John rentra peu après, se déshabilla et se glissa sous le drap, caressa les épaules et la nuque de Paola ; il eut l'impression qu'elle dormait, et la laissa tranquille.

Tôt le matin, il faisait déjà chaud. John se prépara en faisant le moins de bruit possible, mais pas assez pour que Paola ne l'entendît pas, en émergeant paresseusement du sommeil. Non, elle n'avait pas changé d'avis pendant la nuit, elle l'accompagnerait ; elle lui demanda de l'attendre, elle serait prête en un instant. Elle fouilla dans son sac et en sortit la jupe et la combinaison qu'elle n'avait pas portées la veille, elle les passa rapidement, et enfila la robe par-dessus. Elle se sentit engoncée, elle avait chaud ; elle regarda, dans le miroir, ses cheveux encore trop courts, mais elle ne mettrait aucun voile, aucune protection sur cette tête, peu convenable pour une jeune femme.

— Me voici, je suis prête.

Il la regarda, hésitant ; il allait lui dire quelque chose, mais choisit de se taire, et s'effaça pour la laisser passer par la porte, qu'il referma derrière lui.

— Mangeons quelque chose avant de sortir. Il la reconduisit dans la pièce voisine, celle du dîner dont les restes avaient été soigneusement rangés, près d'une corbeille de pain frais. La fenêtre grande ouverte laissait entrer l'air et la lumière marine.

— Ce sera fatigant pour toi, tu n'as pas l'habitude, et une bonne partie du chemin est en montée.

— Ça ne me fera pas de mal. Si seulement je n'avais pas sur moi tous ces vêtements…

Elle secoua les miettes de pain de son giron, en agitant l'étoffe, contrariée. Si elle cherchait du secours et une approbation pour revenir aux pantalons et à la blouse de marin, elle fut déçue et, de toute façon, livrée à elle-même, au cas où elle aurait voulu prendre une telle décision. Elle n'en eut pas le courage. Ils sortirent et montèrent l'escalier en direction de la ville haute, qui était déjà animée, bruyante, pleine de vacarme pour les oreilles de la jeune femme. Ils traversèrent le quartier du Panier et descendirent vers la Vieille Charité en marchant rapidement, évitant des gens encore plus pressés qu'eux ; John, qui la tenait par la main, la fit presque voler au bas de la rampe qui, de la place, conduisait au portail d'entrée de l'hospice. Ils s'arrêtèrent sur le seuil d'un édifice encore inachevé.

— Je vais voir si j'arrive à retrouver un des prêtres de cette église. Et il la lui montra, imposante au milieu de la cour. Je lui laisse l'argent, et le tour est joué. Je n'ai rien à dire, rien à expliquer à personne.

— Tu connais un prêtre ?

— Non, je ne suis jamais entré pendant les messes. Peut-être n'y en a-t-il même pas, aujourd'hui, mais je trouverai bien quelqu'un à qui laisser mon… mon vœu. Je peux aussi mettre l'argent dans la petite boîte des aumônes. C'est même mieux, d'ailleurs. Comme ça, je n'explique rien à personne, je n'ai pas besoin de savoir à qui ira cet argent.

Entre-temps, il avait franchi le portail, et Paola marchait près de lui. Sous le portique de gauche, du côté achevé de l'édifice, des gens étaient allongés ou assis contre le mur, à l'abri du soleil. Ils semblaient dormir encore, certains étaient protégés, tant bien que mal, par des haillons qui laissaient voir leurs corps émaciés et malades. Paola pensa aux marins qui, nus, avaient regagné le navire après avoir été abandonnés en mer par les pirates ; ils avaient beau être fatigués, affamés et assoiffés, ils avaient encore toute leur vigueur physique, et, passé l'émotion du premier moment, elle n'avait pu s'empêcher de l'admirer. Ici, au contraire, le peu qu'elle vit lui fit détourner le regard, pour ne pas offenser ces gens. La mort, oui, elle l'avait vue sur le marin tué par les Berbères, mais la maladie et l'indigence étaient plus difficiles à supporter. Elle se souvint d'un vieux chien, chez son père, lorsqu'elle était encore enfant, elle se souvint de son chagrin à le voir se traîner et fixer, de ses yeux éteints, ceux qui passaient près de lui. Et elle se souvint du coup de pistolet avec lequel un serviteur, sans que personne le lui ait ordonné, l'avait enfin tué. Dans sa tête de petite fille, elle s'était dit, elle avait senti que c'était mieux ainsi.

Paola prit le bras de John, détourna les yeux du portique silencieux et entra dans l'église. Depuis qu'elle s'était enfuie de Sainte-Radegonde, elle n'avait jamais mis les pieds dans un lieu sacré.

*

L'église de la Charité était petite et imposante, silencieuse et vide. Il est très probable que sir John aurait préféré accomplir seul sa mission, et ne pas ramener Paola dans un lieu et une atmosphère susceptibles de remuer des souvenirs, des remords et des peurs. De sa condition de religieuse défroquée, ils n'ont plus parlé depuis l'allusion fugitive, dans la chambre de Venise, pas plus qu'ils n'ont songé à ce qu'ils devront faire pour qu'elle se délie de sa promesse, de même qu'ils n'ont pas envisagé la manière d'affronter la situation de John, lié par le mariage. Ce sont là les deux murs entre lesquels marchent les deux amants, sans apercevoir encore un éventuel passage.

L'église, fraîche dans la précoce chaleur estivale, fait courir des frissons sur le dos de l'Anglais, pendant que Paola regarde alentour, lit les signes de la foi catholique sur les petits tableaux du chemin de croix accrochés aux murs, regarde le crucifix sur l'autel, observe la hauteur de la coupole et imagine pouvoir peupler ce vide de sons : dans combien d'espace se dilaterait sa voix, sur laquelle celle de sœur Rosalba s'appuierait pour monter, presque sans effort, jusqu'au "si" suraigu, et le confier aux parois pour qu'elles en conservent l'écho, l'ultime vibration. Elle sent courir, à l'intérieur d'elle-même, les notes du dernier duo, *Quando corpus morietur.* Au centre de la nef, Paola s'incline profondément en direction de l'autel ; à la manière des nonnes, un genou à terre, le menton contre la poitrine, et elle reste ainsi un instant, comptant mentalement jusqu'à dix, comme on le lui a enseigné lorsqu'elle est entrée au couvent, adolescente. Puis elle se remet debout et lève la tête ; une sœur de la Charité est en train de se diriger vers elle, ses sandales font résonner le sol de l'église, avec un son que Paola a bien connu, et qu'elle reconnaît. L'odeur de savon et de vinaigre qui se dégage de la silhouette, debout devant elle et qui la regarde avec curiosité, lui est elle aussi familière, de même que,

pour la nonne, ces cheveux courts et cette génu-
flexion particulière sont un indice : il existe un
code de signes, le vocabulaire d'une langue commune. Mais Paola est nu-tête et la nonne l'observe
en se demandant si c'est une volonté de rébellion,
un égarement momentané ou le tracé d'une autre
route, parcourue pour Dieu sait quelle raison. Elle
la salue dans un latin à l'accent français, et Paola
lui répond d'un signe de la tête, sans un mot : il lui
semble important de ne pas céder au langage de
l'état qu'elle a abandonné ; tout de suite après, la
nonne lui pose une question en français, qui est,
pour Paola, une langue totalement inconnue. Elle
se tourne vers John, s'éloigne un peu et les laisse
dialoguer entre eux. La nonne écoute John attentivement, mais elle ne peut s'empêcher de jeter
des regards curieux sur la jeune fille, un peu à
l'écart et qui, elle aussi, essaie de ne pas les regarder avec insistance ; mais elle est attirée par eux,
par leurs propos qu'elle ne comprend pas. A la
fin, John sort un lourd sachet, qui reste presque
suspendu entre lui et la nonne, jusqu'à ce que
celle-ci ose le prendre, puis regarde Paola une dernière fois, encore plus intriguée et plus dubitative
qu'avant.

Ma sœur* *!*", et, en s'inclinant, John prend congé
de la nonne ; il regarde en direction de l'autel, auquel il adresse un léger signe de la tête, un congé
formel à cette entité mystérieuse à laquelle est destiné le geste de remerciement, puis se dirige vers
la sortie. Paola s'approche de lui et sort à son côté ;
dès qu'ils se retrouvent dehors, en pleine lumière,
elle s'appuie au bras de John. La nonne reste au
fond de la nef, tenant le sachet à deux mains, tout
en regardant le couple sortir et franchir le portail

---

* En français dans le texte.

de la Charité. Peut-être se demandera-t-elle si elle a bien fait de prendre l'argent de cet homme dont la compagne est, qui sait ? une femme enlevée à quelqu'un, sans doute à un couvent. Puis elle se tourne vers l'autel, sort par une porte latérale, et disparaît sous les arcades du bâtiment extérieur.

*

Paola remonta les marches de la place, au bras de son amant, en silence et lentement, parmi les gens qui grouillaient et qui, dans leur hâte, les évitaient, tantôt en les heurtant, tantôt en les dépassant, dans un brouhaha confus. La tête de Paola aussi était pleine de confusion. L'église, la nonne de la Charité venue à leur rencontre, le regard qu'elles avaient échangé, la question dans une langue inconnue…

— Que m'a-t-elle demandé ?

— Rien, c'était… Il m'a semblé que ce n'était qu'un salut, elle demandait de quoi tu avais besoin, je crois. Je n'ai pas bien entendu.

— Moi, je crois qu'elle m'a reconnue. Je veux dire, comme l'une d'entre elles. Elle doit penser que je suis en état de péché mortel. Elle va prier pour moi.

— Tu le regrettes ? Silence. John serra alors le bras de Paola contre son flanc, en un geste presque de dépit. Tu le regrettes ?

La réponse fut un silence toujours obstiné, et le regard fuyant de la jeune femme. Ils étaient arrivés sur la place des anciens moulins, un espace arboré comme une île, entre des maisons serrées les unes contre les autres : John se sentait un peu essoufflé, il s'arrêta sous un arbre et prit entre les siennes la main de Paola.

— Tu veux revenir en arrière ? Parler aux sœurs de la Charité et leur demander à rester ici, avec elles ? Tu aurais une place, très semblable à celle que tu avais il y a quelque temps.

— Non.

Et elle repartit sans l'attendre, même si elle ne se rappelait pas de quel côté elle devait aller. Elle regarda autour d'elle, perdue. Elle se battait contre une sensation envahissante, fluide, parfois semblable au flottement d'une idée sans nom ni forme, une bouffée d'air qui la frôlait ; la sœur de la Charité l'avait observée avec une curiosité directe, depuis le calme tranquille du lieu qui était le sien, entre les bancs d'une église pleine de pénombre. Une femme, dans sa maison bien rangée, n'aurait pas été plus à l'aise. La sensation indéfinie prit alors une forme : il existe un lieu à occuper, dans la vie, et une fois qu'on l'a trouvé, la vie a un sens. Voilà tout. Une onde légère, comme un petit sursaut, lui fit tourner la tête vers le tilleul auquel John était resté appuyé.

Ils quittèrent Marseille le lendemain. Dans la diligence, avantagés par la légèreté de leurs bagages, ils trouvèrent une place jusqu'à Clermont-Ferrand.

Que de choses se sont passées depuis que nous avons mis la petite poupée Paola dans une coquille de noix, et que nous avons soufflé sur les voiles pour qu'elle prenne le large, dans l'eau d'une cuvette ! Ce qui ressemblait à une cuvette s'est révélé si vaste et si immense que la poupée a fini par ne plus être telle ; elle a grandi, à la fois mentalement et physiquement, au point de ne plus tenir dans les vêtements qu'elle portait au début de sa fuite. Elle doit avoir besoin d'une robe neuve, de lingerie neuve, d'une coiffe dans laquelle rassembler ses cheveux, qui ne sont plus courts. Son amant lui a dit qu'à Clermont, où ils s'arrêteront peut-être quelques jours, ils chercheront, ils trouveront le nécessaire afin que, à partir de maintenant, elle puisse ressembler à une jeune femme en compagnie de son mari ; en train de se rendre, suggère l'homme à l'intention des curieux qu'ils pourraient rencontrer, à Paris.

Il fallut cinq jours à nos voyageurs pour atteindre l'Auvergne : un voyage long et fatigant, dans une voiture aux sièges étroits. Plus de deux cents milles à parcourir, des gens différents à chaque étape, et des relais de poste, des paysages changeants et des langues différentes auxquelles Paola ne comprenait rien, à part le concert des sons, l'acuité frivole de certaines voix, pas seulement féminines, contrastant avec le timbre chaud de John, viril et rassurant. Le sixième jour, ils atteignirent la ville noire. Le voyage de la diligence finissait là. Dans l'auberge où ils arrivèrent, il ne fut pas difficile de trouver un logement pour deux. Ils seraient peu nombreux à poursuivre le voyage, et l'auberge était presque vide. Ils y restèrent trois jours, le temps, pour John, de dénicher un moyen d'aller à Calais. John, toujours lui, trouva également un atelier de couture qui se consacra à la garde-robe, essentielle, pour la femme de l'Anglais dont on avait volé les bagages à Mende, une étape de leur voyage. Sir John accompagna Paola à l'essayage de deux robes qui furent rapidement cousues, il joua les intermédiaires entre elle et les deux ouvrières auxquelles le patron de l'atelier avait confié ce travail. Lors du dernier essayage, quand l'une des cousettes demanda s'il fallait jeter la vieille robe de madame, Paola fit signe que non. Elle se la fit emballer avec soin et prit le paquet sous son bras, laissant John porter le reste de son nouveau trousseau.

— Eh bien ? lui demanda John en la regardant, admiratif devant sa nouvelle robe et son allure.

Combien de temps s'était écoulé depuis que, à bord du navire, il s'était retrouvé devant un mousse sale et dépenaillé ?

— Il me faut du temps, je dois m'habituer petit à petit. Pour l'instant, tout est nouveau.

— Tu es très fascinante, ainsi. Elle lui sourit, presque sournoise, serrant le paquet avec la vieille robe. Pourquoi n'as-tu pas voulu la jeter ? Elle est trop courte, trop serrée pour toi.

Elle secoua la tête sans répondre. Ils traversèrent Clermont-Ferrand à pas lents, passèrent devant la cathédrale sombre, où elle refusa d'entrer : le noir de la pierre de lave lui donnait une impression de menace. Ils se retirèrent vite dans la chambre ; Paola était en train de s'habituer au caractère provisoire de ces espaces chaque jour différents, anonymes, à l'intérieur desquels elle se sentait en sécurité et ignorée de tous. Ils étalèrent l'autre robe neuve sur le lit, ainsi que la lingerie et les deux coiffes. C'était un après-midi ensoleillé, et, bien que la chambre donnât sur une rue étroite, un soleil tiède entrait par la fenêtre, et la robe étalée avait des tonalités moirées.

— Essaie-la encore, pour moi.

Elle se déshabilla, docile, enleva, avec un peu d'embarras, vêtements et sous-vêtements en lin, dénuda son corps qui semblait encore bruni par la mer, et s'apprêta à recevoir ses caresses, car elle savait bien que la robe n'était qu'un prétexte à leurs jeux. Tant qu'ils étaient suspendus dans le temps, et en voyage, tout semblait possible, même l'idée que les autres les avaient oubliés. Elle se rappela, à ce moment-là, un autre carrosse, et l'audace de sa fuite du couvent ; elle pensa, avec une pointe de remords, qu'elle ne s'était même pas retournée, alors, pour voir si celle qui l'aidait à conquérir sa liberté avait levé la main, en un dernier adieu. Elle avait tourné le dos à tout, et le bruit sec de la portière qui se fermait avait été la musique de cet adieu rapide. Alors que, maintenant que la tranquillité de la chambre et le repos de l'amour la laissaient en suspens, sans but, elle revit la silhouette encadrée dans la porte du verger, sombre et absorbée par l'obscurité de la nuit finissante. Elle se demanda si sœur Rosalba s'était rendormie paisiblement dans sa cellule, cette nuit-là. Sa belle voix de soprano illuminait-elle encore, à elle seule, la pesante obscurité de Sainte-Radegonde ?

*

En réalité, le départ de Paola Pietra n'a pas seulement tranché le cordon qui la reliait au couvent, il a aussi coupé les cordes vocales de la soprano Rosalba Guenzani. Le couvent et l'église étaient devenus des lieux plus ombreux, mais sans confort, malgré la progression de l'été milanais, avec les journées de plus en plus longues et étouffantes. Les messes s'adressaient à quelques fidèles, surtout des femmes âgées qui suivaient la voix monotone du chanoine, et les nonnes marmonnaient elles aussi, avec une même monotonie, les réponses, dans un latin incompréhensible. Il y a plus de foi et moins de mondanité, pensait l'abbesse. La conséquence était que, entre elle et sœur Rosalba Guenzani, soufflait un air glacé, sous des dehors polis. Et soupçonneux. Dans l'esprit de la supérieure, rien n'allégeait la responsabilité de la nonne, responsable d'avoir excessivement cultivé un art mondain, et aussi, plus grave encore, d'avoir su quelque chose – sans jamais l'admettre – sur cette fatale nuit de Pâques.

Dans le cabinet de travail de la mère abbesse, la chaleur de juin ne pénétrait pas encore ; sur son habit, aucune goutte de sueur, la guimpe blanche amidonnée, qu'elle lissait de ses doigts habiles, était fraîche au contact de la peau. L'abbesse était en train de lire attentivement les documents officiels envoyés par le gouverneur de Milan, le maigre et sec Wirich von Daun, archiduc d'Autriche, qui s'était peut-être repenti d'avoir fourré son nez dans l'histoire de la fuite de la comtesse, mais qui ne pouvait se dispenser, à présent, d'aller jusqu'au bout. Dans ces documents, on insistait sur la disparition de la jeune fille, on la supposait aux mains des pirates berbères, mais une note, nouvelle et inquiétante, apparaissait dans les informations jointes, fraîchement parvenues de France : on y disait que, en fait, le vaisseau d'Alvise Barbaran avait fini par entrer dans le port de Marseille, où il ne s'était pas arrêté longtemps, faute de marchandises à décharger, vide et dépouillé de tout à la suite de l'assaut près des côtes sardes, où il n'avait subi que peu de pertes humaines. Si bien qu'il avait pu reprendre son voyage en direction du Portugal, puis du Nord de la France, avec une nouvelle cargaison. Mais à l'arrivée du navire à Marseille, aucun des hommes de Son Excellence, aucun des fonctionnaires de l'Eglise n'était présent en ville. L'abbesse lut plusieurs fois le document ; elle commença à soupçonner que les faibles pertes humaines annoncées par le capitaine ne comprenaient pas la comtesse Paola Pietra, dont on ne disait mot. Quelque chose, dans le message envoyé par le vice-roi, ouvrait une faille dans la certitude de la fin, tragique, mais néanmoins certaine, de l'aventure de la nonne. Peut-être ne s'était-elle pas retrouvée aux mains des pirates ! Elle était restée à bord du navire, puis avait débarqué à Marseille, selon les prévisions de l'aristocrate autrichien. La mère abbesse nourrissait une aversion profonde pour le doute, celui-ci déplaît aux religieux, même s'il s'agit de doute purement terrestre. Soudain, son cabinet de travail lui parut plus chaud, et les mains de la religieuse, fleuries d'un voile de sueur, tremblèrent légèrement en feuilletant la missive du gouverneur. Dans toute cette incertitude, la dernière contrariété tenait au fait que sa seule interlocutrice perfide était justement la Guenzani, et celle-ci, en personne, avec son seul nom précédé de l'article, apparut dans l'esprit de la supérieure. Elle la fit appeler et, en attendant, relut les quelques pages qu'elle avait déjà parcourues plusieurs fois ; et entre-temps mûrissait la décision qui lui semblait, peu à peu, inévitable. Aviser les autorités de la curie romaine et Sa Sainteté. "J'ai bon espoir que, cette personne étant vivante, et plus près de nous qu'on ne le croit, on puisse trouver le moyen de la ramener à la raison et à la foi. Et l'incertitude dans laquelle nous vivrons, dans cette attente, sera consacrée à la prière pour le salut de notre sœur." Elle dit tout cela à sœur Rosalba, après lui avoir exposé les nouveaux éléments du problème, et l'autre écouta attentivement, sans laisser transparaître la moindre émotion. L'abbesse, à son tour, resta silencieuse, le temps que le sujet entrât bien dans l'esprit de sa subalterne. Si elle avait du sang dans les veines, elle devait réagir, d'une manière ou d'une autre !

— Soyez sûre, ma mère, que je prierai pour elle.

Rien d'autre, et ces paroles sonnèrent comme une provocation aux oreilles de la mère supérieure, qui attendit encore un instant, en vain.

— Que Dieu lise votre prière avec charité.

C'est ainsi que l'abbesse congédia sœur Rosalba. Sortie du cabinet de la supérieure, celle-ci fila droit vers la chapelle en face de l'église. L'une et l'autre étaient vides, près des stalles des nonnes se trouvait un petit orgue avec lequel elle avait accompagné le chant de ses sœurs. Au lieu de lire dans son cœur, Dieu, cette fois, lui ferait le plaisir de l'écouter ! Elle souleva le drap qui protégeait les touches et remua les doigts au-dessus du clavier, s'assit et commença à actionner les pédales pour faire pénétrer l'air dans les tuyaux. Elle connaissait de mémoire le morceau du *Stabat Mater*, *Inflammatus et accensus*, là où contralto et soprano semblent monter et descendre agilement l'échelle entre terre et ciel, et elle le joua. Sans les voix, ce n'était qu'une toile qui attend la couleur.

Clermont-Ferrand, Bourges, Paris, Calais : la France est un long ruban de routes blanches, fatigantes, étrangères, d'auberges auxquelles ils doivent s'adapter en sachant que la nuit prochaine, qu'elle soit plus claire ou plus noire que celle-ci, les verra ailleurs. Ils sont ensemble quoi qu'il en coûte, ils en acceptent le prix, quel qu'il soit, et font semblant, en toute honnêteté, d'ignorer le malaise que leur procure leur situation, au nom de l'émotion amoureuse. Contrairement au mariage, l'histoire de deux amants n'a pas besoin d'avenir. Mais Calais est un point fixe. Au-delà de la Manche, finie l'imprécision du vagabondage, finie la fuite et, avec elle, l'aventure. Pendant qu'ils attendent de s'embarquer pour les côtes anglaises, pendant que Paola respire un air marin différent et une autre couleur de ciel, John est devenu pensif. La nuit précédente, dans l'auberge où ils ont dormi après avoir organisé leur voyage jusqu'à Douvres, il n'a même pas effleuré la jeune femme à côté de lui, dans le lit. C'est l'avenir, justement, qui s'est présenté avec force, avec les insinuations et les doutes qui l'accompagnent toujours, et, dans l'obscurité de la chambre, il a amené ses fantômes. J'ai pensé à presque tout, se dit sir John, j'ai pensé à tout le monde, bien sûr. Ses deux sœurs, dans la maison à l'extérieur de Londres, savent qu'il conduira chez elles une jeune invitée, elles savent qu'elles seront complices d'une grave transgression à la fidélité du mariage ; de surcroît, elle, l'étrangère, est une religieuse catholique qui a abandonné l'habit. Quant à lui, il devra mener une longue et douloureuse bataille contre son épouse, contre la famille de celle-ci et contre la bonne société qui le connaît comme un homme à la carrière sûre et aux principes solides. Elle le connaissait comme tel, et maintenant, elle s'est préparée au choc de cette différence, si déconcertante et excitante. A commencer par Marianne, sa femme, une Anglo-Saxonne filiforme au menton pointu et aux yeux alanguis, bleu-vert ; elle lui a donné deux enfants qui lui ressemblent beaucoup, à elle, et dont elle a pris soin avec une satisfaction orgueilleuse. John ne pense pas encore aux enfants ; selon toute probabilité, ils ne savent rien de la tempête qui les menace et ils vivent dans la normalité, confirmée par l'éloignement – pour raisons de travail – de leur père. John est sûr que sa femme a été à la hauteur d'une situation difficile, et qu'elle a protégé la tranquillité des deux petits garçons, avec une grande maîtrise. C'est sans doute au nom de cette protection qu'il ne les verra pas, du moins, pas tout de suite. C'est mieux ainsi. Il y a aussi son supérieur à la cour, un homme qui lui a donné, au fil du temps, les preuves d'une grande confiance, et qui lui préparait un parcours enviable dans les milieux diplomatiques, alors que lui, John, à Milan, a dévié du droit chemin et abandonné une mission à peine commencée, une toile d'araignée dont les premiers fils sont restés suspendus dans le vide. Sans dommage apparent : quiconque reprendrait le problème en main n'aurait pas grand-chose à rattraper, et le tissage continuerait avec la même précision, sans que l'on remarque la reprise de l'accroc. Mais il y a quand même une reprise, car il y a eu accroc.

Assis sur un banc non loin du port de Calais, avec, à leurs pieds, les quelques bagages emportés, ils se parlent à peine. Les cheveux de Paola, un peu plus longs, ont été rassemblés en un petit chignon, mais il se défait continuellement, et elle laisse retomber sur son cou bruni les mèches rebelles. La robe de Clermont a l'élégance un peu frivole de la mode française, c'est une tenue qu'elle porte avec une certaine gêne ; au début, les regards de John l'ont flattée, mais ensuite, elle a douté d'elle-même. La robe est un masque auquel elle s'est adaptée, mais difficilement. Elle se demande si la nudité nocturne, à laquelle elle s'est habituée, puis cet uniforme masculin auquel elle a dû son salut, à bord du navire, ne l'ont pas rendue étrangère au culte de l'apparence qu'elle voit autour d'elle, et qu'elle supporte mal, sur elle. Dans sa valise, il y a la vieille robe noire et inélégante de la fuite, celle qui l'avait délivrée de l'habit de bénédictine. Par reconnaissance, ou pour la garder en souvenir, elle ne l'a pas jetée. Elle se dit, avec une pointe de nostalgie, que c'est sa robe de mariée. Bientôt, on les appellera pour l'embarquement ; sur le quai, les gens et les marchandises ne cessent d'aller et venir, on entend les cris habituels de tous les ports, et bientôt, le chaos cédera la place à la montée, en bon ordre, jusqu'au pont du navire ; là, les gens se débrouilleront pour se trouver une tanière momentanée. C'est un voyage relativement court.

Je pense à elle, religieuse défroquée, pendant que, appuyée à mon compagnon dans l'intimité de la foule qui se presse, j'attends, moi aussi, l'appel pour l'embarquement.

Le trajet de Douvres à Sevenoaks fut la dernière étape de ce voyage. La diligence qui les accueillit, sitôt débarqués, voyagerait avec peu de passagers, quelques-uns se rendaient à Londres, d'autres, encore moins nombreux, s'arrêtaient en route. John n'en connaissait aucun. Il fit asseoir Paola près de la fenêtre de la voiture, il voulait qu'elle voie, dans la lumière un peu voilée d'un après-midi ensoleillé, la terre où elle était destinée à vivre. Peut-être. En y revenant avec elle, il se sentait partagé entre l'émotion de retrouver les lieux qui étaient les siens, et la crainte que la jeune femme ne les trouve hostiles ; pourtant, le vert de ce début d'été n'était guère différent de la plaine d'où il l'avait enlevée. Mais ces collines au relief si faible ! Pour elle, habituée à la silhouette des montagnes qui, par temps lumineux, semblaient bondir sur la ville de Milan, ces collines devaient paraître bien insignifiantes, et ennuyeuses.

— Je ne pourrai avoir aucune conversation avec tes sœurs, si tu n'es pas là. Pendant longtemps, je ne pourrai rien dire. Comme une muette, fit-elle remarquer, sortant d'un long silence.

En même temps, sa curiosité s'éveillait autour du paysage et des fermes qu'elle voyait : des maisonnettes au toit de chaume, et, au loin, un édifice prétentieux, rougeâtre, une demeure aristocratique un peu plus en hauteur, dominant la campagne que la diligence traversait.

— Tu apprendras l'anglais. Sans difficulté, j'en suis sûr. Tu as de l'oreille, et puis nous t'aiderons, mes sœurs et moi. C'est une langue plus sauvage que la tienne, je le sais. Déjà, mon italien a dû te le faire sentir, non ?

Et, tout en lui serrant la main d'un geste plus nerveux qu'affectueux, il suivait le regard de la jeune femme. Revoir avec elle les maisons et le château était, qui sait pourquoi, embarrassant ; il était conscient de les lire avec l'inquiétude de qui offre un cadeau dont il n'est pas sûr, et qui doit interpréter la réaction du destinataire, la deviner au moindre signe – une pointe de plaisir ou de déception ? Sans doute de désillusion.

— Où la diligence nous laissera-t-elle ? Près de chez toi ?

— Dès que nous aurons traversé le village, un peu à l'extérieur, au début d'une longue allée qui conduit à la maison de ma famille. Nous sommes venus ici de Penzance, il y a de nombreuses années. J'étais un petit garçon…

Et il s'interrompit, afin de bien laisser sédimenter cette image de lui-même, enfant. Il s'imagina, à juste titre, que l'intrusion de son passé d'adolescent devait jouer un rôle non négligeable dans la tête de Paola, et en effet, elle fixa le visage de John, cherchant les traces, pour elle illisibles, de celui qui, des années auparavant, avait été le petit seigneur de cette allée, et de la maison, tout au bout. Elle se blottit contre lui, pour goûter l'intimité qu'elle avait avec l'homme de maintenant, chargé de la conduire vers l'adolescent d'alors. Ils traversèrent Sevenoaks, qui n'était rien d'autre qu'un petit village, entrèrent dans la campagne constellée de brebis et, à l'entrée d'une longue allée de charmes, la diligence s'arrêta. Paola crut que son cœur allait éclater : l'inconnu qu'avait représenté la mer sur le bateau d'Alvise Barbaran, les chambres étrangères dans lesquelles ils avaient passé tant de nuits, les diligences qui les avaient conduits du Sud au Nord de la France : il lui sembla que tout cela avait été plus facile que d'affronter ce moment. Elle descendit de la voiture et trébucha sur le marchepied, salissant, avec le talon de ses chaussures, l'ourlet de sa robe, et elle demanda à John qui, chevaleresque, s'était emparé de sa valise, de la lui laisser porter.

— Je ne peux pas te permettre de porter...

— Ah, je t'en prie !

Il ne comprit pas tout de suite que Paola voulait s'ancrer à quelque chose pour ne pas naufrager, et il ne céda qu'en sentant la sueur froide de la main qui lui prenait, de force, le léger bagage. Il secoua la tête, doucement contrarié, et la laissa faire. Le terreau et les graviers, sous leurs pas, produisaient une cantilène sonore, et pourtant, personne ne semblait les entendre, alentour ; la maison était encore loin, et les prés, de part et d'autre de l'allée, semblaient déserts. A mesure qu'ils approchaient, l'édifice apparaissait entièrement, il n'était pas grand, mais imposant, avec un escalier d'accès en pierre foncée, et un tympan, tout aussi foncé. On voyait la grande porte centrale en bois massif, et les vitres des fenêtres du premier étage, sur lesquelles se reflétait le soleil couchant. La journée s'achevait sur un coucher de soleil aux teintes dorées.

Deux sœurs, deux femmes d'un certain âge, pour l'époque, et malchanceuses. Malgré le renom de la famille et un patrimoine conséquent, elles n'étaient jamais sorties de la sphère paternelle ; et la mort de leur père les avait mises en situation de ne plus quitter ce lieu qui, de privilégié, était devenu contraignant. Elles se fanaient à petit feu, vieilles filles protégées par une rente qui, sans que l'on sût pourquoi, ne suscitait la convoitise de personne. La carrière et le mariage de leur frère, le seul garçon de la famille, ne leur avaient ouvert aucune perspective ; plus jeunes que lui, elles avaient fini par participer à son histoire, toujours et uniquement en spectatrices. Elles se souvenaient toutes deux de l'émotion et de l'excitation au moment de ses noces, et comment elles regardaient autour d'elles les nombreux invités à la fête, dans le parc de la maison de la mariée, elle aussi haut placée et avec un cortège de connaissances. Parmi celles-ci, les deux sœurs, encore jeunes filles en fleur, avaient espéré trouver sans peine, chacune, son propre bonheur. Mais la fête était passée, la nouvelle parentèle s'était consolidée, il y avait eu ensuite le baptême des deux fils de leur frère, toujours la présence d'hôtes de marque dans la chapelle familiale ; mais concernant les hommes, la plupart s'étaient présentés à ces deux rendez-vous rituels en compagnie d'une fiancée, quand ce n'était pas déjà une épouse, affaiblissant ainsi les espérances des deux filles de la maison, désormais âgées. Trente-quatre et trente-cinq ans, et presque plus rien à espérer de l'avenir, à part une vieillesse à l'abri des soucis économiques. Et donc, la lettre circonspecte de leur frère, l'annonce d'un retour à la maison, sous le signe d'un double bouleversement tel qu'un divorce et la liaison avec une jeune nonne défroquée, avaient eu un effet indéfinissable sur leur humeur. Indéfinissable pour elles, en premier lieu. Quelque chose changeait dans la ligne de leur vie, et il s'ensuivit que, encore insatisfaites d'un sort peu propice, elles accueillirent ce changement comme une bouffée d'air frais après une longue canicule. Et surtout, il y avait aussi, au plus profond du cœur de chacune,

une pointe de satisfaction acidulée, bien cachée, à l'égard de cette belle dame, comme tout le monde considérait leur belle-sœur. Se réjouir du malheur d'autrui, ce n'est pas grand-chose, mais parfois, ce n'est pas négligeable, lorsqu'une antipathie personnelle rouille, de jour en jour, les jointures de l'âme. L'avril anglais était encore froid et pluvieux, quand, au petit-déjeuner, dans la salle à manger, les deux femmes avaient lu le message, un peu confus, de leur frère. La plus jeune, que nous appellerons Margaret et qui était frappée d'une myopie qui gâchait son visage avec une paire de lunettes, avait été secouée d'un frisson et s'était levée pour se rapprocher du feu. En revanche, l'aînée, Charlotte, était restée assise, la lettre à la main, effleurant la porcelaine de Meissen dans laquelle elle avait laissé intact son porridge.

— Je ne me serais jamais attendue à ça. Et toi ?

— Penses-tu !

Et Margaret laissa échapper cette considération élaborée, avec un filet de voix.

— Il est normal qu'il demande notre appui, ça oui. Mais il me semble quelque peu embarrassant de le lui accorder. Je n'arrive pas à imaginer, en ce moment, ce que dirait notre père…

Charlotte écarta, de son front, une mèche rebelle, et regarda sa sœur, avec inquiétude.

— Tu n'arrives pas à imaginer ? Moi, oui… et sans difficulté. Porte close devant cette nouvelle venue. Une catholique tirée d'un couvent, et Dieu sait quelles histoires avec l'Eglise de Rome ! Notre père n'aurait pas eu une once de doute.

Le visage de Margaret était rouge, mais peut-être à cause de la cheminée.

— Il est mort il y a des années. Et maintenant, il dépend de nous que la porte de cette maison soit ouverte ou fermée.

Charlotte était blonde, les joues rebondies, le menton court et les yeux pervenche, une expression sérieuse soulignée par le pli des lèvres, qui s'incurvaient sur une petite bouche. Il s'en était fallu de bien peu qu'elle fût une belle fille ! Eh bien, sa mémoire, qui conservait les attentions et les regards flatteurs recueillis durant les années de sa jeunesse, puis disparus dans le néant, la mettaient dans de meilleures dispositions vis-à-vis de l'histoire d'amour qu'elle avait là, entre les mains, sous forme de lettre. Margaret ne pouvait avoir de tels souvenirs ; durant les années où elle avait tenté de ne pas mettre de lunettes pour ne pas s'enlaidir, elle n'avait jamais cueilli de regards intéressés, à son intention. Et cela lui avait ôté toute velléité d'indulgence. Mais elle était la benjamine.

— Alors, tu penses qu'il voudra… qu'ils viendront ici ? demanda-t-elle, pensive.

En même temps, elle imaginait l'espace de la salle à manger, et leur salon de travail, et le bureau avec la bibliothèque, qui avait appartenu à leur père, parcourus par une ombre sans silhouette ni visage, qui prendrait de la place, exigerait des attentions, et…

— Où pourraient-ils aller, sinon ? Ce que je ne peux pas imaginer, c'est justement cela ! Et j'ignore ce que Marianne sait déjà de cette histoire. Ici, John ne dit rien.

Et elle se mordilla les ongles, avec une coquetterie que, petite, elle ne pouvait pas se permettre et qui était devenue une forme de consolation, dans les moments difficiles.

— Tu penses que nous devrions le lui dire, nous ?

— Mais non ! Sûrement pas. Et, au cas où elle viendrait ici avec les enfants, par exemple aujourd'hui, il faut que, toi et moi, nous ayons l'air de ne rien savoir.

— Aujourd'hui ?

— Mais non, c'est une façon de parler. Nous ne l'attendons pas, et nous n'avons eu aucune annonce de sa visite. Je donnais juste un exemple, au cas où nous serions prises de court.

— Ah, bien sûr.

Et elle remonta ses lunettes sur son nez, accompagnant ce geste d'une grimace des lèvres, qui la faisait ressembler à un pékinois qui montre les dents.

C'était le matin, l'air était à la pluie et on était bien, à la maison, à la chaleur de la cheminée ; pourtant, par un instinct commun de réaction au changement qui semblait en cours, dans leur vie, elles sentirent qu'elles avaient besoin d'aller marcher dans le parc, en quête d'espace. Ou d'une issue de secours, peut-être. Le mois suivant, elles n'eurent aucune nouvelle de leur frère ni de leur belle-sœur, qui n'envoyait aucun signe de Londres ; elles passèrent leur temps en élucubrations, et dans l'immobilisme le plus total. Elles conservèrent l'ensemble de leurs habitudes avec une fidélité admirable, mais elles sentaient approcher le grondement d'un orage dont, en fait, elles n'avaient aucune idée. Elles n'en avaient même pas, à proprement parler, peur.

Elle est immense, la distance entre la première page de l'histoire de Paola, et l'allée de charmes qu'elle parcourait maintenant, sa petite valise à la main, et il n'est pas facile de dire dans quelle mesure elle en avait conscience. Elle marchait en essayant de ne pas penser, de ne pas se retourner, ni au sens propre, ni au sens figuré : derrière elle, une longue journée basculait vers un beau coucher de soleil, devant elle, pour la première fois depuis si longtemps, une maison, des personnes qui l'attendaient et connaissaient son existence. Des personnes avec lesquelles elle ne pourrait échanger que des sourires embarrassés et des regards sans doute méfiants. Et John ? Amant et frère. Serait-il toujours, avec elle, l'homme qu'elle avait connu jusque-là ? Ou la famille révèlerait-elle quelque chose de lui que Paola ignorait encore ? "Mes deux sœurs seront très heureuses de m'avoir avec elles, au moins quelque temps !" lui avait-il dit. Et moi ? se demandait Paola. Heureuses de m'avoir, moi aussi ? Et moi, avec elles… Elle marchait en essayant de ne pas y penser, de maîtriser un flot d'images désordonnées, durant les quelques pas qui la séparaient du perron. Personne encore ne se matérialisait, devant la porte d'entrée de la maison. Elle fut tirée de ses pensées par le choc d'un corps qui faillit la jeter à terre, un setter blanc et marron qui l'obligea à s'écarter, pendant qu'il se jetait sur John avec une fureur joyeuse ; puis, des voix qui appelaient et d'autres voix qui se chevauchaient, elles provenaient du haut des marches et se mêlaient, féminines et masculines. C'étaient celles d'un homme âgé et de deux femmes dont Paola vit, confusément, les jupes s'agiter, pendant que l'homme âgé, grommelant et plaisantant, descendait les marches le plus vite possible, pour retenir le chien. Elle se retrouva seule dans l'allée, pendant que John était étouffé par les embrassades, les mots pour elle incompréhensibles, et les jappements du setter. John consacrait à celui-ci des fragments d'attention arrachée aux deux femmes. A la fin, ce fut justement le chien qui remarqua la jeune femme, restée à l'écart. Il la flaira longuement, remontant, avec sa truffe, des chaussures à la robe, et leva le museau vers elle, qui tendit la main en une caresse devant laquelle l'animal recula, méfiant. L'homme, un domestique, s'approcha de Paola, prit sa petite valise en s'inclinant sans souffler mot, et attendit un signe de son maître avant de monter les marches, pendant que John descendait pour donner la main à Paola.

Le tableau se compose et se décompose, je m'aperçois que je dois construire une scène dont les menus détails sont faits de petits pas, de gestes de courtoisie, tenant lieu de langage sans paroles, dans lequel s'inscrit le tournant à imprimer à l'histoire de Paola Pietra : le menuet de câlineries et d'œillades, de complicité et de sous-entendus, de questions non formulées et de réponses sous forme de sourires, qui se veulent rassurantes. Elle est immense, la distance entre l'origine de l'histoire de Paola et le hall de la maison dans laquelle ils l'introduisirent enfin, et qu'elle parcourut du regard, pour le graver dans son esprit tel qu'elle le voyait à ce moment-là. Elle n'avait aucune idée du temps qu'elle passerait là, de la façon dont elle s'y adapterait. Pour le moment, elle était beaucoup plus perdue qu'elle ne se souvenait de l'avoir été la première nuit au couvent ; la familiarité de John avec ce lieu la fit se sentir encore plus étrangère. Elle se dit aussi que, sans doute pour des raisons de convenances, ils la laisseraient dormir seule dans l'une des chambres du premier étage, dont elle entrevoyait l'escalier et la galerie en marbre. Ils la firent entrer au salon, qui était désormais dans la pénombre, lui indiquèrent un fauteuil dans lequel elle s'assit, toute raide, fatiguée du sourire qu'elle devait maintenir en vie à tout prix. Dans le clair-obscur de la pièce, il lui sembla avoir perdu de vue John, et quelque chose, en elle, céda. Elle ferma les yeux et glissa contre le dossier du fauteuil. Elle revint à elle au son d'une voix qui lui parlait sans se soucier d'être comprise, mais qui avait quand même quelque chose d'intense et de profond, au-delà du sens improbable de ce qu'elle disait. Paola ouvrit les yeux et vit, en face d'elle, une femme de haute taille, sculpturale, au visage noir comme l'ébène. Mais ce fut surtout le timbre de la voix qui resta gravé dans son esprit. C'était le plus séduisant qu'elle eût jamais entendu. La femme en robe noire et tablier blanc portait un plateau avec une tasse qu'elle tendit à la jeune fille, et derrière elle s'éleva la voix de John :

— Bois, il n'est pas trop fort. J'ai expliqué à mes sœurs que tu n'es pas habituée au thé, et celui-ci te fera du bien.

Et, ayant pris lui-même la tasse sur le plateau, il dit quelques mots à la femme noire qui s'éloigna, les laissant seuls.

— Qui est-ce ?

— Une femme de service que mes sœurs ont à la maison depuis qu'elle était petite, du vivant de mon père. Par contre, ma mère ne l'a jamais connue. Tu te sens bien ? Il prit sa main encore froide : Nous dînerons bientôt. Elles nous ont attendus et, contrairement à leurs habitudes, elles ont fait préparer le repas à une heure vraiment tardive, pour elles. Il lui serra la main plus fort, s'approcha d'elle, au risque de faire tomber la tasse qu'elle était en train de porter à ses lèvres, et lui chuchota : Elles te trouvent très charmante. Tôt ou tard, elles arriveront à te le dire elles-mêmes ! Il se détacha d'elle, se mit à marcher de long en large et s'arrêta devant la cheminée. Pas demain, évidemment ! Mais un de ces prochains jours, je te laisserai ici et j'irai à Londres. J'ai une tâche précise à y accomplir, et elle n'incombe qu'à moi. Tu me comprends, n'est-ce pas ?

Entre-temps, dans le jardin, la nuit était tombée, et la silhouette de Charlotte, dans l'embrasure de la porte, fut à peine visible. Elle dit quelques mots, et John tendit la main à Paola, pour l'aider à se lever du fauteuil.

*

Le lit, dans la chambre qui lui était destinée, était paré presque luxueusement, mais petit ; dans la penderie avaient été suspendues la robe cousue à Clermont-Ferrand, et la noire, celle de la fuite. Sur la petite table en face du miroir, il y avait tout le nécessaire, de la brosse au peigne, la boîte de poudre, les flacons d'essences de parfums, et, sur le couvre-lit, une chemise de nuit avait été étalée. Paola était en train de l'examiner quand on frappa à la porte, et son amant se glissa entre les deux battants, prudemment ouverts par la jeune femme. Un doigt sur les lèvres, pour demander silence et complicité. Le petit lit fut une tanière bien chaude pour le couple, et la chemise de nuit glissa à terre, dans la fougue des retrouvailles. Lorsqu'il se détacha d'elle, John lui dit qu'il était ému : il n'avait jamais fait l'amour dans la maison de son enfance et de son adolescence. Contrairement à la règle que ses sœurs avaient implicitement édictée, il resta dormir avec Paola et se glissa hors de la chambre au petit matin, habillé à la va-vite, vraiment comme un amant. Le long sommeil de Paola fut interrompu, alors que le soleil était haut, par la voix calme de la servante noire dont elle vit bien, à la lumière qui envahit la chambre aux rideaux ouverts, les traits caractéristiques. La femme lui parlait sans intonation interrogative, et, de nouveau, la voix douce et grave évoqua à Paola une musique, comme lui était apparue, la première fois, la voix de sœur Rosalba.

Elle entra dans la salle à manger alors que le petit-déjeuner avait déjà été servi, elle entra précédée de la femme noire, qui lui avait indiqué le chemin. Charlotte et John se levèrent pour l'accueillir, alors que Margaret parut s'empêtrer dans sa chaise, avant de se lever à son tour. Paola se souvint de la révérence qu'elle devait faire aux deux femmes, elle l'exécuta de son mieux et chercha, dans les yeux de son amant, une approbation, mais ce fut l'aînée qui vint à sa rencontre et qui l'accompagna jusqu'à la chaise prévue pour elle. La situation était totalement inédite pour Paola, inédite surtout parce qu'elle n'était pas dans une situation d'intimité avec son amant, séparés qu'ils étaient par une présence bien antérieure à elle dans l'histoire de John, et qui revendiquait, fût-ce avec une gentillesse formelle, la priorité. Les deux sœurs l'exclurent, même si elles firent usage de leurs meilleures mimiques ; John lui rapportait des fragments de leur conversation et, en même temps, il ne cessait de prêter attention à ses sœurs. Charlotte s'adressa à Paola et lui offrit des triangles de pain grillé, de la confiture, du beurre, tout en lui parlant en anglais, quelques mots relatifs à la nourriture, comme si elle voulait commencer à lui enseigner, à travers la pratique, des éléments de vocabulaire que Paola apprenait par cœur, en répétant le son des mots comme elle pouvait. "Tu as de l'oreille, lui avait dit John, tu verras que tu n'auras pas de mal", au lieu de quoi, elle se sentait malheureuse et, pour la première fois de sa vie, sourde. Elle imagina la déception de son amoureux en la voyant perdue comme une petite fille devant ces jeux de dînette, et eut, un instant, envie de fuir. John lui apparaissait comme estompé sur un fond brumeux, il ne lui était pas facile de le rejoindre au-delà de la barrière de porcelaines et de cristallerie que les deux sœurs avaient érigée entre eux : là, il ne suffisait pas de tendre la main. Alors, elle tendit sa voix, sa belle voix de contralto qu'elle modula sans affectation, et pourtant, sur un ton qui parut impérieux, dominant le babillage des politesses, et elle le fit sans se soucier des maîtresses de maison :

— Comment s'appelle cette géante noire ? Tu ne me l'as pas encore dit. Elle a une belle voix, elle a peut-être appris à chanter, non ?

— Marion ? Non, je ne crois pas, je ne sais pas.

Et en même temps, il s'était tourné vers ses sœurs pour leur donner une idée de la question de Paola. Il semblait embarrassé, son sourire était, de toute évidence, forcé, et ses yeux couraient çà et là, inquiets.

— Tu tiens le monde en équilibre sur ton menton ! lui dit-elle, se moquant d'un de ses traits physiques qu'elle retrouvait chez Margaret.

Il lui ressemblait : en regardant mieux les trois personnes attablées, leurs similitudes physiques lui sautaient aux yeux : derrière ses lunettes rondes, Margaret avait un regard semblable à celui, gris, de son frère, et le même menton effilé qui, quand elle serait vieille, lui donnerait l'aspect d'une sorcière. Alors que Charlotte, au visage court et compact, était dominée par ses yeux bleu pervenche, atténués par une faiblesse, sans doute signe d'un début de myopie.

— Alors, la servante noire s'appelle Marion… J'aimerais que ce soit elle qui m'aide, ici. S'il est permis de demander une aide. Si…

— Mais bien sûr que c'est permis, et si Marion te semble apte à cela. N'est-ce pas, Charlotte ? dit-il, oubliant de passer à l'anglais. Elle te sera attribuée volontiers.

Les deux sœurs avaient assisté à ce dialogue en silence, intriguées. Elles donnèrent leur accord, quand John leur transmit la demande de Paola. Bien sûr qu'elle pouvait se servir de la femme noire ; d'ailleurs, elles prirent cette requête comme une idée farfelue, une bizarrerie de Paola. La servante fut appelée, on lui communiqua le désir de la nouvelle venue et elle écouta attentivement, regarda Paola, sourit et acquiesça de la tête. Ils la congédièrent, et Paola se dit que, bien qu'humiliée par la robe noire et le tablier, la femme avait, dans sa démarche, la majesté d'une reine.

*

La maison de Sevenoaks fut l'île d'un jour, à partir de laquelle John dut prendre le large et aller vers la tempête. Vers Londres, sa maison conjugale, où sa femme l'attendait, sûrement pas pour comprendre (et comment exiger qu'elle comprenne ?), mais plutôt pour combattre et défendre ses positions, comme un soldat, et même mieux. Le mot qu'elle brandirait telle une épée serait "trahison", et détourner le fendant de l'arme était une entreprise quasiment impossible : ce qu'il voulait éviter à tout prix, c'était d'en sortir coupé en deux, mari et amant, bon pour les deux titres que le devoir et la passion lui assignaient jusqu'à ce que l'un des deux, généralement le second, disparût, à cause de l'affaiblissement des émotions et de la lassitude qui finit toujours par frapper un amour. Cette considération, pendant qu'il chevauchait vers la ville, lui apparut comme un leurre, la préméditation d'un piège, et il vit sa femme patiemment aux aguets, certes malheureuse, mais sûre de la victoire que le temps lui offrirait. Il sentit, à ce moment-là, qu'il la haïssait au point d'en désirer l'élimination physique, sauf s'il l'imaginait sereinement ressuscitée, dans un autre lieu et un autre temps, toutes querelles apaisées, un harem édénique dans lequel la mère de ses enfants pourrait dialoguer avec celle qui, en ce moment, lui apparaissait comme la femme de sa vie. Et Paola lui donnerait elle aussi des enfants, jusqu'à ce que, dans une aura de patriarche, il étende paisiblement son ombre sur l'avenir de son nom. Perdu dans une rêverie qui lui avait rendu supportables le temps suspendu du voyage et l'angoisse de la rencontre, il ne s'aperçut pas qu'il était arrivé aux portes de Londres. Il entra dans ce que l'on appelle aujourd'hui Old Kent Road, tourna vers le Black Friars Bridge, tout en voyant, au-delà du fleuve, le dôme de Saint-Paul. Il mit le cheval au pas, avançant en direction du pont pour atteindre Holborn, où se trouvait sa maison. Il parcourait les rues dans une sorte d'automatisme, pendant que le temps et les souvenirs s'écoulaient, entre l'infiniment éloigné et l'infiniment proche. "Depuis combien de temps n'étais-je pas venu à Londres ?" se demanda-t-il. Et, en même temps que sir John, je me le demande moi aussi : depuis combien d'histoires ne suis-je pas venue à Londres ? Et quelle Londres ? Je dois fermer les yeux et imaginer ce que voit sir John en chemin, la forme du Globe, les entrepôts le long du fleuve, d'un côté la banlieue des exclus, de l'autre l'aristocratie. Dans un espace qui, à l'époque, n'était qu'un pré descendant vers la Tamise, avec quelques masures, passait mon pensif cavalier.

Le pont des Frères noirs, les ruelles étroites et les maisons aristocratiques de Holborn. Enfin, cette maison à la grille noire et aux dix marches montant jusqu'à la porte d'entrée, derrière laquelle sir John Breval était attendu : il s'apprêtait à frapper, mais avant qu'il eût posé la main sur le heurtoir, la porte s'ouvrit, le domestique s'effaça pour le laisser passer, avec une déférence déjà étrangère. Il inclina la tête et demanda, très formellement :

— Monsieur a-t-il fait bon voyage ?

— Excellent, merci. Madame…

— Si vous voulez bien l'attendre au salon, monsieur…

Et il le précéda dans la pièce que John et Marianne avaient partagée durant tant de soirées, dans une intimité paisible.

Le domestique ne s'attarda que le temps de dire à son maître d'entrer, puis il prit congé de lui, avec une autre courbette, et le laissa seul. Seul à méditer sur une histoire à liquider, et justement ici, où cette histoire, au fond, avait été heureuse. La fenêtre donnant sur le jardin était un bow-window voilé de rideaux, derrière lesquels on entrevoyait le vert tendre de la pelouse ; les enfants avaient joué là, ils y jouaient sûrement encore, mais en ce moment on ne les voyait pas, tout était silencieux et en ordre. Un genre d'ordre que lui aussi avait beaucoup aimé en son temps, miroir d'une vie sans surprises, sans accrocs : dans ce salon, il aurait pu se déplacer les yeux fermés, car il savait parfaitement où se trouvaient les objets et quels pas, quels gestes il devait faire pour ne rien heurter. Les meubles choisis ensemble, les ententes, les désaccords et les petites batailles, les concessions de l'un aux goûts de l'autre, la tapisserie qu'il ne voulait pas et que Marianne, au contraire, avait trouvée si adaptée ! Au-dessus de la cheminée trônait un grand miroir dans lequel s'encadrait la porte. Dans le miroir de la porte s'encadra la silhouette de Marianne.

Si grande, si maigre et pâle ! La robe claire soulignait l'aspect évanescent et fatigué de la femme.

Et son âge. John se tourna, alla à sa rencontre, mais s'arrêta, à un geste qu'elle fit, mou et pourtant impérieux. Elle lui indiqua le fauteuil à côté de la cheminée, et s'assit sur celui d'en face. Il y avait quelque chose d'irréel dans cette politesse, ils auraient pu parler botanique, signer un contrat de vente, discuter de la valeur d'un tableau, tout, sauf régler les problèmes relatifs à une crise conjugale. Mais les apparences s'effondrèrent au premier impact des mots. Il suffit de son prénom, "Marianne !", prononcé par son mari avec une tendresse involontaire, pour bousculer le tableau. Le visage de la femme s'altéra et se déforma, dans la tentative de maîtriser l'émotion qui lui nouait la gorge, et qui se dénoua, dans des pleurs incoercibles.

— Ah non ! Je t'en prie, pas ça. Essayons de parler et de clarifier les choses. Mary, nous avons partagé, jusqu'ici, une vie… une vie heureuse.

Non, ce n'était pas la bonne méthode, ce n'était pas la bonne façon de rappeler un bonheur perdu sans raison, et John s'arrêta, faute d'arguments, réfrénant le désir, pour lui aussi surprenant, de se pencher sur sa femme, de la consoler et d'apaiser les sanglots qui la secouaient.

— Marianne, oh mon Dieu, tu m'es si chère…

Il saisit alors, dans l'expression de la femme, une stupeur si soudaine, si éloignée des pleurs et du désespoir, qu'il comprit que, sans le vouloir, il avait dit quelque chose de stupéfiant.

— Chère ? Moi, pour toi ? Qu'es-tu venu me raconter ?

Ce n'était pas de la malice ou de la provocation, mais une vraie question, car, dans la tête de Marianne, une impression vertigineuse faisait son chemin : tout n'était peut-être qu'un malentendu, et la lettre une invention, un jeu. Et donc, son mari, ici et maintenant, était peut-être le même homme que celui dont elle avait pris congé quelques mois auparavant, avec un baiser affectueux, sinon passionné. Du reste, la passion n'entrait pas dans les catégories de cette femme, elle ne l'avait connue qu'à travers des rêveries adolescentes, effacées par la solidité du mariage. Il lui importait peu de la connaître, cette sorcellerie n'était qu'un dommage infligé à la sérénité, une inquiétude dangereuse. Entre les larmes encore immobiles sur ses cils, elle regardait John et attendait, bouche entrouverte.

— Je suis venu te dire que mon affection pour toi est... est inchangée. Mais, en le disant, il détourna les yeux : Je veux dire l'affection. Le dévouement... tu es la mère de mes enfants... Pourtant, j'aime une autre femme. Voilà ce que je suis venu te dire.

Et il s'assit enfin, épuisé. Le fauteuil, le sien, celui où il avait passé tant de moments de repos, l'engloutit dans une étreinte dont il se détacha aussitôt, car il ne pouvait pas, il ne devait pas. Il leva les yeux sur sa femme. Les larmes avaient repris leur cours dans les yeux de Marianne, elles descendaient, régulières, presque sans porter atteinte à la porcelaine des joues, même si, oui, elles striaient un peu la compacité de la poudre. Elle avait fermé la bouche, aucun sanglot ne secouait sa poitrine. Le fait est qu'elle ne comprenait pas bien : tout était comme il le fallait, elle était assise dans le salon de sa propre maison, l'homme, en face d'elle, était son mari, et il lui disait qu'il l'aimait. Tout était comme il le fallait, il y avait juste un fragment de discours importun. Marianne était de ces femmes pour qui deux et deux font quatre ; la lettre de John, passée sous ses yeux incrédules et stupéfaits, avait provoqué en elle une douleur immense, quand elle avait compris. Dans cette lettre, elle avait lu la trahison et l'abandon, écrits noir sur blanc. Mais maintenant, dans sa voix et dans ses mots, à part cette précision, *j'aime une autre femme*, les contours s'estompaient, et il ne ressemblait plus à l'homme sûr de lui qui, de Milan, lui avait annoncé un changement radical. Durant les jours de l'attente, elle avait même pensé voir arriver une autre physionomie, alors que c'était toujours John, là, assis dans le fauteuil qui était le sien. Il n'avait absolument pas changé, il était juste embarrassé, comme lorsqu'il s'était présenté pour demander la main de Marianne à son père. Elle le regarda mieux, à travers ses larmes : il semblait plus jeune, et la fatigue d'un voyage long et pénible ne voilait pas son regard. En fait, il avait changé.

— John ! Elle essaya de l'appeler pas son prénom, s'entendit prononcer le prénom habituel avec hésitation, comme si elle tâtait sous ses pieds un terrain peu sûr. Que signifie ce que tu me dis ? Et qu'en sera-t-il de nous ? Que veux-tu faire de nous ?

Le silence régnait dans la pièce, et la question pendait dans le vide, comme un fil dont on aurait lâché un bout.

— Je crois que tu peux l'imaginer. Si je te parle d'une femme que j'aime, à toi qui es encore ma femme, et si je ne te cache rien, c'est parce que je ne veux pas avoir deux vies. Jusqu'à présent, je me suis caché pour la protéger, elle, qui est maintenant en Angleterre, en sécurité, et donc…

— Qui est-ce ?

— Je t'en ai un peu parlé, dans ma lettre…

— Une nonne à la très belle voix. N'est-ce pas ? Raconte-moi ! Je peux apprendre quelque chose sur toi, que je n'ai pas connu en tant d'années de mariage. Si tu m'aimes, raconte-moi.

Les larmes avaient lavé toute la poudre, et le visage de Marianne était nu : il ne put que la regarder avec admiration. Ce n'était pas le dialogue auquel il s'était attendu. Il poussa un soupir, sa voix sortit avec difficulté, il dut toussoter pour s'éclaircir la gorge et l'esprit, puis :

— Je crois t'avoir écrit certaines choses sur elle… Elle s'appelle Paola, c'est la fille d'un comte milanais…

D'instinct, et par une solide habitude de la discrétion, je serais d'avis de sortir et de laisser seuls mari et femme, tant qu'ils sont encore tels. Et enfin, ce n'est pas qu'un problème de discrétion, bien que, peut-être, celle-ci ne soit pas une saine habitude, pour un narrateur. Je devrais rester là, dans le salon d'une maison de la moyenne noblesse anglaise, et recueillir les voix d'une discussion qui reste sur le fil de la bonne éducation, mais c'est un de ces fils coupants, qui, sans faire saigner, provoque des plaies durables. Et, malgré tout, je reste à l'extérieur, au pied de l'escalier menant à l'entrée de la maison des Breval. De là, peut-être dans une heure, sir John sortira, le visage altéré, fatigué. Maintenant, plus que jamais, il aura besoin de compagnie, d'un regard attentif et ami. Les quelques milles qu'il doit parcourir à cheval, pour retourner à Sevenoaks, ne seront pas une sinécure. C'est sa traversée de la mer Rouge, sur l'autre rivage se trouve la Terre promise, de ce côté-ci, la vieille habitude de l'esclavage d'Egypte, dont il doit se défaire. Et pourtant, il n'éprouve pas, il n'éprouvera aucun sentiment de haine pour Marianne, et cela peut paraître un paradoxe, mais c'est un poids supplémentaire à porter. Je l'attends ici, pour affronter le voyage du retour.

*

— La petite s'est liée d'amitié avec le chien, dit Charlotte en voyant, par la fenêtre du bureau, Paola à côté du setter, dans le jardin.

C'était la fin de la matinée, John était parti pour Londres à l'aube ; il y avait un beau soleil frais. La villa Breval était un dé jeté au milieu d'une vaste étendue verte et, perdus dans le pré, la jeune fille et le chien semblaient les seuls êtres vivants, sur des milles de terrain.

— Oui, j'ai la même impression. Mais... n'a-t-elle pas une manière de faire plutôt incorrecte ? Regarde !

Margaret montra à sa sœur l'étrange posture de la jeune femme qui jouait avec le chien : ses jupes étaient soulevées au-dessus des genoux, le chien lui tournait autour en lui flairant les chevilles, et elle tournait sur elle-même, pendant que le setter flairait la peau nue et ambrée. Elle ne portait pas de bas. Les deux sœurs l'observaient, la plus jeune sur la pointe des pieds, afin d'élargir son champ visuel. Charlotte serra les lèvres, son menton, petit et charnu, eut une ébauche de tremblement. Elle ne fit aucun commentaire.

— John sera de retour dans combien de temps ? demanda Margaret.

— Pas avant ce soir.

— Ils ne seront jamais mari et femme, et elle avança le menton, pour indiquer Paola dans le pré. Et ça, ce n'est pas bien.

— Non, s'il en était ainsi, ce ne serait pas bien. Mais nous ne savons rien de précis pour l'instant. Quoi qu'il en soit, il faudra du temps. A condition que Marianne, de son côté... sera-t-elle assez généreuse pour accepter le divorce ?

— Je ne vois pas pourquoi elle devrait l'être. C'est mon frère, mais n'empêche que son histoire est – elle déglutit – une histoire problématique.

— Oui, vue de l'extérieur, c'est une histoire problématique. Mais il ne s'agit que de ton, de notre point de vue. Et il n'y a encore rien de défini, sinon qu'il est vraiment attaché à elle, à cette jeune fille ; vues de près, et de l'intérieur, les choses peuvent être très différentes.

— Une nonne ! Charlotte, tu es toujours pleine de bonne volonté ! Mais j'ai l'impression que, cette fois, tu te trompes : de l'extérieur et de l'intérieur, cette histoire est une folie. Et il n'est pas dit qu'elle ne jettera pas quelque discrédit sur nous aussi, la famille. Je ne parle pas des enfants. Quand ils comprendront que leur père les a abandonnés pour une nonne…

— Il ne les a pas abandonnés. Il pensera à eux autant qu'avant, et même plus. Je connais mon frère. Elle aurait volontiers ajouté : "Et je te connais, toi aussi", mais elle s'arrêta avant de susciter un contentieux. Elle se passa la main sur le front, se massa la tempe gauche. Je crois que j'ai un sacré mal de tête, Margaret, et avec nos bavardages, nous ne résoudrons rien.

Elle s'éloigna de la fenêtre, alla s'allonger sur le divan, les yeux fermés.

— Voilà que ça te reprend ! Cela t'arrive si fréquemment, ces derniers temps… Tu as encore la nausée ?

— Non, juste mal à la tête.

— Tu veux quelque chose ? J'appelle Marion, si elle n'est pas occupée avec la demoiselle…

Charlotte n'apprécia pas la pointe de sarcasme avec laquelle sa sœur évoquait Paola, mais elle se contenta de dire que, non, elle n'avait besoin que de silence.

— Bien sûr. Je me tais et je sors. Tout de suite.

Elle se dirigea vers la porte qui, à Charlotte, parut se trouver à une distance exaspérante. Elle entendit tourner la poignée, les gonds grincèrent un peu, puis le silence, la porte était encore ouverte, elle le savait même de là où elle était, les yeux fermés. Sa sœur avait encore autre chose à lui dire, et en effet :

— De Milan, ou peut-être de Rome, de Rome directement, si quelque chose devait arriver...

Mais Charlotte garda les yeux fermés, sans faire un geste, comme si elle n'avait pas entendu. Et finalement, la porte se referma.

En juin, Milan était déjà torride. L'eau des canaux d'irrigation dégageait des effluves de pourriture, et même dans la fraîcheur de l'église flottait une odeur de moisi. Les bougies fondaient trop vite, et il fallait veiller à la propreté du petit bassin dans lequel elles étaient fixées. Quelques nonnes, le visage voilé pour ne pas être vues, aux heures où l'église était fermée, étaient responsables de cette tâche : elles devaient lustrer le pavement, dépoussiérer les bancs et les statues, dans les niches des chapelles. A tour de rôle, deux nonnes travaillaient dans un accoutrement qui les cachait, mais avec les manches de leur robe retroussées, attachées au-dessus des coudes par une ficelle, pour pouvoir plonger aisément les bras dans le seau d'eau. Le voile qui leur couvrait le visage et qui leur descendait jusqu'à la taille était, lui aussi, fixé par une ficelle, pour ne pas les gêner en flottant. Elles se soumettaient à un bien étrange déguisement dans ce travail qui les concernait toutes, à l'exception de l'abbesse. Sœur Rosalba était justement de service, avec, à ses côtés, une jeune religieuse exubérante, laquelle travaillait avec énergie, mais avait aussi une envie folle de parler, de questionner et de savoir. Savoir ce qu'était devenue sœur Paola. On pouvait la comprendre, le fait était encore récent. Nous avons utilisé une certaine quantité de pages pour en arriver ici, mais au fond, il n'est pas passé beaucoup de temps. Ce qui se vérifie ici, c'est l'inverse du lieu commun qui veut que *tempus fugit* : le temps ne s'est pas réellement enfui depuis ce 14 avril, la première date apparue dans cette histoire. La fuite et la disparition de sœur Paola Pietra étaient un sujet qui résonnait encore sous les voûtes du cloître de Sainte-Radegonde. Et quant à savoir ce qu'était devenue la jeune femme, c'était une question sans réponse, et donc, formulée avec encore plus d'insistance, à fleur de lèvres. Même en ce moment, alors qu'elles étaient à genoux sur le sol, raclant la cire tombée des bougies brûlées, gênées dans leur vision par le voile, concentrées, fatiguées et en nage, même en ce moment, la jeune sœur Maria del Rosario ne put s'empêcher d'aborder le sujet avec son aînée.

— J'ai l'impression que, hier encore, elle était à côté de moi, au réfectoire ; n'est-ce pas, sœur Rosalba ? Qui sait où elle est, à présent ! Quelle triste histoire… sans doute aux mains de mauvaises gens, alors que nous, nous sommes ici, en sécurité. N'est-ce pas ?

Et elle lança l'hameçon à sa compagne plus âgée, qui n'avait aucune envie d'y mordre, et qui continua à travailler en silence. Le silence ne dura pas longtemps, et la voix grave et bourdonnante de la plus jeune emplit de nouveau la voûte de la chapelle, dont elles lavaient maintenant la marche :

— Mais même vous, vous n'avez plus eu de nouvelles ?

— Non, même moi, répondit l'autre patiemment.

Et elle souleva un genou pour déplacer la robe qui la gênait dans ses mouvements.

— Vous savez… En vérité, je me demande si je peux le dire. Et elle lorgna sa compagne : Sœur Maria Annunciata a dit, un jour, que vous saviez beaucoup de choses. Sur sœur Paola, où elle se trouve… Après quoi, elle resta un instant muette, pour voir comment ce silence se remplirait. Alors que vous, vous ne savez vraiment rien…

— Je ne sais que deux ou trois choses en matière de musique, ma sœur. Je savais. Et bientôt, j'oublierai même cela. Du reste, quand on arrive à la fin, tous les bagages qui ont servi durant le voyage peuvent enfin être abandonnés.

La métaphore ne clarifia pas les idées de la jeune nonne, et surtout, elle ne satisfit pas sa curiosité.

— Vous voulez parler du voyage de sœur Paola ?

— Je ne sais rien du voyage de sœur Paola. Et d'ailleurs, elle n'est plus une sœur. Qu'elle soit vivante ou morte, son habit est resté ici.

— Mais les vœux ? Seul le pape peut les rompre ; elle, elle est toujours sœur Paola. Quand je prie pour elle, je l'appelle toujours ainsi.

Sœur Rosalba s'était mise debout, la marche bien astiquée représentait la plus grande satisfaction qu'elle puisse s'accorder à ce moment-là. Elle dénoua la ficelle qui retenait ses manches, et celle qui fixait son voile : contrairement aux prescriptions, elle souleva celui-ci et dégagea son visage en sueur, passa le revers de sa main sur son front et ses joues. C'était presque l'heure des nones, il fallait que l'église soit débarrassée et rouverte pour les fidèles qui n'avaient pas déserté les messes. En passant devant l'autel, sœur Rosalba s'agenouilla ; mentalement, elle déplora, avec l'Hôte gardé dans le tabernacle, d'avoir désormais si peu de compagnie. De la sacristie, elle passa dans le chœur des religieuses et, à travers la grille, entrevit la lumière blanche de l'après-midi qui inondait les derniers bancs de l'église. La grande porte avait été ouverte. Elle entendit, derrière elle, le bruit des sandales de sœur Maria del Rosario et le grincement de la poignée du seau. La jeune fille la suivait en courant, le souffle court, en lui posant la dernière question :

— L'archiduc, vous savez, hier, il a encore demandé une audience à notre supérieure. Auraient-ils appris quelque chose, par hasard ?

Le visage de la nonne, sans doute encore plus jeune que Paola, était illuminé par l'espoir, et la décevoir apparaissait presque comme un acte contre nature.

— Vous n'avez qu'à écouter à la porte, pendant la prochaine audience. Et, comme l'autre, indignée et fascinée, avait un mouvement de recul : Si j'étais votre confesseur, je vous absoudrais, ajouta-t-elle.

Et elle resta là, immobile, à la regarder droit dans les yeux, jusqu'à ce que l'autre baissât les siens, en rougissant.

La même journée de juin qui vit John galoper jusqu'à Londres, miss Charlotte Breval souffrit d'un violent mal de tête et sœur Rosalba de la chaleur ; durant cette même longue journée, par une de ces coïncidences qui ne se produisent que dans la littérature, l'archiduc se présenta au parloir des bénédictines.

Comme la jeune sœur converse l'avait rapporté, Son Excellence avait demandé et obtenu une audience, à laquelle elle ne se présenta pas seule. Le chanoine avait été invité, ou avait imposé sa présence, la chose n'est pas claire, car l'affaire de la fuite, au lieu d'être enterrée avec l'habit de la pauvre jeune fille, risquait de devenir une affaire de première importance. Il y avait un lien sacramentel qui, non seulement n'avait pas été rompu – et sœur Paola Pietra n'en avait jamais fait la demande – mais qui, en plus, avait été profané. Inutile d'arguer que l'éventuelle requête de la jeune fille ne sortirait jamais du monastère. Le fait nouveau, de toute façon, était l'information concernant le lieu où se trouvait la fugitive.

— Elle est en Angleterre. Avec John Breval, elle a traversé la France, ils ont vécu *more uxorio* – la mère abbesse écouta sans ciller – et sont actuellement les hôtes des sœurs de John Breval, dans une maison de campagne.

Ce fut le chanoine qui livra ce tableau synthétique de la situation, tel qu'il le tenait de l'archiduc, avec lequel il avait fait le trajet en carrosse, jusqu'au couvent. L'abbesse était sans voix, et peut-être ne se souciait-elle plus d'en avoir. La honte de la fuite avait été compensée, du moins en partie, par sa victoire sur le péché de vanité de la sœur chanteuse. Pourtant, il lui fallait dire et faire quelque chose, ce n'était pas une question personnelle, mais cela concernait l'honneur et l'équilibre, y compris financier, du couvent. Ses mains jointes couvrant son visage, afin de cacher l'absence d'émotion et l'urgence du calcul, elle fit en sorte que les deux hommes, en face d'elle, aient la patience de la laisser un moment à sa douleur, après quoi elle poussa un profond soupir et parut rassembler toute l'énergie nécessaire. Puis elle parla, lentement et avec peine.

— Comment l'avez-vous appris ?

— Les relations diplomatiques avec Sa Majesté britannique, ma mère, sont excellentes, et peuvent être d'un grand secours, dans bien des cas… Même si, pour l'instant, je ne peux m'aventurer dans des détails qui sont de la compétence du bureau de mon gouverneur.

Suivit un autre silence pénible et étudié, puis l'abbesse déclara, d'une voix calme :

— Je ne puis vous dire ce que j'éprouve face à ces nouvelles, monseigneur. Et, en même temps, elle fit une révérence à l'adresse de l'archiduc, afin de l'inclure dans ces considérations. Nous avons craint pour la vie de notre sœur, mais à présent, je crains que le fait de l'avoir sauvée, cette vie, ne soit pas pour elle un grand avantage.

Le point de vue de la supérieure était irréprochable : il faut toujours s'aligner sur le point de vue du sujet qui parle pour juger de la qualité de ses propos. Et que peut dire une religieuse, de quelqu'un qui a préféré les dangers du monde à la sécurité du couvent ? Tout compte fait, l'archiduc pouvait être d'un autre avis, mais il se garda bien de faire connaître sa propre opinion, et peut-être n'était-il pas naïf au point de ne pas saisir la substance du propos, derrière la forme de celui-ci. Paola Pietra était morte pour eux tous, et un beau *requiescat in pace* aurait été la meilleure des conclusions. Mais la règle ne le permettait pas. Autrefois, il arrivait que l'on exhumât un cadavre pour rouvrir le procès contre l'homme qui avait été un pape ; à plus forte raison, s'il s'agissait de juger une religieuse. Du moins par contumace.

— Que comptez-vous faire, ma mère ? demanda l'archiduc.

— Notre ordre, à Rome, prendra toutes les dispositions requises. Le Sacré Collège, la Sacrée Pénitencerie apostolique et le saint-père agiront.

— La comtesse Pietra est sur un territoire qui n'est pas ami de la religion catholique.

Il l'avait appelée "comtesse Pietra", chose que la supérieure n'accueillit pas avec sympathie : c'était une acceptation de l'état laïc que la jeune fille avait réclamé pour elle, sans aucun droit. Et un mauvais signal.

— Si elle ne revient pas s'expliquer et expier sa faute, elle sera excommuniée. L'Eglise pardonne tout, mais il faut lui demander pardon.

Bien sûr, il le savait lui aussi, en bon Autrichien fidèle à la religion, lui aussi aurait tremblé devant la menace d'une excommunication. Mais quelque chose, dans cette jeune fille qui s'était enfuie d'un couvent en pleine nuit, pour partir avec un inconnu, qui s'était embarquée seule sur un navire, menacée par les pirates et arrivée en terre étrangère après une multitude de péripéties, quelque chose en elle lui disait que, par-delà la peur de l'excommunication, de solides raisons avaient dû la gouverner et la soutenir. Ce n'était pas seulement l'amour pour le fringant Breval. Il s'en souvenait fort bien, comme d'un homme de belle présence, de belle intelligence. Cela ne suffisait pas. Il regarda la supérieure, il regarda le prêtre à côté d'elle, il sentit l'odeur de renfermé des murs du parloir. C'était un homme d'un certain âge, il ne se faisait plus d'illusions sur les bénéfices de sa vie, mais cela ne l'empêchait pas de respecter les illusions d'autrui. De les respecter et de ressentir un chagrin paternel et amical qui s'étendait à la fugitive, à ses espoirs et à son ignorance des choses du monde, ignorance encore intacte même si, au point où elle en était, elle avait dû éprouver bien des peurs et des effrois, s'exalter à l'idée de l'amour, le savourer et en jouir. Sans le savoir, elle avait peut-être atteint le point culminant de la parabole. On reste relativement peu en haut, et la pente descend d'abord imperceptiblement, puis si vite !

— Nous comptons sur l'aide de Votre Excellence, sur les relations diplomatiques de la maison impériale. Si nous le pouvons.

Le prêtre s'adressa à l'archiduc, dont il attendait un consentement inconditionnel. La question, rhétorique, n'était que pure politesse.

— Aussi loin que nous le pourrons, mais, je dois le préciser, sans jamais entraver les relations diplomatiques que vous connaissez bien.

Dans la chaleur de cet après-midi de juin qui annonçait un été torride, quelque chose de semblable à une haleine glacée parut filtrer entre les murs du parloir et produisit un silence embarrassé ; après quoi, les trois personnages se séparèrent et le chanoine rentra chez lui à pied. A vrai dire, on ne l'avait même pas invité à reprendre place dans le carrosse.

Pour clore cette journée de juin, il ne reste qu'à accompagner discrètement sir John Breval de sa maison d'Holborn à Sevenoaks. Un voyage au petit trot, partagé entre la hâte du retour et la mélancolie du départ. Presque tout ce qu'il avait prévu et craint était arrivé. Le serviteur l'avait enfin raccompagné à la porte, le saluant avec une courbette, puis, depuis l'écurie, un garçon qu'il ne connaissait pas lui avait amené son cheval qui avait repris des forces, prêt pour le retour. Sir John laissa au garçon quelques pièces de monnaie, comme s'il était un étranger. Il saisit les rênes, mais avant de monter en selle, il prit le temps de caresser le museau de l'animal, qui rejetait nerveusement la tête en arrière. Avec sa femme, il avait bu le thé dans la tasse en porcelaine qui avait été le cadeau de noces de la famille royale ; mais il n'avait pas réussi à avaler quoi que ce soit et se sentait vide à l'intérieur, comme s'il avait jeûné pendant plusieurs jours. Vide sans être affamé. La journée était encore longue, le soleil à son zénith. Il pensa à une auberge de l'autre côté du fleuve, où il pourrait s'arrêter et se reposer, et manger, par pure exigence physiologique. A cause de la légère pédanterie qui survivait en lui, la nourriture était un devoir absolu, la santé une responsabilité personnelle. Il repassa le pont des Frères noirs, longea le Globe et trotta jusque là où la ville s'effilochait et devenait campagne. Il avait bien en tête l'auberge où il comptait s'arrêter. Il y arriva, se dirigea vers l'écurie pour y laisser son cheval et franchit le seuil de l'auberge : il se souvint brusquement de la taverne de Marseille, lorsqu'il attendait, sans espoir, le navire d'Alvise Barbaran, et se dit qu'il aurait donné quelques années de sa vie pour ressentir en ce moment la même attente angoissante. Il mangea consciencieusement, but à peine, repensa à son entretien avec sa femme. Ce serait elle qui demanderait le divorce. C'était un acte opportun, pour ne pas léser les droits et l'honneur de son épouse ; elle, elle n'y avait même pas pensé, et sir John le lui avait offert, de manière chevaleresque. Telle une épine, la pâleur du visage de Marianne s'était fichée dans son esprit ; son absence d'arguments pour le retenir, se dit-il, avait été si désarmante qu'elle pouvait apparaître comme une carte, jouée avec une grande habileté, compte tenu de son caractère et de ses faiblesses. Et maintenant, en effet, il était faible et découragé, en quête de cet autre lui-même qui, à Milan (mais où était Milan ? A quelle distance ?) avait su, avec une certitude absolue, ce qu'il devait faire. En attendant, Sevenoaks n'était plus qu'à sept ou huit milles ; il était incapable d'imaginer ce que les autres pouvaient imaginer de son visage, ce qu'y chercherait et y trouverait Paola qu'il avait quittée à l'aube, plongée dans le profond sommeil de sa jeunesse, insensible au frôlement de son au revoir. Il demanda au tavernier un verre de vin, le sirota assis à l'extérieur de l'auberge, au soleil. Tout en observant la circulation des marchands et des charrettes qui venaient de la ville ou qui s'y rendaient, il pensa à ce qu'il adviendrait de lui-même lorsqu'il remettrait sa démission à la cour : gentleman-farmer, chasseur, agriculteur. Là finissait l'aventure et recommençait la vie. Il avala la dernière gorgée, au fond du verre. Difficile de dire si le frisson qui lui parcourut le dos était dû à une joie renouvelée, ou s'il trahissait une inquiétude. Il demanda qu'on lui ramène le cheval, paya l'addition, salua et partit.

Parmi tous ceux qui l'attendaient à la maison, le seul à venir à la rencontre de John fut le setter qui, de joie, se jeta entre les jambes du cheval, boula sur le côté, se releva et courut avec eux jusqu'à l'écurie. Dans la maison, tout était beaucoup plus retenu ; en tout cas, personne ne semblait avoir deviné l'arrivée de monsieur, qui surprit les deux sœurs dans le salon, l'aînée avec un air souffrant et le front bandé, à demi allongée sur le divan, pour repousser les derniers résidus de sa migraine. L'autre parcourait nerveusement des papiers. Paola n'était pas avec elles.

Sans dire un mot, il s'assit dans le fauteuil, à droite de la cheminée éteinte. Margaret s'approcha de lui, pleine de sollicitude, et anxieuse.

— Alors ?

Charlotte ne bougea qu'imperceptiblement, on eût dit que le moindre déplacement réveillait les élancements de la migraine, mais elle regarda son frère d'un air interrogateur.

— Où est Paola ?

— Je ne sais pas, nous ne l'avons pas vue de toute la journée. Non, je me trompe, nous l'avons vue dehors, sur la pelouse, et… Le regard de l'aînée arrêta, dès la naissance, les sujets dans lesquels Margaret s'aventurait. … Et après, elle n'est pas rentrée, pas ici, avec nous. Marion s'est sans doute occupée de son déjeuner, n'est-ce pas, Charlotte ? Mais toi, ta… ta femme, à Londres ?

Margaret jeta un regard en biais à sa sœur, en quête de réconfort et d'approbation.

— Je vais chercher Paola. Nous parlerons après.

— Mais juste un mot, pour nous dire si…

— Tout va bien. Mais oui, tout va bien.

Il sortit, laissant Meg avec une foule de questions dans la tête, et Charlotte clouée par sa migraine, un désagrément qui la privait de sa curiosité naturelle et de son envie de poser des questions.

John monta doucement l'escalier et emprunta le couloir donnant sur les chambres ; venant de celle de Paola, il entendit sortir le son d'un chant, à voix basse et retenu, mais très précis. La voix ferme et bien posée, même dans le chuchotement, lui rappela la première chose qu'il avait connue et aimée d'elle, et il repensa à ce que lui avait dit le doge à Venise : quel poids avait eu, dans le fait de tomber amoureux d'une inconnue, la séduction de la voix ? Même muette, avait-il répondu, même muette… Entre-temps, il était arrivé devant la porte, et il frappa ; de l'autre côté, le silence se fit aussitôt, puis il entendit la clé tourner dans la serrure, et la poignée s'abaissa tout doucement, sans bruit. Pendant un moment aussi long qu'une éternité, qui n'avait pas duré plus de quelques secondes, John se demanda ce qu'il trouverait derrière le battant, ce qu'il éprouverait. Le visage de Paola, la première chose qu'il vit quand la porte s'entrouvrit, lui parut être celui d'une petite fille, tout le contraire de la maturité lasse de sa femme. Il se glissa entre les battants, entra dans la chambre et étreignit la jeune femme, cherchant l'émotion sur laquelle il avait construit sa nouvelle vie. Il s'aperçut qu'il parcourait ce corps avec impatience, et rendit la mousseline des vêtements responsable d'une certaine réticence à s'abandonner à la passion, qu'il s'attendait à voir renaître instinctivement à la vue de Paola. D'ailleurs, elle aussi le regardait, hésitante.

— Tu chantais ?

— Oui, pas trop fort, je crois.

— Tu ne dois pas te cacher pour chanter. Beaucoup de gens aimeraient t'entendre. Plus tard, quand tout sera réglé et que tu seras ma femme…

Et il s'arrêta.

— Quand je serai ta femme…? répondit-elle, en insistant sur la question, mais elle y revint sur un autre ton. Tu es en train de me dire que tu sais quand je serai ta femme ?

John la prit par la main, la fit asseoir au bord du lit, surpris et inquiet du calme avec lequel ils étaient côte à côte, et lui parla de Marianne. Il lui dit des choses que nous ne pouvons pas savoir, nous ne sommes pas restés à espionner cette conversation derrière la porte, et même si, maintenant, nous sommes ici, derrière les deux amants, si nous entendons leur respiration et saisissons un certain embarras dans le frôlement de leurs mains, nous ne pouvons émettre que des suppositions, raccommoder les passages manquants de leur histoire.

— Non, je ne sais pas encore quand tu seras ma femme, lui dit-il enfin, ni combien de temps il nous faudra vivre à l'écart, je devrais dire cachés. Quand j'aurai démissionné de ma charge au gouvernement, et ce sera bientôt, les choses seront peut-être plus simples. Je crois que…

— Je crois que j'attends un enfant.

La voix profonde de Paola, en disant ces mots, eut une intonation monocorde. Suivit un silence embarrassant ; c'était un de ces moments où, si l'instinct n'intervient pas tout de suite, la raison risque de commettre des dégâts incalculables. John sentit qu'il fallait réfléchir, bien y penser et bien regarder à l'intérieur de soi, ce n'était pas un sujet anodin, et entre eux, le temps s'écoulait, seconde après seconde. De reste, c'était à lui de parler, et rien ne lui venait à l'esprit. Rien. Sauf que cela expliquait peut-être leur embarras, cette façon d'être assis au bord d'un lit, pas très à l'aise, pas vraiment proches. Ils n'étaient plus seuls.

C'est un beau mic-mac, de quelque côté qu'on le regarde : un homme encore lié par un lien conjugal, une femme que sa religion considère toujours comme une religieuse, et une religieuse dans une erreur gravissime. On peut comprendre l'embarras et la gêne des deux amants. Père deux fois, et à l'intérieur de la règle du mariage, John se sentit perdu face à la révélation de Paola. Nous avons dit qu'il demeura, qu'ils demeurèrent en silence, elle en attente, lui à réfléchir. Il ne fut même pas capable de l'embrasser, bien qu'il sût que cela aurait été la réponse la plus opportune. Mais ce n'était pas la plus spontanée. Il se souvint que la révélation de la grossesse de sa femme était arrivée par des voies bien plus médianes, dans le cadre d'une famille légale, et il avait été informé par sa femme dans un climat de sérénité sans surprises. Par la suite, c'étaient les femmes de la maison, sa mère, les sœurs et la mère de Marianne, qui avaient créé une sorte d'association d'expertes autour de son épouse. Paola n'avait personne, à part lui. La jeune femme ne le regardait pas, elle se tenait un peu à distance, étrangement sage et timide. Et apeurée.

— Tu crois, ou tu es sûre ?

Paola haussa les épaules, avec un mouvement enfantin :

— Sûre, oui, je crois être sûre. Pour ce que je sais de ces choses-là. Je n'ai... je n'ai pas eu... tu comprends ? Ce mois non plus.

Ils étaient tous les deux embarrassés, et Paola, surtout, avait l'impression de révéler quelque chose qui n'aurait pas dû concerner un homme. Quant à lui, il n'avait pas envie d'entendre, de savoir, d'entrer dans des méandres qui lui étaient étrangers.

— Nous en parlerons à mes sœurs. Si c'est cela, si c'est comme tu dis, elles t'aideront.

— Mais je ne peux pas parler avec elles.

— Je suis là, je peux...

— Je préférerais ne rien dire. Pas encore.

— Mais Paola ! Elles s'en apercevraient. Elles s'en apercevront, et elles ne comprendront pas pourquoi nous n'avons rien dit. Sur ce point, les femmes sont très susceptibles, tu le sais toi aussi. Puis il s'arrêta pour réfléchir : Quelque chose ne va pas, avec elles, il y a un problème ?

Paola resta muette, ses yeux baissés brûlaient de larmes retenues.

— Peut-être as-tu raison. D'autant plus que, reprit John, faisant machine arrière, rien n'est sûr ; je veux dire, tu n'en es pas absolument sûre, n'est-ce pas ?

— Cela ne regarde que nous, lui répondit la jeune femme, en suivant une pensée personnelle. Elle parlait à voix basse. Nous sommes ici depuis trois jours. Elle se tut à nouveau. Et puis, je suis une religieuse.

Le sujet était de ceux qui laissaient John totalement seul. Autant que Paola. Même l'élan de la passion n'aurait pas supprimé leur solitude ; et puis, en ce moment, dans l'embarras d'une histoire qui les prenait au dépourvu, toutes les autres pensées faisaient écran à l'idée de s'abandonner entre les bras de l'autre. Il y a longtemps, bien des pages auparavant, nous avons parlé de la passion comme d'une machine puissante, qui avance lentement, inexorablement. A première vue, l'élan de circonstance serait beaucoup plus efficace, il ferait beaucoup d'effet, mais, dans la tension silencieuse des deux personnages, qui ne savent comment sortir de ce qui ressemble à une impasse, il y a quelque chose de plus que l'effet : c'est l'énigme que chacun représente pour l'autre, jamais vraiment résolue, jamais vraiment connue. Ils ne se regardent pas en face, ils s'effleurent à peine, chacun essaie de se trouver au moins lui-même, perdu dans une espèce de désert : sur le moment, cela ne fait peut-être pas de bien, mais ce n'est pas un mal, non plus. Dans le souvenir, des années après, le désert aussi devient une belle terre.

V

ROME

Une religieuse en fuite représente un coût très élevé pour un monastère. C'est de l'argent qui part, des rumeurs incontrôlées qui jettent le discrédit, même parmi les fidèles. On ne peut pas dire que l'on fit des dépenses somptuaires pour retrouver Paola Pietra, mais le risque que sa famille demandât la restitution de la dot, par exemple, n'était pas négligeable, et aurait vraiment coûté cher. La mère abbesse, en femme économe, pensait souvent à ce risque, ses sommeils en étaient traversés, et l'obstination avec laquelle elle tentait de suivre les traces de la jeune fille trouvait un aliment ultérieur dans la crainte d'un *redde pecuniam*, de la part du vieux comte Pietra. Les funérailles de l'habit s'étaient déroulées dans la bonne conscience générale et, à l'époque, rien n'avait été réclamé ; mais malheureusement, l'affaire n'était pas close. Paola n'était pas morte, elle n'était pas aux mains des pirates, mais vivante, dans un monde policé. Il faut ajouter que l'abbesse n'avait pas trouvé de bon augure la froideur avec laquelle l'archiduc avait accueilli l'hypothèse d'apporter une aide, afin de ramener la fugitive au bercail. Tout cela tourmentait la supérieure depuis des jours, et la lettre que, en ce moment, elle retournait entre ses mains, avec le sceau de la Pénitencerie du Saint-Siège, était une épine de plus dans un flanc déjà torturé. On y disait qu'ils viendraient, en la personne d'un délégué qui serait peut-être un prélat milanais, ils poseraient des questions, ils parleraient avec elle et avec les plus âgées, afin de connaître les raisons de la fuite de sœur Paola. Le couvent de Sainte-Radegonde paierait, d'une manière ou d'une autre. Sinon en argent, dans l'immédiat, en tout cas, en honneur. Et sœur Rosalba Guenzani, la vraie responsable, elle personnellement, individuellement, personne ne la toucherait ; à moins, bien sûr, de trouver des preuves de sa culpabilité dans la fuite de la jeune fille. Preuves que la mère abbesse ne savait ni comment, ni où chercher, mais quelque part, et très près d'elle, si près que, chaque jour, elle les effleurait avec la rude étoffe de sa robe... elles étaient sûrement cachées quelque part : les découvrir aurait tout résolu. Après cela, au diable (car elle-même l'avait voulu !) Paola Pietra et son péché mortel. Dieu le Père déciderait de son destin. Mais l'honneur et les finances du couvent seraient saufs. Elle retournait la lettre entre ses mains et réfléchissait, mais son esprit butait contre les murs de la pièce. Elle se leva, replia le feuillet, le mit dans la poche de son habit et sortit dans le petit jardin du monastère ; la roseraie était presque entièrement fleurie, quelques plantes grimpantes s'accrochaient aux colonnes du cloître, leur conférant de la légèreté. Mais l'esprit de la mère supérieure ne trouvait pas le moyen de se défaire du poids de la rancune. Dehors ou dedans, avec le plafond ou le ciel audessus de sa tête, elle se sentait engluée et étouffait, et il faut dire que, en l'occurrence, la métaphore convenait très bien à la réalité, au point que l'abbesse se mit à respirer à petites goulées nerveuses ; l'air n'arrivait pas au fond de ses poumons, et elle se souvint que son père, un médecin, lui disait que c'était le signe d'un grave état de faiblesse. S'affaiblir était une chose qu'elle ne pouvait se permettre. Elle s'assit sous les arcades, dans une zone d'ombre et, en se penchant, entendit le froissement du papier dans sa poche. Au même moment, la note basse et grave d'un violoncelle lui parvint, une note sombre qui s'étirait dans le silence de la petite cour, suivie d'une note sautillante et aiguë, plus brève. Les suivantes irritèrent encore plus les oreilles de la mère abbesse, qui se dressa comme un ressort, irritée, décidée à faire taire de force, c'est-à-dire d'autorité, la voix de l'instrument ; mais elle dut se rasseoir aussitôt sur la pierre chaude du muret : ses jambes se dérobaient.

Le violoncelle poursuivit son bourdonnement mi-funèbre, mi-hilare, souligné par la voix de la nonne ; ce n'était pas un chant explicite et déployé, mais bien modulé et ferme. Le même que, à des milles de distance, sir John avait entendu sortir de la chambre de Paola. Quand les voix sont bien placées, même un chuchotis peut avoir la plénitude de la perfection. L'abbesse écouta malgré elle, attirée et repoussée par la facilité de cette voix. Elle n'était pas la seule : le visage pâle de sœur Maria Annunciata apparut à ce moment, l'espace d'un instant, à une fenêtre du premier étage, et l'abbesse eut le temps d'apercevoir une tête aux boucles clairsemées et ébouriffées, d'un blond fade. La nonne avait ôté son voile et se regardait dans la vitre de la fenêtre ouverte. Sa chevelure, qui souffrait de la constriction qui lui était imposée, faisait un effet pitoyable, maladif. Sœur Maria Annunciata devait avoir un peu plus de trente ans, elle prenait déjà le chemin des nonnes âgées. L'abbesse se dit qu'elle n'avait jamais pensé à ces têtes rasées et appauvries, qu'elles fussent jeunes ou vieilles. Et cette pensée lui procura une distraction, pis encore, elle l'entraîna dans le péché de vanité dont elle était témoin. Elle y pensa peu après, une fois qu'elle eut retrouvé ses forces, en rentrant dans son bureau où elle rédigea un rappel pour sa disciple la plus fidèle, afin que, au nom de Dieu et de la modestie du voile, elle cessât d'inventer des miroirs à la fenêtre de sa cellule.

Des fenêtres de la résidence des Breval, comme de celles donnant sur le cloître de Sainte-Radegonde à Milan, on voyait les arbres dont la couleur rouge était mêlée de jaune d'or. Il soufflait un vent frisquet qui préludait au froid, c'était de nouveau l'automne. Depuis la dernière séquence de cette histoire, cinq mois ont passé, et, dans la maison de Sevenoaks, le temps était visible à travers le corps de Paola. Sa grossesse avait été l'objet d'une communication complexe, d'une participation encore plus complexe de la part des deux sœurs Breval et même, avec une anxiété différente, et avec la peur ancestrale de l'animal qui défend sa couvée, de la part de Marianne.

A Milan, à Sainte-Radegonde, ce n'était pas le corps, mais l'âme perdue de sœur Paola qui avait tenu lieu de métronome controversé à la vie quotidienne du monastère. Les enquêtes, menées avec une grande discrétion, mais avec un grand déploiement de moyens, avaient commencé dès la mi-juillet, les éminences qui se succédaient au parloir du couvent avaient peut-être échappé à la curiosité des gens de l'extérieur, mais les nonnes, y compris les plus jeunes (cette sœur Maria del Rosario !) voyaient clairement que quelque chose d'étrange pesait sur la sainteté du lieu. L'abbesse et sœur Rosalba étaient souvent enfermées dans la chambre de la supérieure, avec le prélat chargé de l'enquête, et seules quelques sœurs âgées, parmi les plus fidèles, avaient accès à ces réunions. Il s'agissait de comprendre, de savoir ce qu'il y avait, à l'origine de la fuite de la jeune fille, il fallait découvrir qui l'avait aidée dans ce projet, et dans sa réalisation. Et un doute persistait, quant à la violation du couvent par un homme, l'Anglais Breval, dont on ne comprenait pas comment il avait eu la possibilité et le désir d'enlever une femme qu'il n'avait jamais vue, jamais connue. Questions auxquelles les nonnes, interrogées une à une dans des lieux séparés, auraient dû pouvoir répondre, supposait-on ; on pensait que certaines choses étaient encore vivantes dans la mémoire de toutes. Mais aucune ne se souvint du 15 Août de l'année précédente. La seule à en avoir un souvenir précis, comme si elle en eût été le seul témoin, était justement la mère supérieure. Elle l'évoqua, avec une certaine gêne.

— Votre Eminence connaît le problème, pour moi si angoissant, de la tradition musicale de notre église, elle a entendu parler de l'affluence des fidèles, plus attirés par la beauté du chant que par la foi. Et cet Anglais, lui aussi, faisait partie des habitués, sûrement pas par observance. Un anglican !

Et la supérieure souligna la désapprobation qu'elle avait déjà manifestée, en son temps. Sans trouver d'écoute. A côté d'elle, sœur Rosalba suivait en silence. Elle ne savait plus rien de sa protégée, elle ne savait si elle pouvait se fier aux informations sur son compte, parvenues au couvent par des voies officielles, pendant que le monde de ses informateurs se taisait et qu'elle-même, par prudence, avait espacé ses relations avec celui-ci. Cette congestion d'enquêtes, avec les prurits et les frictions qu'elle entraînait, dura tout l'été et s'atténua début septembre, quand la marée des manteaux de prélats et d'éminences se retira, laissant une plage souillée des résidus de petites et grandes malveillances. Mais il n'émergea aucune preuve de connivences individuelles au sein du couvent. La fuite resta mystérieuse, les intrigues qui l'avaient permise, inexplicables : seule Paola Pietra pouvait dire la vérité. Le dernier acte de l'enquête fut une lettre officielle qu'on lui adressa, afin qu'elle revienne, repentie, dans sa vraie maison, prête à la pénitence et reconnaissante du pardon qu'elle recevrait. Les rédacteurs de la missive savaient pertinemment qu'ils accomplissaient un geste de pure forme ; la mère abbesse, qui signa quand même, le savait aussi. Mais la lettre partit à destination de la résidence de Sevenoaks, dans le Kent. C'était de nouveau l'automne.

*

En novembre, sir John Breval n'était plus un diplomate de la maison royale : à moins de quarante ans, sa carrière avait fini de manière brusque, presque plus douloureuse que ne l'avait été la fin de son mariage. Il avait trouvé parmi ses supérieurs toute la compréhension officieuse dont il avait besoin, aucun crédit officiel, aucune ouverture en vue. Au retour d'une journée londonienne passée à restituer des papiers et des ordres de mission, il s'était senti comme un cavalier désarçonné : la vie de gentleman-farmer était tout ce qui lui restait de ses perspectives brillantes. Non qu'il ne s'y soit pas attendu et ne l'ait pas mis sur le compte de son coup de tête milanais, mais, savouré de près, cela avait un goût un peu plus amer. Il s'était bien gardé d'en parler à Paola, et encore moins à ses sœurs, auxquelles il avait annoncé, avec satisfaction, sa liberté conquise. "Mais, tant que je vivrai, je devrai à ce travail de t'avoir rencontrée", avait-il dit à Paola, en l'embrassant délicatement dans le cou ; il sentait qu'il disait quelque chose de vrai, et en même temps, qu'il avouait une défaite. Il comprit aussi, à cette occasion, qu'il ne devait en aucun cas troubler sa jeune compagne avec l'insinuation, le soupçon d'une quelconque mélancolie ; jeune comme elle était, âgée de moins de vingt ans, il aurait été difficile pour elle de comprendre et de dissiper les mouvements d'humeur de son amant, de reconnaître sa passion pour elle, et cette petite fêlure qui s'était ouverte dans son esprit, à l'idée d'un avenir d'aristocrate oisif. Le mot en lui-même n'avait guère de sens ; pour remplir ses journées, il y aurait les intérêts de la propriété qu'il devrait sauvegarder, une rente à assurer, en veillant et en travaillant sur des terres qu'il partageait avec ses sœurs. Mais les affaires de la politique, cette activité qui l'avait vu hôte de plusieurs villes étrangères, d'autres réalités sociales, sa curiosité pour les chambres du pouvoir, qu'il avait à peine entrevues : tout était perdu. La balance de sa vie penchait vers une idylle champêtre, pour laquelle il n'était pas sûr d'avoir des prédispositions : idylle et exil rimaient entre eux, mêlés dans une unique saveur douce-amère.

Assis près de la cheminée de son bureau, il regarda le setter qui tendait le museau vers les braises et se reculait, effrayé par les étincelles qui jaillissaient au-delà du pare-feu. Sur l'autre fauteuil, Paola était assise. Au septième mois d'une grossesse sans problème, elle avait pourtant subi les déformations d'un corps qui s'était beaucoup alourdi, et son visage exprimait souvent un je ne sais quoi d'inquiet, d'effrayé, malgré les propos rassurants des deux sœurs de John. Elles avaient eu des enfants, celles-là ? Tout le mystère qui accompagnait la naissance, et dont Paola n'avait que des souvenirs confus de vie domestique, quand l'une des servantes de sa mère avait accouché, l'angoissait parfois, lorsqu'elle songeait à ce qu'il adviendrait d'elle, à ce moment-là. Cette tension, sporadique, laissait, sur son visage presque encore adolescent, des traces qui l'enlaidissaient ; cette transformation attendrissait et inquiétait John. Il en déduisit qu'il ne devait pas s'appuyer sur elle, dans les moments de doute. Durant cette période, il se sentit, plus d'une fois, père plus qu'amant. Et, du reste, l'état d'inquiétude de Paola l'avait vite dissuadé de s'approcher d'elle autrement qu'avec tendresse. Ils vivaient, en ce novembre anglo-saxon, enveloppés dans une tiédeur grise. C'est dans la ouate de cette attente, dans le faible et dernier soleil d'automne, qu'arriva à la résidence des Breval la lettre de la Pénitencerie romaine.

Enfant, petite fille indocile et ombrageuse, nonne adolescente et insatisfaite, fugitive et amante, à présent mère, ou proche de la maternité dont elle vivait le moment le plus secret : au fil du temps, depuis que nous l'avons placée au centre de cette histoire, elle est passée par des épreuves, nombreuses et variées, des stades de mutation intérieure et extérieure, des peurs et des certitudes, si nombreux que la lettre de la Pénitencerie, qui a semé l'angoisse chez les Breval, et plus particulièrement chez les deux demoiselles, engendre en elle une attitude bien différente.

— J'irai à Rome, si nécessaire. Dès que l'enfant sera né…, elle se corrigea, dès que je serai en état de voyager. Et qu'il pourra se passer de moi…

Au regard de John, stupéfait et incrédule, elle répondit sur un ton résolu, mais en souriant :

— Maintenant, je sais comment on voyage. Et je ne peux pas me cacher toute ma vie. Ce sera peut-être une longue vie.

Paola se livra à ces considérations, assise dans le fauteuil près de la cheminée ; son visage était enlaidi par la grossesse, ses joues rouges, à cause de la chaleur, vu la proximité du feu. D'une main, elle caressait la tête du setter, tout en regardant son compagnon avec une affection tranquille. Ils étaient seuls, et cela arrivait rarement, désormais.

— Je viendrai avec toi, quand tu le décideras. Même s'il serait prudent, avant d'accomplir cette démarche, de prendre toutes les informations concernant la curie, leurs intentions. Et, de toute façon, nous irons là-bas quand tu seras ma femme, citoyenne britannique, sous la protection de l'Etat anglais, intouchable. Je pourrai bientôt t'épouser, et alors…

— La religion catholique ignore ce qu'est un Etat. Et moi, je ne serai pas ta femme avant de ne plus être religieuse. Tu le sais.

— Mais, Paola, tu attends un enfant ! Ne mélange pas la vieille histoire du couvent, une histoire morte, et ce que tu es aujourd'hui.

Elle se tourna vers le setter qui les écoutait, attentif, tournant le museau tantôt vers l'un, tantôt vers l'autre.

— Il veut sortir, dit Paola, en donnant une légère tape sur le dos du chien. Emmenons-le dehors. Ça me fait du bien de me promener.

Elle se leva avec difficulté, en s'appuyant aux accoudoirs du fauteuil.

— Réponds-moi ! Ce n'est pas vrai, peut-être ?

Mais Paola secoua la tête. Elle était très calme et très têtue, et sa démarche lente semblait confirmer que rien n'ébranlerait les convictions qui, au fil du temps, et avec la même lenteur, avaient mûri en elle. Le chien les attendait à la porte donnant sur le jardin, en remuant la queue, regardant alternativement le couple et la porte fermée. Lorsqu'ils ouvrirent, il s'élança dehors, fit trois grands tours forcenés sur la pelouse, puis se retourna pour les attendre ; ils avançaient tout doucement, Paola avait du mal à se déplacer, ses mouvements étaient empruntés. Ils marchèrent prudemment, précédés du chien qui gambadait en remuant la queue, s'engagèrent dans le bois qui bordait le parc et disparurent de la vue de Charlotte et de Margaret, qui les observaient de la fenêtre du bureau.

— Depuis qu'ils sont ici, nous n'avons plus eu une seule visite, dit Margaret, et l'autre fit un signe d'assentiment, c'était un fait. Et je ne crois pas que les choses iront mieux, une fois que cet enfant sera né.

Elle était très nerveuse, Margaret, et la contraction de son petit museau boudeur prenait l'insistance d'un tic. Le silence de sa sœur la rendait encore plus insistante.

— Charlotte, je me demande si nous ne devrions pas avoir le courage de dire à John que, voilà, que… tu me comprends, bref, il pourrait trouver une maison. Au moins pour elle, jusqu'à ce que les choses soient…

— Elle te gêne tant que ça ? Et, pour être franche, il ne me semble pas que nous avions tant de visites.

L'aînée s'était éloignée de la fenêtre, elle n'aimait pas regarder ainsi, furtivement. Et puis, le paysage était maintenant dénué d'intérêt, pour elle aussi. Margaret la suivit, quittant à son tour la fenêtre.

— Je dois te dire, insista la plus jeune, que cette histoire de curés ne me plaît pas, non plus. Des curés à la maison, des curés catholiques, toi je ne sais pas, mais moi, je n'ai pas envie d'en avoir. Et tu verras, à la fin, nous nous retrouverons avec toute la curie romaine sur le dos. Ils sont puissants, ils arrivent partout. Et, en fin de compte, ils ont des droits sur elle.

— Meg, mais qu'est-ce que tu dis ? Que signifie "ils ont des droits sur elle" ?

Charlotte s'assit à la table du bureau, ce lieu qui avait été le royaume de leur père ; peut-être ce dernier, dans cette situation, aurait-il partagé la contrariété de Margaret. C'était une impression subtilement envahissante, la moiteur de la méfiance se collait aux vêtements, la mousseline de sa jupe en était souillée ; et, pour dire toute la vérité, Charlotte aussi sentait, et combattait, l'embarras de cette présence étrangère, et encore plus à l'approche de l'accouchement : à leur âge, les deux sœurs n'avaient pas la moindre expérience concernant cet aspect de la condition féminine dont Paola, une gamine, avait visiblement endossé la charge et la supportait, sans laisser voir trop de gêne. Entre elles, les trois femmes se parlaient peu, la langue demeurait une barrière à peine entamée par le peu que Paola avait appris, et qui la fatiguait beaucoup. Du reste, sa nature taciturne trouvait là une justification supplémentaire ; au moins en cela, Charlotte la comprenait et ne la forçait pas. Alors que, pour Margaret, c'était une question de mauvaise volonté et l'Italienne (parfois, le substantif lui échappait, et n'était pas bienveillant) n'y mettait guère du sien.

— Tu veux que je formule des évidences ? Tu promets d'avoir une certaine règle de conduite, tu le promets ; puis tu t'en défais comme d'un vêtement, et tu en mets un autre. Voilà ! Hein ? Tu trouves que ça tient debout ? Puisque ça t'arrange, ça tient debout, mais pas pour la loi ou le droit. Je ne suis pas une papiste, tu le sais. Mais cet enfant va naître d'une femme qui a fait vœu de virginité ; certes, pour les catholiques, c'est peut-être moins curieux, ils sont habitués à ces tours de passe-passe, mais nous...

— Margaret, je te rappelle que c'est la femme que notre frère aime, et dont il veut faire son épouse.

— La deuxième ! dit la cadette, sarcastique.

Et elle se tut, lorsqu'elle s'aperçut que, du seuil de la porte, John était en train d'écouter.

— On se croirait revenu au temps des chamailleries pour les jouets, quand Meg avait l'impression que ceux qu'on m'offrait étaient plus beaux que les siens. Je me trompe ?

Il y eut un silence étale. Charlotte remarqua que son frère s'habillait avec moins de recherche, avec une sorte de négligence non désordonnée, mais modeste. C'était peut-être un signe de liberté, néanmoins elle n'était pas sûre que ce soit la bonne interprétation. Lui aussi avait renoncé à quelque chose, sans peine, semblait-il. Peut-être paraissait-il seul, et ce n'était pas totalement vrai.

— Il n'est pas question de jouets.

Meg avait retrouvé sa voix, même si elle avait dû faire un certain effort.

— Je sais.

Il tourna les talons, et se retira. Ses sœurs ne le retinrent pas, pour deux raisons différentes. Elles ne se regardèrent pas en face, même si elles restèrent dans le bureau, l'une encore assise à la table de travail, l'autre fixant une estampe dont elle connaissait le sujet par cœur. Un cottage dessiné à la pointe sèche, dans un paysage de campagne agité par le vent.

— Je vais voir si Marion a pensé au thé, il est presque cinq heures, me semble-t-il, dit Margaret, en se détachant du tableau et en retroussant un pan de sa jupe, dans laquelle elle avait failli trébucher.

L'autre resta impassible, elle ne fit même pas semblant d'être occupée à quelque chose qui justifiât le silence dans lequel elle était plongée. Elle repensa à leurs querelles à trois, lorsqu'ils étaient enfants, elles encore petites, et lui presque un adolescent, que son père portait aux nues. Elle resta encore un moment là, à fixer le vide, le visage appuyé sur sa main.

*

L'enfant naquit en janvier, au cœur d'une nuit venteuse comme on n'en avait pas vu depuis longtemps : le Kent n'est pas une région au climat très froid, humide, certes, mais la neige n'y est pas un phénomène habituel. Pourtant, entre le 15 et le 16 du mois, quand les vagissements de l'enfant se firent entendre, il y avait, alentour, ce silence non naturel et suspendu, qui n'était familier qu'à Paola. Elle fut aidée par Marion, la seule qui, dans cette maison, eût une solide expérience en la matière et qui, forte et tranquille, accompagna la parturiente, depuis les premiers symptômes jusqu'à la fin. Ce ne fut pas très long, car le corps de Paola était robuste et souple, et le calme de Marion rendit tout naturel, même la douleur que la femme noire expliquait à la jeune femme, la prévenant de l'augmentation de son intensité, afin qu'elle ne s'effraie pas et ne perde pas ses forces. L'enfant vint au monde sans avoir subi de souffrances particulières, et son petit visage – alors que celui des nouveau-nés est généralement ridé – était étrangement rose et détendu. Entre la servante et la jeune femme, au cours des mois précédents, s'était instaurée une relation de sympathie qui avait surmonté, bien mieux qu'avec les membres officiels de la famille, la barrière de la langue. Les deux femmes se comprenaient à travers un vocabulaire métissé de gestes, et avec une ébauche d'anglais, que Paola apprenait de jour en jour.

Marion demanda le prénom de l'enfant, et Paola se rendit compte qu'elle n'en avait jamais parlé à John. Ce dernier serait bientôt appelé, admis dans la chambre pour voir le petit et la mère, mais Paola eut l'impression, en ce moment, que le petit animal tranquille, que la femme noire avait déposé dans un berceau et qui attendait encore d'être défini, lui appartenait en vertu d'un droit plus explicite : en dépit des conventions et des habitudes, c'était à elle de lui donner un prénom. Curieusement, le premier signal venu de sa mémoire alla vers quelqu'un à qui elle n'avait pas pensé depuis des mois, quelqu'un qu'elle croyait avoir oublié, ou du moins, devoir oublier.

— Francesco, dit-elle, avec une assurance qui contredisait la fatigue et la douleur de l'accouchement.

Le prénom de son père. Marion lui demanda si John en serait content, et Paola secoua la tête : ses chevaux châtains étaient devenus longs, et des mèches étaient collées à son front et à son cou. Content, John ? Elle ne le savait pas, cela n'avait pas vraiment d'importance.

— Un prénom est un prénom. Il ne signifie rien, sauf qu'on se tourne quand on entend le sien.

Ce raisonnement était trop complexe pour Marion, et la voix de Paola, à cet instant, était basse et fatiguée. Elle s'endormit sans avoir bien vu son enfant.

Le prénom ne plut pas outre mesure, et seul John, par affection et presque par devoir, le défendit et le fit sien. Charlotte et Margaret, cette dernière surtout, y virent un approfondissement du fossé qui les séparait de la jeune fille, toujours et seulement hôte de leur maison. Ce fut une naissance en sourdine, comparée, à travers des souvenirs chuchotés, aux festivités en l'honneur des deux premiers enfants de John. Ce fut un baptême en sourdine, et le prêtre eut du mal à prononcer le prénom du petit ; la fête qui suivit la cérémonie fut, elle aussi, embarrassante. Elle se déroula dans une pièce du rez-de-chaussée de la maison : on servit des tasses de thé et des scones préparés par la cuisinière pour le petit groupe d'invités, parmi lesquels il manquait la mère, encore trop près de son accouchement pour descendre l'escalier et se mêler aux autres. Margaret considéra comme un signe d'inconvenance railleuse la présence du setter, qui s'était faufilé dans la maison et s'était assis, le museau entre les pattes, non loin des fonts baptismaux. Elle ne le chassa pas, car elle y vit la confirmation que tout allait de travers, depuis le début.

*

Rome flottait dans l'air de la maison Breval telle une menace, un danger, une obstination. Paola en parla à John, environ une semaine après l'accouchement.

— J'irai là-bas au printemps, après les célébrations de Pâques. Quand l'enfant aura une nourrice. Tu m'aideras à écrire aux prêtres de la Pénitencerie. Ils devront m'écouter, ils me délieront de mes vœux. Et, une fois que je serai libérée des vœux et de l'ordre, nous nous marierons.

— Ils ne te libéreront jamais. Te livrer à eux, en ce moment, est pure folie. Tes vœux sont sans valeur aux yeux de l'Eglise anglicane, pourquoi te mettre en situation de... Il secoua la tête, irrité : Tu verras, je devrai t'emmener loin de leurs salles en dégainant l'épée, et pour la deuxième fois, il y aura enlèvement.

L'image était chevaleresque et fantaisiste.

— ... Mais tu rêves, John. Je sortirai de là sans menaces de duel, et sur mes deux jambes. Elles me font si mal, ces jours-ci ! dit Paola, revenant, de l'avenir, aux petits désagréments dus à sa récente maternité. J'aimerais marcher dehors, pas longtemps, mais un peu, pour reprendre des forces.

Sa physionomie n'était plus celle d'une jeune fille, elle avait une certaine gravité, mais la voix, la voix avec laquelle elle implorait en vain pour sortir, avait, pour John, la même séduction profonde et obscure.

— Encore quelques jours de patience, pas beaucoup, tu verras.

Il caressa ses jambes, étendues et appuyées sur un escabeau, la caresse devint un massage léger, qui effleura son ventre encore gonflé, ses seins, et s'acheva sur un baiser, hésitant entre chasteté et passion. Et le sujet du voyage à Rome fut momentanément abandonné.

Le printemps était encore loin et le jardin enseveli sous la neige. Silence et blancheur. Il y a, dans ma tête, certains adagios de Beethoven qui accompagnent la suspension entre ciel et terre des hivers neigeux, et je regrette que Paola, qui est beaucoup plus férue de musique que moi, ne puisse même pas les imaginer et les parcourir, de sa voix profonde et nette.

Les jours de patience furent plus nombreux que ne l'avait promis John. Durant encore trois semaines, Paola ne mit pas les pieds dehors, la vitre de la grande véranda du salon s'interposait entre elle et la neige qui s'épaississait sur le sol ; Dieu sait combien il en tomberait encore. Elle avait beau être concentrée sur l'enfant et en prendre soin avec plaisir et curiosité, il lui arriva souvent de penser que, sans lui, elle aurait été dehors à jouir du froid moelleux de cet hiver exceptionnel. Le nez collé à la vitre, alors qu'elle voyait papillonner les flocons, elle se souvint que la dernière chute de neige était tombée sur sa robe noire et blanche de bénédictine, dans le cloître de Sainte-Radegonde.

— J'ai envoyé une lettre au cardinal Petra, à la Pénitencerie. Il dit qu'il se présentera devant le collège pour demander la procédure formelle ; vous m'avez bien entendue, sœur Rosalba ? La dissolution formelle des vœux. Plus encore ! Il parle d'annulation des vœux, pour cause de contrainte.

A Milan aussi, il avait beaucoup neigé cet hiver-là ; il faisait un froid vif, que même les pièces les plus intérieures et les mieux abritées ne combattaient pas efficacement. Non qu'il manquât du bois pour les cheminées et les poêles, mais ils le dévoraient et ne remplissaient pas l'espace occupé par le froid glacial, qui s'insinuait partout. Le bureau de la mère abbesse n'était pas un lieu chaud, dans aucun sens du terme, surtout pour sœur Rosalba.

— Il me semble que la comtesse Pietra a fait savoir qu'elle ne voulait pas fuir ses responsabilités.

— Je ne comprends pas pourquoi vous l'appelez "comtesse Pietra", c'est une religieuse, bien que, en ce moment, je ne sache pas, en conscience, quel titre lui donner. Mais ce n'est sûrement pas son père qui avalisera son appartenance à une famille qu'elle a déshonorée.

Que de chemins, nombreux et divers, prend le concept d'honneur, et avec combien de conviction et de bonne foi on en fait le motif de revendications et d'offenses, n'est-ce pas ? La famille Pietra avec sa marque d'infamie, le couvent de Sainte-Radegonde et la blessure d'une fuite ignominieuse : l'une et l'autre étaient convaincues que la fugitive leur devait un dédommagement. Et du reste, dans la grande maison du Kent, loin des motifs de nature religieuse, les demoiselles Breval aussi, l'une d'elles en particulier, sentaient que leur honneur n'était plus intact depuis que l'Italienne était arrivée chez elles. Sœur Rosalba, en revanche, ne léchait sur elle aucune blessure morale : elle se tenait avec fermeté devant sa supérieure, bien qu'il ne lui fût pas facile de garder un ton à la limite du flegme, face à la colère froide de l'autre. C'était une compétition de self-control, et la ligne d'arrivée était proche : l'une des deux devrait s'effondrer et se rendre, face à la supériorité de l'adversaire, mais c'était une compétition entre femmes, et, en général, elles se jouent davantage sur la ténacité lente que sur la vitesse. A ce moment de l'histoire, sœur Rosalba était la plus seule et la plus fatiguée d'une bataille que, en substance, elle croyait avoir remportée au moment où Paola avait franchi le petit portail du jardin. Elle se demanda, dans le froid du février milanais, en quoi il lui importait de jouer un rôle sans aucune utilité ultérieure. La mère supérieure se tenait devant elle, assise sur sa chaise haute, derrière une table massive ; sur le plan de celle-ci, en noyer foncé, trônait la feuille jaunâtre – la notification de la Pénitencerie. La mère supérieure avait les doigts engourdis, et son menton tremblait légèrement, à cause du froid ; le ton de sa voix tentait de conserver le détachement didactique qu'elle utilisait, par principe, avec ses subordonnées, mais pour elle aussi, ce contrôle commençait à peser. Il nous faut ajouter que la maigreur de son corps était une bien piètre défense en cet hiver, et les forces qu'elle devait déployer contre l'adversité lui coûtaient de l'énergie et de la chaleur vitale. Endoctriner la nonne âgée, qui se tenait devant elle, n'était pas facile, la persuader de la gravité du péché de sa protégée était pourtant une sorte de mission, et Dieu la récompenserait, tôt ou tard, dans ce monde ou dans l'autre, de sa ténacité. Elle glissa ses mains dans les larges manches de sa robe, en quête d'un peu de chaleur, et, comme son interlocutrice ne proférait aucun argument ni réponse, elle s'apprêta à reprendre, seule, le fil de son propos. Elle poussa un soupir et serra ses lèvres minces, un peu livides.

— Il est certain que nous serons appelées à témoigner, dans cette histoire. Dieu veuille qu'on ne nous demande pas de quitter cette maison, pour un voyage qui serait trop long pour nos... – et elle leva les yeux pour mettre sa rivale de son côté – ... forces. En tout cas, si cela arrive, nous ne nous déroberons pas au devoir de réponse. Et vous, sœur Rosalba, vous avez beaucoup à dire au sujet de cette fuite. Des choses que vous ne m'avez jamais dites, à moi. A votre confesseur, je ne sais pas.

La nonne leva les yeux sur sa supérieure, dont elle recevait, pour la première fois, une attaque explicite. Elle eut envie d'en finir avec cette mascarade : puisque l'on savait qu'elle avait beaucoup de choses à dire, pourquoi ne pas commencer à les dire ? Elle pensa, avec nostalgie, à la musique, à laquelle elle avait dû renoncer depuis presque un an. Le violoncelle était resté le seul compagnon de cette passion, solitaire lui aussi, et plus muet qu'avant, appuyé à un angle de sa cellule, comme un clandestin.

— Oui, je pourrais avoir beaucoup de choses à dire sur cette fuite. Comme vous, du reste, ma sœur. Nous avons été aux côtés de cette jeune fille assez longtemps pour comprendre son malaise et son absence de vocation. Ce à quoi nous ne nous attendions pas, c'était à une telle résolution, chez quelqu'un d'aussi jeune. Mais le caractère, ma mère, est un don de Dieu. Et la comtesse Paola Pietra en avait plusieurs, de dons, elle en a plus d'un. S'il faut en parler avec les révérends pères de la Pénitencerie, nous en parlerons.

— Si chacun suivait son propre caractère, ma sœur...

Dans le ton menaçant, on pouvait lire en transparence ce qu'aurait été le caractère de l'abbesse, dans ses manifestations sinon dans sa substance qui, en vérité, était bien connue.

— Pourquoi pas, ma mère ? Pourquoi ne pas nous dire au moins une fois, clairement, ce qui nous passe par le cœur et nous assombrit, même ici entre nous, à l'abri de ce couvent ?

A ce moment-là, on frappa à la porte : c'était la gardienne qui venait annoncer une visite pour la mère supérieure, si bien que le dialogue entre les deux femmes s'arrêta là. L'abbesse se leva, en masquant la fatigue de son corps engourdi ; elle congédia hâtivement sœur Rosalba, soulagée, au fond, de ne pas devoir répondre à la provocation de sa rivale. Il lui fallait du temps pour réfléchir à ce qui était en train de se passer. Elle parcourut le couloir, en direction du parloir ; sœur Rosalba sortit avec elle du bureau, elle se dirigea vers sa cellule puis s'arrêta, saisie d'une pensée ou d'une fantaisie : par une des fenêtres du couloir, on voyait un ciel encore chargé de neige et, dans le carré du cloître, le blanc qui recouvrait l'herbe accentuait l'obscurité des pierres du portique. Elle tenta d'imaginer ce que devait être la campagne autour de Milan : elle n'était pas sortie d'ici depuis tant d'années !

C'était le mois d'avril, quand Paola Pietra arriva à Rome. Elle avait laissé son enfant, dans un hiver qui se traînait entre pluies et brumes, et trouva ici un printemps avancé. La ville ne l'intéressa absolument pas, sa tête était occupée par ce qu'elle devrait affronter : comment elle défendrait son choix, comment et quand elle rentrerait en Angleterre. Malgré le soleil et la lumière, le vert et le parfum des jardins, une atmosphère enveloppante et molle flottait autour d'elle : le paysage d'églises et de palais, cette coterie fastueuse à côté d'une misère extrêmement visible, la mit mal à l'aise, pour ce qu'elle put voir et comprendre, durant le trajet entre le port de Civitavecchia et le logement qu'on lui avait attribué, dans un couvent de clarisses. A John, qui l'avait accompagnée, on imposa de la laisser seule, dans la résidence qui n'était destinée qu'à elle.

— Je viendrai te prendre avec l'épée et le pistolet, s'il le faut, lui dit-il en la quittant, avec une angoisse qu'il camoufla derrière une bravade apparente.

Au moment de la séparation, Paola aussi, qui avait voulu ce voyage et cette confrontation, se sentit un instant perdue, saisie de regrets. Ce n'était pas tant l'enfant, resté à Sevenoaks, gardé par une nourrice expérimentée et par Marion plus que par ses tantes, qui l'inquiétait et la chagrinait, mais son compagnon. John trouva à se loger non loin du couvent où Paola avait été accueillie, mais la proximité, ils le savaient tous les deux, ne signifiait rien ; ils n'avaient pas la possibilité de se voir ni de se parler. A partir de là, le destin de Paola et l'histoire de sa confrontation avec les éminences de l'Eglise romaine, avec les supérieurs de son ordre, et peut-être avec l'abbesse du couvent milanais, lui resteraient inconnus, jusqu'à ce que tout soit fini ; alors, il retrouverait sa compagne, ou la perdrait pour toujours. L'aventure de la fuite, longue et difficile, et celle du voyage de l'année précédente lui semblaient insignifiantes, comparées à l'inconnue de ces jours, durant lesquels il nourrit aussi un sourd ressentiment envers elle, Paola, qui avait insisté pour accomplir cette démarche. John ne savait même pas où se tiendrait ce qu'il appelait "le procès", et les heures qui suivirent la séparation furent lourdes d'hypothèses, de conjectures, de silences. Jusque-là, il n'était jamais venu à Rome qui, dans son esprit, représentait la ville ennemie ; au-delà de la réputation dont elle jouissait auprès de ses concitoyens, il ne nourrissait pour elle que méfiance. Il décida de se comporter, dès le lendemain matin, comme l'aurait fait un espion infiltré dans un territoire hostile à reconnaître, dans le cadre d'une action guerrière. S'il devait enlever sa compagne, si cette menace de l'épée et du pistolet, qu'il avait brandie, s'avérait nécessaire, il devait avoir une idée claire des rues par lesquelles s'enfuir, sur la manière la plus sûre d'arriver à Civitavecchia, ou plus au sud, pourquoi pas à Naples, hors des Etats pontificaux. Il demanda au propriétaire de son logement s'il pourrait trouver le moyen de quitter la ville de toute urgence, au cas où ses affaires le rappelleraient en Angleterre ; l'homme lui répondit qu'il n'y avait rien de plus facile, et laissa entendre qu'il suffisait de payer.

— Si monsieur le désire, ajouta-t-il, je peux m'en charger.

— Vous pourriez me trouver ce moyen ?

— Je peux vous rendre moi-même ce service, monsieur. Et en toute discrétion.

Cette dernière précision ne plut pas du tout à John Breval : ceux qui promettent de la discrétion ont déjà compris, ou présument avoir compris trop de choses. Il remercia et précisa que ce n'était qu'une hypothèse prudente. Il se dit qu'il chercherait de l'aide ailleurs. Il pensa à des connaissances qui lui avaient parlé de leur séjour dans cette ville avec un mélange de fascination et de répulsion, et, pour tromper l'attente, se consacra à la recherche de ce côté fascinant que les contingences et l'anxiété ne lui permettaient pas de voir. Il respira l'air des grands jardins citadins et marcha longuement, en suivant le cours du fleuve. Lorsqu'il se trouva devant la masse imposante du château Saint-Ange, il frissonna à l'idée d'emprisonnement qu'il suggérait ; il avait entendu parler d'une fuite mythique de Benvenuto Cellini, qui s'était coulé au bas des remparts de la forteresse. Le mot "fuite" l'obsédait. Il resta de l'autre côté du Tibre, au-delà du pont aux statues qui conduisait à Saint-Pierre, et s'éloigna à pas rapides de la menace de la grande église, en bas, vers l'île Tibérine.

On lui fit revêtir l'habit de religieuse. Tout de suite, dès son arrivée au couvent. Dans la cellule qu'on lui avait attribuée, elle trouva, étalée sur le lit de fer appuyé au mur, la robe des bénédictines, et la sœur qui l'accompagnait l'invita à la passer rapidement ; bientôt, elle serait appelée par l'abbesse du couvent, et la règle ainsi que sa situation particulière de nonne jugée voulaient qu'elle se soumette à l'uniforme des religieuses. La sœur qui l'accompagnait était âgée, et, à sa manière, curieuse.

— Vous venez du monastère de Sainte-Rade-gonde, n'est-ce pas ?

— Je viens d'Angleterre.

— Oui, je sais cela. Mais votre siège, je veux dire votre ordre, je le vois au vêtement que vous devez porter. Vous êtes une sœur de saint Benoît.

— C'est mon père qui m'a mise là. Contre ma volonté, dit Paola, pour couper court.

L'autre l'observait avec un intérêt évident, et mille questions lui brûlaient les lèvres. Elle avait examiné avec attention la robe élégante, les cheveux, longs et difficiles à cacher sous le voile.

— Vous devrez les couper à nouveau, vous le savez. C'est moi qui le ferai, c'est une de mes tâches, ici. Pour l'instant, faites-les tenir comme vous pouvez, bien cachés. Tout à l'heure, je m'en occuperai.

— Non, ce ne sera pas la peine. Je ne devrai pas les couper. Cela ne prendra que quelques jours, et je ressortirai.

La sœur la regarda, avec encore plus de curiosité.

— Quelques jours ? Vous croyez ? Mais, ma sœur, ce n'est pas si simple.

— Ne m'appelez pas "sœur", s'il vous plaît !

— Mais nous le sommes. En Jésus-Christ. Même si vous le refusez, nous ne pouvons que vous sentir et vous considérer comme l'une des nôtres. Sauf si – et elle s'arrêta pour bien peser sur ce "si" – si, et quand ils vous délieront de vos vœux, vous prenez une autre voie… A présent, enlevez cette robe et mettez l'habit religieux.

— Je vous prie de sortir. Je le ferai seule.

— Mais je peux vous aider, et puis, et puis je dois emporter vos vêtements.

— Vous le ferez après.

La nonne la regarda avec méfiance, sa curiosité se transformait en antipathie mêlée de crainte, à cause du ton impératif, mais poli, de la jeune fille.

— Ce n'est pas… ce ne serait pas cela, la règle.

Et elle fit mine de s'attarder encore, mais Paola, immobile dans l'espace exigu de la cellule, lui fit comprendre que ce n'était pas une question de règle, pas en ce moment. Et la religieuse sortit.

Restée seule, Paola s'assit sur le lit, écartant l'habit avec impatience. Elle le mettrait, car c'était la règle, mais l'affaire lui répugnait. Elle repensa à son refus d'être appelée "sœur", elle qui, avec John, avait si souvent répété que tant que ses vœux ne seraient pas annulés… Elle se secoua, se déshabilla et rangea ses vêtements sur la tête de lit en fer, la robe, le jupon, le corset en lin, les bas. Elle resta nue : ce n'était plus le corps agile de la jeune fille en caleçon de marin, il était maintenant plus épanoui et plus grave. Elle s'attarda un peu à penser, plus qu'à voir, sa propre nudité, puis enfila l'habit, ajusta la guimpe et fourra ses cheveux dans le capuchon ; par-dessus tout cela, elle mit le voile et, ainsi déguisée, s'assit sur un escabeau, en attendant l'appel de l'abbesse du couvent.

La nonne âgée n'avait pas parlé en l'air. Ce ne serait pas une question de jours. Il fallut des heures et des heures avant que Paola ne soit reçue par l'abbesse des clarisses ; une attente qui ne servait qu'à souligner l'état de péché de la jeune femme, renforcée par un accueil d'abord froid et formel, puis un peu moins rigide, et peu à peu plus attentif, en raison de la curiosité que l'histoire de la fugitive suscitait. Concernant celle-ci, l'abbesse savait ce qu'on lui avait dit, pour l'informer de la présence, au couvent, de cette personne singulière ; mais elle ignorait qui était vraiment cette rebelle qui avait accepté de se livrer et de se soumettre à l'autorité, pour demander l'annulation officielle de ses vœux. Elle lui parla d'abord par sens du devoir, pour la rappeler à la responsabilité de son choix désastreux, elle lui parla sans la regarder en face. Elle leva les yeux et les fixa sur Paola, quand celle-ci dit, avec une lenteur étudiée, que son choix n'avait pas été désastreux, mais mûrement réfléchi et déterminé, et nécessaire.

— Vous avez prononcé un serment que vous avez renié de manière scandaleuse. Vous avez fait du mal à vous-même, et engendré le désarroi de vos sœurs de claustration, de la mère supérieure qui vous avait accueillie. Cela est…

— On m'a contrainte au serment, et ma volonté n'est pas entrée en ligne de compte. Ma volonté est d'être une femme dans le monde.

— Vous n'avez pas idée de ce qu'est le monde. Ce que vous avez vu, en fuyant le salut, n'est qu'une apparence, peut-être encore attirante pour l'instant, mais elle vous trahira et vous décevra.

Paola fixa ses yeux sombres sur l'abbesse, elle entrouvrit légèrement les lèvres sans laisser sortir un seul mot et, l'espace d'un instant, entre elles, le silence fut total.

— Que savez-vous de moi, ma mère ?

La question était plus audacieuse qu'il n'y paraît, et, en réalité, il était étrange que, dans sa situation, Paola posât des questions.

— Je sais que vous vous êtes enfuie du couvent de Sainte-Radegonde, que vous vous êtes réfugiée en Angleterre afin de suivre un homme qui vous a arrachée à la paix pour vous entraîner…

Elle hésitait, ne trouvant pas le mot juste qui ne fût pas tout de suite, dramatiquement, celui de "perdition". Le visage de la jeune femme assise en face d'elle ne portait aucun signe de ruine intérieure, si tant est que la ruine de l'âme transparaisse sur le visage et le corps d'une personne. L'abbesse romaine avait si souvent entendu parler d'histoires de diables, de tentations et de ruine ; elle en avait elle-même tant propagé, pour l'édification de qui ne sortirait jamais du droit chemin, qu'elle savait une chose : la tromperie la plus mortelle pouvait se cacher derrière l'apparence de la sérénité.

— Pour vous entraîner, reprit-elle, à votre future ruine. Ah, ma sœur, vous êtes encore jeune, et l'Eglise peut vous accueillir, vous aider à trouver la paix de l'âme que vous êtes en train de perdre.

Le visage de Paola, encadré par le voile, était pâle, et en ce moment, on aurait pu le croire égaré : ses grands yeux semblaient interrogateurs, et la mère des clarisses se dit que, sous peu, la jeune femme s'abandonnerait à l'appel du droit chemin, aux remords pour ce qu'elle avait fait.

— Il y a trois mois, j'ai accouché d'un enfant, je suis une mère.

Difficile de savoir si elle l'avait dit à dessein, pour souligner le droit à un titre, qui, chez l'autre, n'était que nominatif. Et l'autre, la mère selon l'Eglise romaine, et non selon la nature, rougit. Paola le remarqua et considéra que c'était une réaction différente de celle qui fleurirait sur le visage de la mère abbesse milanaise. Où trouvait-elle l'assurance d'une remarque aussi fine, elle n'aurait su le dire, mais chez cette religieuse à l'apparence sévère, il lui sembla avoir déniché une délicatesse qui ne tenait pas aux mots – ceux-ci étaient prévisibles et quasi automatiques sur les lèvres de la supérieure d'un couvent. Mais cela pouvait venir du ton sur lequel elle disait ce que, inévitablement, il lui fallait dire, de sa manière de regarder son interlocutrice, droit dans les yeux. La silhouette solide et massive donnait l'impression qu'on pouvait s'appuyer sur elle, que, derrière l'uniforme qui la conformait à la règle, il y avait une personne claire et sévère, une personne honnête. Et, sur le fil de cette rougeur, sans se soucier de mieux l'interpréter pour d'autres indices, Paola se tendit en avant et dit :

— Aidez-moi, ma mère. Elle le dit sans aucun signe de faiblesse suppliante, d'une voix ferme et sûre : Aidez-moi, car ainsi doit agir qui a le sens de la justice.

Non, cela, elle ne le dit pas, mais c'était implicite dans le ton de sa voix, qui ne cherchait pas la compassion.

— A qui avez-vous laissé votre fils ?

— Il est en Angleterre, dans la maison de celui qui sera mon mari, quand tout cela sera, une fois pour toutes, fini.

— Je ne peux rien faire pour vous. Sauf vous avoir écoutée.

Mais, se dit Paola, ce n'était pas une porte close. Et elle attendit qu'autre chose suive ce "rien". A présent, l'abbesse l'observait de plus en plus attentivement, elle regardait son habit et devinait les formes de la jeune femme, son corps ferme et épanoui, et pourtant jeune.

— Vous devrez vous couper les cheveux pendant que vous serez ici, en attendant d'être reçue par la Pénitencerie. Il y avait un certain regret dans la voix de l'abbesse, et une sympathie inexprimée pour la jeune femme qui avait porté instinctivement la main à sa nuque, étonnée d'y trouver le voile. Mais ils repousseront. Ce ne sera pas un grand sacrifice. Pas le plus grand.

Le plus grand fut de se retrouver plongée dans la vie qu'elle avait rejetée. La discipline du couvent ne lui fit pas de cadeaux, comme si elle était, depuis toujours, un membre de celui-ci. La messe, les heures que les nonnes psalmodiaient et que Paola se surprit à répéter comme un automate, s'étonnant que les paroles lui reviennent à la mémoire, sans effort. Quand, à la fin de la prière, elle s'aperçut qu'elle récitait les complies sans se tromper sur un seul verset, sans même écouter un des

nombreux mots qu'elle prononçait en toute diligence, elle ressentit à la fois de l'agacement et de
la gêne. Il n'était pas si éloigné le temps où, seule
sur un bateau à la dérive, sans versets, sans formules ni génuflexions, elle avait prié Dieu pour
qu'il l'aide. Et maintenant qu'elle avait de nouveau
besoin de cette aide, dans le labyrinthe des formules, elle craignait que sa voix ne se perde et ne
se brouille. Et puis, sa voix ne disait rien de ce
qu'elle aurait voulu dire, et qui était, en substance,
peu de chose. Ou quelque chose que, dans ce lieu,
il n'aurait pas fallu dire et penser. Elle le disait,
seule dans sa cellule : une prière qui se concen-
trait, tout entière et uniquement, sur le prénom de
son amant, et Dieu seul pouvait l'entendre. Il ne
fait aucun doute qu'ici, justement ici, la foi de Paola
dans la finesse de l'ouïe divine était infinie.

Une semaine s'écoula sans qu'on la fît appeler,
et sans nouvelles de l'extérieur. On lui coupa les
cheveux, et le geste tranchant de la nonne âgée
eut quelque chose de triomphal :

— Ils devaient beaucoup vous gêner sous le
voile, hein, ma sœur ?

Mais la sœur ne se prononça pas. Elle avait décidé, pour sa défense, de ne manifester dans ce
lieu aucun sentiment, aucune émotion. Elle regarda
sa chevelure éparse sur le sol, et eut l'impression
de voir le pelage d'un animal mort, encore inutilement doux. Elle pensa au setter, qui s'élançait
dans le grand pré de Sevenoaks. La nonne âgée
se pencha pour ramasser la chevelure :

— Vous ne le croirez pas, mais mes cheveux
avaient la même couleur, et ils étaient encore plus
longs, quand j'ai prononcé mes vœux. Elle se tut
un instant, puis revint sur le sujet, afin que, dans
la tête folle de la jeune femme qui rajustait capuchon et voile, ne naisse aucune idée fausse : Mais

j'ai été si contente de les voir à terre, comme toutes les vanités !

Et elle sortit, portant dans son tablier les cheveux, qui deviendraient la perruque de quelque dame romaine.

A la fin de la semaine, on l'informa officieusement – et ce ne fut pas la moindre des gentillesses, de la part de l'abbesse – que les démarches de la Pénitencerie seraient achevées d'ici une quinzaine de jours, qu'on lui donnerait enfin audience et qu'elle pourrait exposer ses raisons à Leurs Eminences ; lesquelles "l'écouteraient avec l'attention paternelle et la sévérité que mérite une âme en péril". Ce dernier sujet apparut enfin sur le papier qui lui fut envoyé par la Pénitencerie, et Paola sentit, au ton et à la forme, l'écho des arguments de l'abbesse de Sainte-Radegonde, le même langage enveloppant et inflexible, si l'on peut utiliser une telle antithèse. Quant à Paola, elle ne dit rien, elle ne manifesta ni impatience ni contrariété. Elle ne demanda même pas à être réentendue par l'abbesse des clarisses, qu'elle voyait chaque jour à la récitation des heures. Elle se souvient de moi, bien sûr qu'elle s'en souvient, mon habit est différent du leur, elle me voit tous les jours, elle sait que je ne veux pas rester ici, ni ici ni à Milan, parmi les nonnes derrière le Duomo. Elle sait que j'ai un enfant, elle a dit que mes cheveux repousseront. Un petit sacrifice. Même Son Eminence le cardinal Petra, le cardinal Petra… et Paola se perdait en rêveries, dues à la ressemblance entre son propre nom et celui du prélat qui la jugerait. Elle cherchait aussi, dans ces signes fortuits, des indices rassurants, annonçant que le cardinal serait juste avec elle. Pas bienveillant, il n'y avait pas de quoi être bienveillant ; la justice était beaucoup plus sûre, et solide. Et un dû.

John Breval passait chaque jour sous les murs du couvent des clarisses où Paola était enfermée : les quelques fenêtres donnant sur la rue étaient closes, close la grande porte d'entrée. A la différence de Sainte-Radegonde, aucune église en commun entre les nonnes et le peuple, aucun espoir, non d'un contact, mais, au moins, d'une proximité. Malgré cela, John ne manqua jamais d'accomplir ce rite propitiatoire et de s'éloigner ensuite à contre-cœur, avec la perspective d'une autre journée oisive. Durant tout ce temps, il entretint avec Charlotte une correspondance serrée, pour laquelle il avait trouvé l'aide d'un fonctionnaire de Sa Majesté britannique résidant au Saint-Siège, un homme qui n'était pas en vue dans les rangs de la diplomatie, mais très efficace dans les relations avec Londres. Cet homme, un certain Dew Harlett, un bourgeois doté d'une belle intelligence, s'était présenté à John, reconnaissant en lui un compatriote, par le plus grand des hasards. Cela s'était passé lors d'une promenade à l'ombre dans les jardins sur la colline du Pincio, une promenade solitaire pour les deux hommes, à la fin d'un après-midi qui commençait à devenir chaud. Ils s'étaient retrouvés côte à côte dans la montée de Trinità dei Monti. C'était un nouvel accès à l'église, si fascinant que, malgré ses préoccupations, John ne put qu'apprécier le faste et la lumière blanche qui émanait du travertin encore propre. Peut-être le nouveau venu poussa-t-il une exclamation de surprise, peut-être fut-ce son aspect, sa façon de s'habiller ; bref, le Harlett en question s'adressa à lui avec une curiosité aimable, et ils se découvrirent compatriotes. Inutile, ici, de rapporter les propos qu'ils échangèrent et qui, de génériques, se firent de plus en plus directs. Directs, mais pas au point que John révélât la raison profonde de son séjour romain, et l'autre ne la lui demanda pas. Mais il lui fournit un moyen rapide d'envoyer des lettres à sa sœur, dans le Kent. Seulement à Charlotte, à laquelle il recommandait aussi, en clôture de chaque lettre, de saluer Margaret. Il lui demandait des nouvelles de l'enfant et l'informait du peu qu'il savait sur l'évolution de la situation, à Rome.

Si le simple fait de le penser n'était pas absurde, lui écrivit-il un jour, *je te demanderais de me rejoindre ici et de me tenir compagnie dans cette histoire, dont je suis incapable d'imaginer comment elle se terminera. Paola a été très sûre d'elle, jusqu'au moment de la séparation. Mais je sais bien qu'elle ne peut pas ne pas avoir douté de l'issue de ce qui, pour moi, a tout d'une farce. Mais une farce qui peut être dangereuse. Je n'ai aucune idée du temps que tout cela prendra, et elle m'a été enlevée comme on prend un objet volé des mains d'un voleur. La lumière de cette ville, si lumineuse et chaude, aujourd'hui, m'apparaît, en fait, comme un éblouissement, qui m'empêche d'y voir clair. Et puis, quand on est seul, on réfléchit, on rumine…*

Charlotte se demanda si elle ne devait pas secourir son frère en difficulté.

— Que de choses absurdes on fait dans cette maison !

Ce fut le commentaire, prévisible, de la plus jeune. Si bien que, sur cette note, Charlotte laissa retomber son premier élan. Elle écrivit à John qu'il ne devait pas céder au découragement et que, pendant ce temps, elle pouvait mieux suivre la croissance de l'enfant et assurer à son frère que tout, du moins dans ce domaine, allait et irait pour le mieux. Grâce à l'énergie et à l'expérience de Marion, lui écrivit-elle. Le printemps était encore loin du Kent et le soleil qui l'éblouissait, lui, au sud, n'était ici qu'un mirage. Elle aurait voulu lui dire de profiter de cette belle saison dont il jouissait en Italie, mais en réalité, Charlotte non plus n'osait pas approfondir les raisons pour lesquelles son frère était tendu ; elle divaguait sur des choses normales, lui racontait les histoires ordinaires d'une vie tranquille. Elle tenait ainsi à distance son anxiété à lui, et la sienne, car, bien qu'elle ne fût pas profondément liée à la jeune femme enfermée dans le monastère, elle avait quand même devant ses yeux ce regard intense, que la maternité avait rendu encore plus évident. Assise au secrétaire du bureau, pendant que Margaret lisait ou feignait de lire et lui jetait des regards en biais, elle leva brusquement la tête et dit, sans presque s'adresser à sa sœur :

— Moi, je crois qu'ils ont tous les deux quelque chose de très, très particulier, qui ne ressemble pas aux mariages heureux que nous connaissons.

— Je n'y vois rien d'heureux, en effet.

A la réponse caustique de Meg, Charlotte secoua la tête.

— Il n'est pas très important que, toi ou moi, nous voyions clair là-dedans, que nous le comprenions. Pas maintenant. Puis elle se pencha de nouveau sur la page blanche : *En tout cas, l'idée que je te rejoigne en Italie ne serait vraiment pas si absurde. Parmi nos connaissances, celles qui ont passé un certain temps à Rome en ont été si enthousiastes ! Et moi, je n'ai jamais vraiment voyagé…* » La lettre partit vers la fin du mois d'avril ; à Sevenoaks, le temps était toujours gris.

Le cardinal Petra, les éminences de la Pénitencerie de Rome, et peut-être Sa Sainteté elle-même, s'occupaient de sœur Paola Pietra. Chacun à sa manière, dans l'ignorance la plus totale de la personne qui se trouvait derrière ce nom. Des nouvelles arrivées de Milan, les comptes rendus de l'archiduc d'Autriche et la plainte en bonne et due forme de l'abbesse de Sainte-Radegonde, et surtout le principe incontournable de la fidélité aux vœux prononcés firent du problème une formalité à résoudre en quelques répliques. En fait, selon la sainte Eglise romaine, l'affaire était déjà résolue avec un jugement d'excommunication, sauf si la coupable faisait acte de soumission. Mais il y avait l'anomalie représentée par le choix de cette jeune femme singulière, qui, au lieu de fuir le jugement de sa faute, se présentait pour demander à être libérée du lien d'appartenance à l'ordre des bénédictines. Le cardinal Petra, qui était un homme de grande expérience et, disait-on, d'intransigeance, avait lu et examiné les documents et avait été vraiment surpris, en découvrant qu'il avait affaire à une réprouvée non pénitente. A la lettre enjoignant à sœur Paola Teresa Pietra de se présenter au tribunal de la Pénitencerie, lettre expédiée à une mystérieuse adresse en Angleterre, il n'aurait jamais imaginé une réponse affirmative. Le cardinal était d'un âge plutôt avancé, et ce n'était pas la première fois qu'il devait se prononcer sur une affaire de fuite d'un couvent ; mais, pour la première fois, la fugitive se trouverait devant lui, de son plein gré. Assis à son bureau, devant un chocolat fumant auquel il n'aurait renoncé pour rien au monde, pas même au cœur de l'été romain, il lut et relut les documents relatifs à la personne en question. La veille seulement, il avait appris qu'elle était arrivée depuis quelque temps et qu'elle était logée au couvent des clarisses, près de Santa Francesca Romana. Il jugea curieux que la jeune fille de Sainte-Radegonde se trouvât à présent dans un couvent de

clarisses, juste à côté de l'église d'une sainte bénédictine.

Tout était extrêmement singulier : cette Paola Pietra, qui refusait l'ordre et qui avait choisi une fuite
rocambolesque, se présentait maintenant au jugement, dans l'intention d'exprimer ses raisons, sans
crainte de se confronter à l'infidélité à son passé ;
cette curieuse discipline, cette façon de ne pas fuir…
Le cardinal but son chocolat jusqu'à la dernière
goutte, bien épaisse, s'essuya avec une serviette en
lin, chaque matin immaculée, qu'il laissa tomber
sur un plateau ; bientôt, un serviteur emporterait
celui-ci et disparaîtrait, telle une ombre silencieuse,
par la petite porte donnant sur les pièces de service, à l'arrière du palais. Sa Sainteté Clément XII
avait été informée de l'affaire : même s'il s'agissait
d'un épisode isolé, il était de règle d'en référer au
pape. A ce pape tout particulièrement, et dans ce
cas, encore plus particulièrement.

La serviette jetée à côté de la tasse vide était
tombée de telle sorte qu'elle mettait en évidence la
tache marron foncé ; Son Eminence la tourna de
l'autre côté, d'un geste dégoûté. Il secoua la clochette avec énergie et attendit l'arrivée du serviteur,
pour qu'il débarrasse la table. Dès qu'il avait fini
de savourer un plaisir, il avait hâte d'en faire disparaître toute trace au plus tôt. Et puis, il avait du
travail. Il devait vite compléter le compte rendu
pour Sa Sainteté, avec tous les détails. Dans une
semaine aurait lieu la rencontre avec l'aristocrate
milanaise. L'avis aux sœurs de Sainte-Radegonde
était déjà parti depuis trois jours, et on ne leur
donnait pas plus de deux semaines pour arriver à
Rome et être présentes, afin d'apporter leur témoignage concernant la réprouvée. Le cardinal Petra,
Napolitain, se piquait d'être un homme ponctuel et
diligent.

Les deux semaines prévues par le cardinal ne suffirent pas, car le voyage sous escorte des trois religieuses milanaises fut particulièrement lent et fatigant. Disons, pour donner des dates approximatives, que l'on avait un peu dépassé la mi-mai quand tout l'appareil, des juges aux témoins et à la… comment l'appeler ? l'accusée ? put être considéré comme prêt. Les cardinaux, et les éminences épiscopales en général, aujourd'hui comme alors, ont l'habitude de se déplacer, mais pour les religieuses cloîtrées, les trois Milanaises, il s'agissait d'une expérience hors du commun. L'abbesse – on peut le prévoir à ce que nous en avons dit jusqu'ici – était de l'austère école de saint Bernard, qui franchissait les Alpes et traversait des paysages d'une beauté bouleversante sans jamais décoller les yeux du sol, l'esprit tourné vers la prière. Cette beauté divine qui l'entourait perturbait la méditation ; c'était une tentation démoniaque. Ces deux attributions différentes sont sans doute le signe d'un fossé entre le langage de saint Bernard, et le mien ; le mien est beaucoup plus commun que le sien. Quoi qu'il en soit, disais-je, la mère abbesse de Sainte-Radegonde était du même avis que saint Bernard. Ce n'était pas le cas de sœur Rosalba Guenzani ; et ce n'était pas, non plus, celui de la nonne aux yeux bleus, sœur Maria Annunciata, inévitable numéro trois de cette expédition. Ce fut elle qui en jouit et en souffrit le plus, partagée entre deux tendances : soucieuse de rater le moins de choses possibles à cette occasion, et de ne pas démériter aux yeux de la supérieure. Elles voyagèrent le voile sur le visage ; sur ordre de l'abbesse, on avait tiré les rideaux des fenêtres de la voiture. Mais l'ordre ne parvint pas à imposer la nuit totale à sœur Rosalba qui, à la fin de chaque journée de ce voyage, avait presque mal au poignet, occupé à garder un soupirail ouvert pour s'émerveiller à la vue de la campagne et des montagnes, lorsqu'elles s'aventurèrent sur les routes et les cols des Apennins. Elles dormirent dans des monastères qu'elles auraient été incapables de situer, dont elles n'avaient jamais entendu le nom, elles entendirent des accents différents d'une région à l'autre, et, malgré la continuité des règles monastiques qu'elles rencontrèrent, malgré les rites au fond identiques, elles se sentirent chaque fois accueillies comme des corps étrangers, précédées par l'éclat d'une affaire qui commençait à faire scandale et dont, chacune à sa façon, chacune avec son caractère, elles étaient protagonistes. Elles en attendaient aussi des issues différentes. "Elle reviendra avec nous", avait annoncé Maria Annunciata aux autres sœurs, en partant, avec une flagornerie stupide ; il lui avait échappé que désormais, l'abbesse elle-même ne tenait pas vraiment à ravoir Paola Pietra au couvent.

Il faut rapporter, à ce sujet, un détail non négligeable : le comte Pietra, magnanime, avait laissé entendre qu'il ne demanderait pas la restitution de la dot de sa fille. Dans une lettre adressée à la mère supérieure, il avait expliqué qu'il considérait Paola comme morte pour lui, pour le monde, pour le monastère, et que ce qu'il était advenu, et adviendrait, de sa fille, ne le touchait plus. Il ne restait que la douleur de cette perte pour laquelle il ne demandait que le silence. Ce qu'il avait donné autrefois pour Paola pouvait bien rester à Sainte-Radegonde, en dotation. Ainsi, non par vénalité, que cela soit clair, mais sachant qu'elle ne devrait pas affronter une procédure administrative vraiment pénible, l'abbesse s'était sentie soulagée. Personne ne savait encore rien de ce soulagement, et elle n'avait aucune intention de le partager – avec qui, d'ailleurs ? Pas avec sœur Rosalba, qui n'avait jamais senti le poids d'une telle préoccupation, ni avec sœur Maria Annunciata, sa détestable fidèle, dont, en ces circonstances, elle avait observé avec agacement la joyeuse envie de partir. Non que la jeune nonne eût jamais laissé entendre clairement quoi que ce soit ; tout au plus s'était-elle plainte à ses sœurs de devoir affronter la fatigue et les dangers d'un si long voyage. Mais toute sa personne exsudait l'impatience et l'excitation. Le ton de sa voix était parfois plus aigu et hilare, son visage très blanc se colorait d'un rose peu naturel. Elle allait à Rome, et, à l'une des jeunes nonnes qui lui demanda ce qui l'émouvait le plus, à l'idée de ce voyage si long et si dangereux, elle répondit que dans toute cette fatigue, la récompense serait le fait d'être près, près comme jamais, de Sa Sainteté.

— Et vous le verrez ? avait demandé la jeune nonne, pleine d'une curiosité anxieuse.

— Le voir ? Qui sait ? Cela se pourrait, l'affaire est si exceptionnelle qu'elle pourrait faire intervenir même les plus grands, ils pourraient avoir besoin d'être là, présents. Ici, à Milan, sont intervenus l'archiduc, le cardinal archevêque, et, à Rome, vous pouvez imaginer…

Et elle laissa la nonne rêver à cette éventualité. Eh bien, la mère abbesse, surprenant le frémissement excité qui parcourait les religieuses, ne put que déplorer tant d'emphase inutile, et le fit savoir ouvertement.

— Nous n'allons pas à une fête, sœur Maria Annunciata. C'est une bien triste affaire qui nous voit impliquées, et qui nous arrache à la sainte tranquillité de notre maison. Quelle qu'en soit l'issue. La discrétion et la prière silencieuse sont les seules réponses que nous puissions donner, l'attitude qui convient à nous toutes.

Elle aurait voulu lui dire qu'il convenait aussi de ne pas se réjouir de la présence du saint-père à un événement aussi triste que la trahison d'une religieuse. Mais sur ce point, au fond de son cœur, la mère abbesse partageait avec les autres une émotion tacite et réprimée, une expectative : pour elle aussi, voir le pape de près serait un événement à faire trembler les veines de ses poignets. La seule qui se rendait à contrecœur à cette cérémonie était justement sœur Rosalba. Au fond d'elle-même, elle était seulement troublée à l'idée de revoir, ou, pis encore, de savoir proche, peut-être séparée par le mur d'une cellule, la jeune fille que, un an auparavant, elle avait aidée à fuir. Elle n'avait aucune idée de ce que celle-ci était devenue, elle n'imaginait pas le destin qui l'attendait, quelle serait la sentence de la Pénitencerie ; elle ne savait pas si sœur Paola était toujours heureuse d'avoir franchi ce pas, ou si elle en payait déjà le tribut. Dès le lendemain de cette fuite, sœur Rosalba avait eu la nostalgie d'une des plus belles voix qu'elle eût jamais entendues et éduquées, au cours de sa vie. Et cette voix, elle ne l'entendrait plus jamais, sans doute. Qu'on la reconduise au monastère ou qu'on lui rende sa liberté, il ne serait plus jamais question de musique. Durant cette année, sœur Rosalba avait vieilli. Elle n'avait pas besoin de miroirs pour savoir que son teint était devenu gris et que ses lèvres avaient pris un pli qui la vieillissait de bien plus que l'année écoulée. Elle sentait qu'elle avait moins à attendre d'un avenir désormais bref, et ce n'était pas la brièveté du cours de la vie qui l'attristait, mais le paysage morne des heures de chaque journée, à la fin de laquelle s'ouvrait la perspective d'une même insignifiance, pour le lendemain. Elle n'avait jamais, pas un seul instant, douté de son choix d'être une bénédictine ; mais une nonne muette !

Le carrosse et son escorte s'arrêtèrent devant la porte cochère du couvent des clarisses, où l'on ouvrit un pertuis dans lequel les trois voilées passèrent, pour se glisser dans l'entrée. Elles furent accueillies par la sœur tourière qui leur attribua leurs cellules et les accompagna avec une mine affairée ; elle était contente de cette nouveauté. Peu après, l'abbesse de Sainte-Radegonde se fit conduire dans le bureau de son hôtesse romaine, qui l'attendait sur le seuil ; les deux femmes se saluèrent avec une courbette cérémonieuse, et la porte se referma derrière elles. Entre-temps, sœur Maria Annunciata, restée seule, s'aventura dans les couloirs du monastère, à la recherche de la chapelle où était Notre-Seigneur Jésus-Christ, à qui elle voulait adresser une prière de remerciement pour être arrivée saine et sauve. Chemin faisant, elle regardait autour d'elle. écoutait, cherchait. Elle ne trouva aucune trace de Paola.

Enfin, tout fut prêt pour aborder l'affaire ; on n'attendait que l'appel officiel de la Pénitencerie, en la personne du cardinal Vincenzo Petra, qui devait fixer le jour de l'audience. On apprit que, auparavant, il écouterait l'abbesse de Milan, et, avec elle, la religieuse âgée qui l'accompagnait, cette Rosalba Guenzani, la pierre de scandale, qui, lui avait-on notifié, était à l'origine de tout ; mais la chose n'avait pas été dite clairement, ce n'était qu'une allusion voilée. Les responsabilités devaient être établies, et puis, en dernière analyse, qui, sinon la fugitive, avait des responsabilités dans cette affaire ? Le cardinal avait choisi de lire clairement les lignes d'une histoire, en quête du sens de celle-ci, plutôt que de fouiller entre le non-dit et le non-écrit. Il feuilleta un de ses cahiers de notes, retrouva les traces du commencement de l'affaire, le premier signalement de la disparition de la nonne, le parcours accompli sur ses traces, l'instance de jugement à son encontre. Il leva les yeux de ces pages, jeta un coup d'œil au ciel qu'une fenêtre découpait, parfaitement bleu. De cet endroit de Rome, on ne voyait rien, l'œil se promenait, libre de tout signe de présence humaine. Si cela pouvait toujours être ainsi ! Cette considération semble peu charitable, venant d'un prélat, mais il est difficile de dire qu'elle est injustifiée, aujourd'hui comme alors. Dans l'hypothèse où Dieu se serait donné la peine, en un temps hors du temps, de mettre au monde les hommes, puis de s'en occuper, bien qu'à distance et avec peu, très peu d'interférences, qui sait avec quelle dose de sarcasme il devait considérer aujourd'hui le bien-fondé de cette lointaine idée ? A moins d'être satisfait d'avoir semé la zizanie dans le bel ordre qui était au commencement de tout ! Cette pensée pourrait sentir le blasphème, de quelque côté qu'on la regarde, mais le cardinal Petra ne se considérait pas comme un blasphémateur : sans la moindre irrévérence, et même avec l'impression d'avoir les idées très claires, solides et respectueuses des hiérarchies divines, il pensait à Dieu comme à une royale absence des affaires humaines, une absence royale et magnanime. Les rites, compte tenu de ces considérations, n'avaient aucune importance aux yeux de Son Eminence le cardinal, mais ils étaient tolérables en tant que réconfort que l'humanité s'accordait ; les soustraire à la faiblesse de ceux qui les pratiquaient n'aurait été qu'un acte de méchanceté. Il n'y avait ni bien ni mal dans ces cérémonies, les choses couraient vers leur fin sans que paroles et encens y changent quoi que ce soit, sauf dans l'imagination et les illusions des hommes. Pourtant, le cardinal revêtait les parements des messes solennelles, récitait les formules, dispensait des bénédictions, n'oubliait pas un iota de ces longs cérémoniaux psalmodiants. Il ne détestait pas être au centre de la scène et bien jouer son rôle. Plus tard, au valet qui l'aidait à s'habiller, il ordonna que le déjeuner soit prêt une heure plus tard que d'habitude, et que l'on dresse la table pour cinq heures : il avait l'intention de bavarder en privé avec les collègues qui, avec lui, jugeraient le cas de Paola Pietra. Il demanda si le carrosse était prêt dans la cour, après quoi, avec le style d'un prince, mais un prince sobre et d'une majesté intérieure, il descendit les marches du palais et s'installa dans la voiture fermée et sans armoiries, longea le Tibre pour s'engager dans les bras ouverts de la nouvelle colonnade du Bernin. Je serais tentée de dire que, durant le trajet, le carrosse dépassa un homme qui, à pied, pensif et sombre, marchait en regardant l'eau, un homme qui attira l'attention du prélat à cause de son apparence étrangère, peut-être un Anglais, de haute taille, au visage effilé. Bref, John Breval. Et que le cardinal lui dédia un regard, d'abord distrait, puis intrigué, puis l'oublia en quelques instants. Un de ces tours, un peu pervers, du destin... Mais il est fort probable que les choses ne se soient pas passées ainsi, et, quand bien même ce serait le cas, il s'agirait d'une note bien terne, une de ces remarques qui désarçonnent la littérature de la vie.

Le cardinal descendit à pied l'escalier conduisant aux bureaux de la Pénitencerie, s'introduisit par une porte différente de celle qu'avaient franchie les trois nonnes, qui attendaient depuis quelque temps déjà, agitées et émues à l'idée du rôle qui leur incombait, dans cette histoire. Assises sur des chaises à haut dossier, en bois foncé, dans une salle sombre aux fenêtres masquées par de lourdes tentures jaunes, elles n'osaient même pas se parler.

Les mains de l'abbesse égrenaient nerveusement un chapelet, mais, à vrai dire, elle ne priait absolument pas. Au contraire, elle se demandait si, dans ce lieu, elle, elles rencontreraient sœur Paola, et, dans ce cas, quelles seraient ses, leurs réactions. Que dirait ou ferait sœur Rosalba, face à sa protégée d'autrefois ? Et elle, la mère supérieure ? Elle ruminait les paroles de l'abbesse qui les hébergeait et qui, après l'avoir écoutée, durant leur conversation privée, sans jamais laisser échapper un seul commentaire, avait juste rappelé le devoir d'obéissance à la règle prescrite par la Pénitencerie, qui voulait que sœur Paola Pietra ne puisse rencontrer ni ses anciennes compagnes, ni son abbesse, dans ce monastère. Qui cette règle avantageait-elle ? Il était difficile de le dire. Quant à sœur Maria Annunciata, son agitation était liée à l'idée de se retrouver seule face au tribunal, et d'y faire une déposition sans le secours de sa supérieure, sans le réconfort de son approbation, peut-être en tombant dans les pièges de questions insidieuses. Pire encore, un face-à-face avec la réprouvée ! Et, en même temps, elle était curieuse de voir ce qu'était devenue cette inquiète Paolina, qui avait fait tant de vagues autour d'elle. Elles attendirent environ une heure, puis, du silence absolu qui les environnait, émergea la silhouette d'un jeune prêtre qui les invita à le suivre ; l'abbesse et ses deux compagnes disparurent derrière la lourde porte, qui se referma derrière elles sans bruit.

Toute religion qui se respecte exige des sacrifices humains, se dit le cardinal Petra, en voyant entrer les trois nonnes d'un âge indéfini, et indéfinissable sous le voile qui les cachait aux regards des éminences de la Pénitencerie. Il les observa, mine de rien : l'une était grande, l'autre plus petite et menue, la troisième donnait une impression d'instabilité, elle s'appuyait tantôt sur un pied, tantôt sur l'autre, tournait la tête pour explorer la pièce bien protégée du soleil et encore plus sombre pour elle, abritée par son voile noir. Elles furent invitées à s'asseoir sur trois sièges placés devant la table des cardinaux. Le grincement des chaises, lorsqu'elles s'assirent, s'ajouta au froissement des papiers, à quelques toussotements, qui s'élevaient dans un silence plein d'un embarras solennel.

— Nous sommes désolés, ma révérende mère, d'avoir troublé le calme laborieux de votre vie, de vous avoir demandé le sacrifice d'un voyage aussi long et aussi pénible. Mais cela est dû, et voulu, par l'amour que l'Eglise porte à ses fils, à ses filles bien-aimées, dont vous êtes, et même à ceux qui se perdent en chemin. Puisque c'est d'un égarement que nous devons parler. Il poussa un soupir très officiel. Votre monastère, à Milan, a toujours été pour nous un motif de fierté, votre apostolat, dans une grande ville, est connu pour être un signe de vertu. Et accompagné par la grâce, une vraie grâce divine, celle du chant que, nous le savons, une de vos sœurs a si bien su diffuser pour l'édification de qui, en elle, écoute l'écho d'une voix supérieure !

Ici, le cardinal Petra s'arrêta pour recueillir l'approbation de ses éminents collègues, mais il aurait aussi dû recueillir la stupeur, ou plutôt, la déception d'une des trois religieuses assises en face de lui. L'abbesse, cachée derrière le voile, avait effectivement composé une expression contrariée, en même temps qu'elle se demandait si ce qu'elle entendait était une provocation ou une approbation sincère. Elle se souvenait d'avoir souligné, dans son compte rendu, le rôle ambigu exercé par la musique et par le chant dans le cas de sœur Paola Pietra. A travers la trame du voile, elle observa le visage un peu mou et blanchâtre du prélat qui tenait un discours dont tous les angles étaient émoussés. Elle jeta aussi en regard en biais à sa gauche, où était assise sœur Rosalba, qui ne manifestait aucun signe d'émotion ou de réaction, après les paroles élogieuses qu'elle venait de recevoir. Le cardinal savait-il laquelle des trois était la chanteuse émérite ? Et que son chant, au lieu de susciter des actions d'apostolat, avait occasionné le guêpier qui les avait amenées ici, dans une salle majestueuse, à attendre qu'on les interroge sur une fugitive pécheresse ? Le savait-il ?

Nous, nous savons qu'il le savait, et que son discours avait été construit autour de cela dans un but précis, sans improvisation et en parfaite connaissance de cause. Dans l'esprit du cardinal Petra, la jeune aristocrate milanaise Paola, fille du comte Francesco Brunero Pietra, était déjà absoute de tout péché, libérée de ses vœux et rendue à la liberté. Ces sacrifices humains qu'il voyait, représentés à travers les trois femmes voilées assises devant lui et devant l'illustre collège de la Pénitencerie, pouvaient suffire à satisfaire le simulacre de dieu qu'elles adoraient. Cet autre Dieu, celui qui siégeait imperturbablement quelque part dans l'univers et qui, à vrai dire, n'avait nul besoin de siéger en un lieu et en un temps quelconques, cet autre Dieu qui n'avait vraiment besoin de rien, ne jouissait sans doute même pas de la voix harmonieuse de cette petite nonne, placée, Son Eminence le savait très bien, à la gauche de la révérende mère. Il n'en avait pas besoin, et néanmoins, cela n'enlevait rien à la qualité et à l'habileté d'un chant que, pour parler franchement, le cardinal Petra aurait écouté avec plaisir. Mais il ne devait pas divaguer.

— Les documents en notre possession – et, de nouveau, les papiers sur lesquels passèrent les doigts des cinq prélats frémirent – sont un argument suffisant. Ils nous disent clairement comment lire l'histoire de cette jeune fille, que vous avez, certes, élevée et éduquée dans les principes de la religion. Et dans les principes du chant, si nous lisons bien les notes que la révérende mère nous a fait parvenir dès son premier message.

Ils lisaient bien, très bien, et le signe d'assentiment de l'abbesse fut corroboré avec énergie par la voilée à sa droite, qui inclina la tête : c'était bien cela, tout était vrai, y compris cette histoire de musique, sur laquelle, par ailleurs, l'insistance des cardinaux paraissait excessive à la révérende mère, et insérée à tort.

— Et il n'y avait pas de raison, dit une voix douce, venue de la droite du cardinal Petra, d'imaginer chez cette jeune fille un mécontentement, un malaise…

On ne le laissa pas finir : la voix de l'abbesse et, en sourdine, comme un écho, celle à sa droite, insistèrent : il n'y avait pas de raison. La nonne à gauche se taisait, et sur elle, inquisiteur, passait et repassait le regard du Pénitencier majeur. Mais la belle voix, dans la polyphonie que nous évoquons ici, ne cédait pas.

— … Et pourtant, il ne me semble pas que l'on doive parler d'un enlèvement contre la volonté de la jeune fille en question, d'un abus commis à son encontre.

Non, en effet, non. Ce malaise jamais manifesté, cette intolérance inattendue à l'égard d'une condition si haute et si privilégiée ne trouvaient aucune justification apparente dans le tableau parfait dépeint jusqu'ici : sœur Paola Pietra semblait avoir tout ce qu'il fallait pour une vie sereine, puis, le démon avait insinué, dans le cœur encore faible de la novice, l'appel fallacieux vers je ne sais quel paradis. Et en citant le paradis de manière si inappropriée, l'abbesse se signa. Le démon aussi, se dit le cardinal Petra, était cité de manière inappropriée.

— Donc, poursuivit une éminence jusque-là silencieuse, il s'avère qu'il n'y a eu aucune violation du lieu sacré, aucune profanation. Je veux dire qu'aucun étranger n'a franchi les murs du couvent et n'a enlevé la jeune fille.

— Aucun, Eminence. Mais ce qui a été une violation du lieu, c'est le seul fait de penser à approcher, nous ne savons comment, une religieuse, et de la persuader d'abandonner le salut, également préparé par la volonté paternelle, dit l'abbesse.

— Préparé par la volonté paternelle, dites-vous. Préparé combien ? demanda le cardinal Petra.

— Comment… que veut-on dire par… je crains que – la mère supérieure tourna la tête à droite et à gauche – nous craignons toutes de ne pas bien comprendre…

Le cardinal dirigea son attention, de manière explicite, sur sœur Rosalba Guenzani.

— Vous aussi, ma sœur, vous craignez de ne pas comprendre ?

Voilà la grande scène idéale : c'est à sœur Rosalba de se lever de son siège. Aux yeux de la sainte Eglise romaine, et au fond de sa conscience de nonne, la coupable, c'est elle, elle qui, matériellement, a poussé hors de l'enceinte bénie la brebis égarée. Cachée derrière le voile qui abrite ses yeux des cinq prélats, elle pourrait avouer sa faute et, en même temps, désavouer, en quelques paroles tranchantes, l'onctueuse hypocrisie de la mère abbesse et de cette sotte qu'est sœur Maria Annunciata. Nous sommes tous là à attendre que cette voix, si belle dans le chant, si profonde et intense dans la parole, s'élève dans le silence de la salle et dise toute la vérité sur Paola Teresa Pietra, sur sa juste fuite et sur son droit à décider d'elle-même, droit que les vexations paternelles lui ont denié.

Mais vouloir n'est pas toujours pouvoir. En dehors de cette grande scène qui serait parfaite dans le théâtre de Racine, il y a la consistance de la réalité, modeste et moins noble. La voix de sœur Rosalba ne s'éleva pas, solennelle et profonde, dans le silence de la salle. Son visage, et pas seulement son visage, demeura caché, et le seul signe de vie qu'elle manifesta consista à secouer la tête, avant de dire, sur un ton mal assuré et hésitant :

— Non, Votre Eminence ; quant à moi, je crois, je crois vraiment comprendre. Mais quand bien même il en serait ainsi ! A quoi cela sert-il ?

Le cardinal Petra soupira moins officiellement que tout à l'heure ; il sortit d'une enveloppe en cuir une lettre, la parcourut rapidement et la posa, bien à plat, devant lui.

— Ceci est une longue déclaration de la comtesse Paola Pietra, écrite de sa main et envoyée de Londres, où elle a vécu ces derniers mois aux côtés de... de celui qui lui a donné un fils.

Ce fut un vrai choc et les trois voilées accusèrent le coup, chacune avec des émotions différentes. L'abbesse serra encore plus les lèvres et mordit presque son voile : la métaphore de la profanation du temple devenait soudain réalité, ses argumentations théoriques volaient en éclats, et l'enfant que Paola avait mis au monde se tenait entre elles, tel un fantôme.

— *Au nom de Dieu,* déclama solennellement le cardinal, *en lequel je crois de tout mon être, et sûre de sa protection, j'accueille l'invitation à me présenter à Rome devant la Sacrée Pénitencerie, à*

laquelle je demande à être entendue et déliée de la
profession de foi monastique, qui, contre ma vo-
lonté...

Le cardinal Petra souligna ces derniers mots par un ton sec, et poursuivit, mais sans emphase, la lecture de la longue lettre qui, de Londres, était arrivée au collège des Pénitenciers. La salle était vraiment plongée dans l'ombre, et même les visages des cinq prélats n'étaient pas bien visibles, mais la voix de Vincenzo Petra continua longtemps, ferme, sans émotion, à parcourir les lignes d'une missive qui parut interminable aux trois nonnes assises devant lui. Pendant ce temps, Paola Pietra était assise dans une petite salle non loin de là ; assise seule, enveloppée dans son habit bénédictin, sous lequel elle ne portait rien.

*

Elle est seule et elle a besoin de courage. Si on pouvait lui chuchoter à l'oreille qu'elle surmontera cette troisième, et ultime épreuve... Oui, vu d'ici, nous savons que c'est le chiffre à dépasser, puis l'attendra la douleur d'un veuvage précoce, enfin, le dernier passage auquel nul n'échappe, mais pour elle, ce sera dans longtemps, vraiment longtemps... En ce moment, en revanche, il n'est question que de courage. Mais Paola n'entend pas de telles voix, notre connaissance de l'après devrait escalader plus que des montagnes pour parvenir jusqu'à elle, enfermée dans cette pièce à côté de la salle où est réunie la Pénitencerie. Ils l'ont laissée seule, sûrs que, de là, elle n'aurait aucune possibilité de fuite, d'ailleurs, ce qu'elle veut, ce n'est pas la fuite, mais la liberté, pleine et reconnue. Elle a toujours eu à l'esprit, durant les jours de sa nouvelle claustration, le visage de John, la promesse de l'épée et du pistolet, si nécessaire. A présent, dans le silence et la pénombre, elle le voit mieux, et ses lèvres s'entrouvrent de tendresse. Elle se souvient du temps où, à Milan, elle ne savait pas qui était l'homme qui la prendrait pour lui ; elle n'en connaissait que l'odeur.

La porte à droite s'ouvrit, on ne voyait pas bien ce qu'il y avait de l'autre côté, mais un timbre clair et haut scanda : "Paola Teresa Pietra !" Elle se leva et eut la sensation que ses jambes étaient lourdes, comme les premiers jours après l'accouchement. Elle alla lentement vers la porte, l'idée de la lumière la dérangeait, et elle fut rassurée de retrouver, dans cette salle, la même pénombre que durant l'attente. Aux prélats qui la voyaient pour la première fois, elle sembla très grande ; le cardinal Petra écrirait, dans ses mémoires, que la jeune femme, en entrant, lui avait rappelé une statue grecque, avec une anomalie dont il ne saisirait pas tout de suite la raison : c'était, il le comprendrait par la suite, la chaleur de son regard. Elle portait l'habit, mais son visage était libre, et il était évident qu'elle n'avait pas utilisé de bandes pour comprimer ses seins. Elle passa sous les yeux des cinq Pénitenciers qui l'examinèrent, comme c'était leur rôle : même l'aspect de la nonne avait une part dans la décision qu'ils prendraient. Arrogant, lascif, soumis, docile : pour les nombreux sujets qui, pour de multiples raisons, avaient été soumis à leur jugement, la première notation concernait la manière de se tenir devant eux, les signes de la peur ou du défi, sur leur visage. Entre-temps, Paola s'était assise sur une des trois chaises vides, en face des cardinaux. L'assise était encore chaude, elle ne savait pas qui l'avait occupée avant elle, mais dans l'air, en même temps qu'une odeur de poussière bien marquée, elle crut retrouver l'odeur du vinaigre, et, avec celle-ci, confuses et presque agressives, rappelées ensemble à la mémoire, des odeurs de moisi et de cuisine. Les humeurs du couvent où elle ne voulait plus retourner. Puis, le prélat assis au centre l'appela, à vrai dire sur un ton aimable, et elle dirigea son regard sur lui, lente et lasse. Il aurait aimé lui dire tout de suite une phrase à effet, quelque chose que la théâtralité de l'Eglise offrait à ses meilleurs interprètes, un "va, tu es libre !" qui lui semblait même venir du cœur. Au lieu de quoi, il ouvrit le dossier, le parcourut, déposa les feuilles dans le silence général, puis donna formellement la parole à Paola, et écouta.

Dans le palais du cardinal Petra, le déjeuner était prévu pour cinq, comme il l'avait ordonné, et les commensaux s'étaient installés à la table ovale selon leur bon plaisir. Dans la pièce, une belle lumière faisait fondre l'austérité dans laquelle s'étaient retranchés les prélats durant l'exercice de leurs fonctions, dans la salle de la Pénitencerie. Vus d'ici, de la table du palais Petra, ils étaient beaucoup plus humains, et ils avaient faim. Ils suivaient avec une curiosité enfantine les entrées des serviteurs, flairaient et devinaient les mets encore cachés sous les cloches en argent. Comme elle était délectable, la paix de cette tablée, et qu'y avait-il de plus beau que l'innocence de la nourriture, lorsqu'elle nourrit sans corrompre ! Les cinq convives mangèrent avec un plaisir sain : la conversation ne tarit pas durant tout le repas, et le vin coula avec la même facilité. Mais à un certain moment, l'un des cardinaux, regardant son verre couleur d'ambre, s'aventura dans une considération importante :

— Qui sait si le couvent des clarisses réserve aux trois religieuses de Sainte-Radegonde un accueil aussi confortable que celui dont nous jouissons auprès de Votre Eminence ! Ah, les nonnes savent surtout bien faire les gâteaux. On le dit. A Palerme, elles confectionnent les meilleurs massepains du monde. Sublimes ! Vous êtes-vous jamais demandé pourquoi nos sœurs ont cette obsession des gâteaux ? Les traditions aussi ont leur origine…

— Et comment se fait-il, en revanche, que les religieuses de Milan soient si douées pour le chant ? J'avoue que j'aurais aimé entendre une de ces voix ; plus que pour n'importe quel massepain, je paierais cher pour que ce talent précieux, qui est le leur, parvienne à mes oreilles. On dit que, il y a un an, elles ont chanté quelque chose du pauvre maestro Pergolèse, qui vient de mourir, ajouta une éminence, en goûtant des fraises des bois arrosées de vin doux.

— C'est vrai, Eminence. Aujourd'hui nous avons eu, à portée d'oreilles, les deux plus belles voix que l'on connaisse en Italie et ailleurs, et nous n'en avons joui que par quelques ébauches de phrases. Quel gâchis ! Pour elles aussi. Elles ne chanteront plus jamais ensemble. Et sans doute ne chanteront-elles plus, ni pour la plus grande gloire de Dieu, ni pour le bien des hommes.

Et le cardinal Petra secoua la tête. Il semblait sincèrement navré.

NOTE DE L'AUTEUR

C'est en lisant le roman de Giuseppe Rovani, *Cent'anni*, que j'ai rencontré le personnage de Paola Teresa Pietra et son aventure complexe de religieuse contre son gré, qui conquiert sa liberté à travers la fuite, mais qui la confirme ensuite grâce à un acte officiel de la Sacrée Pénitencerie de Rome, dont elle obtient l'annulation de ses vœux. Cent ans de vie milanaise, de 1750 à 1850, un roman dans lequel apparaissent des personnages réels, élaborés par l'interprétation de l'auteur et pliés à la fonction et à la fiction romanesques. Nous y trouvons Foscolo et Parini, Prina et Antonietta Fagnani Arese, et Paola Pietra, justement ; une femme mûre, à l'époque, veuve et mère, point de référence pour son grand équilibre et pour la sagesse qui avaient guidé une vie faite de choix courageux. C'est de ce choix si courageux, consistant à quitter le couvent en demandant qu'on lui en reconnaisse le droit, que parle un livre consacré au procès que la jeune femme affronta à la Sacrée Pénitencerie de Rome. Livre écrit par Paola Vismara, professeur d'histoire de l'Eglise à l'université de Milan. *Per Vim et Metum. Il caso di Paola Teresa Pietra* : ainsi s'intitule cette étude, courte mais extrêmement documentée, publiée en 1991. Glissant sur tout ce qu'il y a d'historique et d'authentique à la base de l'histoire de cette aristocrate milanaise, je me suis permis toutes les libertés de l'invention et des idées que ce personnage m'a offertes. Enfin, et surtout, j'ai une dette de reconnaissance envers mon ami Nino Marra, qui, le premier, m'a parlé de Paola Pietra et qui, avant moi et bien plus que moi, s'est passionné pour son histoire.

TABLE

BABEL

Extrait du catalogue

Achevé d'imprimer en septembre 2015 par Normandie Roto Impression s.a.s.,
61250 Lonrai sur papier fabriqué à partir de bois provenant de forêts gérées
durablement pour le compte d'ACTES SUD Le Méjan, Place Nina-Berbe-
rova 13200 Arles.
Dépôt légal 1re édition : octobre 2015
N° impr. : 1503433
(Imprimé en France)